L'HISTOIRE DE MARK

CONFIANCE AVEUGLE 3

N.R. WALKER

MENTIONS LÉGALES

Artiste pour la couverture : N.R. Walker
Éditrice : Erika Orrick
Blindside © 2013 N.R. Walker
Première édition : Juin 2013

Smashwords Edition 2021

Traduit de l'anglais par Bénédicte Girault
Relecture et corrections par Lady L & Plume

AVERTISSEMENT

AVERTISSEMENT

Ce livre contient des situations qui peuvent être choquantes pour certaines personnes : langage graphique, situations adultes.

Reconnaissance Des Marques

L'auteur reconnaît le statut de marques protégées comme appartenant légalement aux propriétaires des marques commerciales suivantes, mentionnées dans cette œuvre de fiction :
Yoda : Lucasfilm LTD.
Sam Adams : BBC Brands, LLC
Starbucks : Starbucks Corporation
Wonder Woman : DC Comics
Jeep : Chrysler LLC
Batman : DC Comics
Speedo : Speedo International Limited
Lycra : Invista North America S.A.R.L.
Botox : Allergan Inc.
Magneto : Marvel Characters, Inc.
Marvel : Marvel Characters, Inc.
Ghost : Paramount Pictures Corporation
Barbie : Mattel, Inc.
Casablanca : Warner Bros.
Die Hard : Twentieth Century Fox Film Corporation
Pringles : The Procter & Gamble Company

DÉDICACE

Pour Will...

N.R. WALKER

L'HISTOIRE de Mark

CHAPITRE UN

JE DÉROCHAI LE TÉLÉPHONE.

— Mark Gattison à l'appareil.

Un autre appel, un autre client, un autre vendredi après-midi où dix-sept heures n'arriveraient jamais assez vite. Je m'adossai à ma chaise et laissai ma tête tomber en arrière tandis que je parlais au client, répondant à ses questions, résistant à l'envie de gémir.

Ou de jeter quelque chose sur la foutue horloge sur le mur.

Je parvins à terminer l'appel sans offenser qui que ce soit quand Will passa sa tête par-dessus mon poste de travail. Il me fit sourire.

— Hey !

Il me rendit mon sourire, contourna la paroi qui nous séparait pour venir de mon côté et se pencha contre mon bureau.

— Que fais-tu ce soir ? demanda-t-il. Tu as des plans ?

— Comme d'habitude, je pense, répondis-je, en m'étirant.

— Le Kings ?

— Ouais. Et toi ? Quels sont tes projets ?

— Oh, je pourrais sortir, dit-il. Pas encore sûr.

— Tu devrais venir au Kings avec moi, dis-je, haussant les sourcils dans sa direction.

Hartford était une ville de taille raisonnable, malheureusement avec des bars gay-friendly plutôt limités. Le King and Queens, ou juste Kings comme il était communément appelé, était l'un d'eux. Je travaillais avec Will depuis un certain temps, donc, un week-end je l'avais vu dehors. Il était avec un gars, alors il n'avait pas vraiment eu besoin de m'expliquer son orientation sexuelle.

Je devais le faire, cependant. Ce soir-là, en particulier, il m'avait vu avec une femme et le lundi suivant, Will avait essayé d'évaluer ma réaction au fait que je l'avais vu bécoter un gars quelconque. J'avais ri et lui avais dit que je n'avais pas de préférence.

— J'aime les femmes, lui avais-je répondu, puis je l'avais poussé du coude. Et j'aime les hommes.

Ses yeux s'étaient écarquillés et il avait rougi.

— Oh... !

— Je n'ai pas de préférence pour l'un ou l'autre, avais-je répondu avec désinvolture. Tout ce qui peut correspondre à mon envie pour la nuit.

— Alors, pas de petite amie ? avait-il demandé.

Puis il s'était raclé la gorge.

— Ou de petit ami ?

J'avais ricané.

— Euh... Non. Je n'aime pas les engagements.

Will avait ri à cela, puis notre patron était entré, si bien que nous avions repris notre travail. Et depuis ce jour-là, nous étions devenus de bons amis. Les meilleurs amis.

Will Parkinson était un homme formidable. Il était mignon. Il avait des cheveux blonds, couleur de sable, des yeux bleu-gris et un sourire qui me faisait sourire. Il était probablement l'un des rares hommes avec qui je passais du temps et avec qui je ne m'étais jamais retrouvé au lit.

Et depuis que Carter avait emballé ses affaires et avait déménagé à Boston, il y a deux ans, je n'avais pas exactement beaucoup d'amis *proches*. Je parlais à beaucoup de gens, sortais avec eux pour aller boire un coup, ou finissais par un coup rapide.

Mais personne qui me *connaissait*.

Non pas que Will ait remplacé mon meilleur ami, Carter, mais, eh bien... Eh bien, en quelque sorte, il l'avait fait.

Je le regardai, toujours appuyé contre mon bureau, poussant du doigt le petit Yoda qui agitait sa tête sur mon bureau.

— Hey, Will, as-tu envie d'aller à ce festival samedi ?

Wil me regarda et haussa les épaules.

— Celui du film étranger ?

— Ouais, celui que tu voulais aller voir.

Il m'adressa un sourire.

— D'accord, bien sûr.

— Donc, veux-tu sortir avec moi ce soir ? lui demandai-je à nouveau.

Il n'avait pas l'air très intéressé.

— Je ne sais pas...

Je bondis de ma chaise et me tins devant lui, enfonçant mon doigt dans sa joue, essayant de le faire sourire.

— Allez, Will ! Tu sais que tu le veux.

Il leva les yeux au ciel, mais m'adressa un demi-sourire. Il souffla.

— Tu ne vas pas encore me laisser là-bas, hein ? demanda-t-il. Tu trouves un quelconque rencard pour la nuit et je finis par prendre un taxi tout seul pour rentrer à la maison.

— Nan, déclarai-je. Ce soir, ma mission est de faire en sorte que tu baises.

— Mark...

— Allez, Will ! gémis-je. Cela fait combien de temps ?

Je ne lui laissai pas le temps de répondre.

— Trop longtemps, voilà combien ça fait. Aucun homme gay ne devrait s'abstenir aussi longtemps que tu le fais. Ce n'est pas naturel.

— Ce n'est pas parce qu'à toi tout seul, tu essaies d'influencer les statistiques concernant le sexe gay, que cela signifie que nous autres, nous devions le faire.

— Je ne suis pas le seul à le faire. Crois-moi, il faut plus que quelques mains, dis-je, agitant mes sourcils de manière exagérée. Quoi qu'il en soit, tu as été un peu grognon ces derniers temps. Cela pourrait améliorer ton humeur.

— Un peu grognon ?

— Ouais, pas comme tu es d'habitude, expliquai-je. Ce sourire sexy est porté disparu, ces derniers temps.

— Vraiment ? dit-il sèchement.

— Ouais, Will. Veux-tu me dire ce qu'il se passe ?

Mais le téléphone sur mon bureau sonna. Je m'éloignai de mon ami et décrochai.

— Mark Gattison à l'appareil.

— Est-ce la voix qui dit « je suis un adulte ? » demanda la personne. Ou la voix qui dit « le patron est là, je dois agir comme un adulte » ?

Je reconnus qui parlait.

— Isaac ?

— Oui, c'est moi, répondit-il. Carter voulait que je t'appelle au travail. J'espère que cela ne te dérange pas.

— Non, pas du tout, dis-je, souriant à Will qui me regardait. Que puis-je faire pour toi, beauté ?

— Et voilà le Mark que je connais.

Je me mis à rire.

— Non, sérieusement.

— Qu'est-ce qui est sérieux ? demanda-t-il. Ce que tu peux faire pour moi ou le fait que je sois beau ?

— Oh, tu es tout à fait beau, répondis-je en riant.

Will leva les yeux au ciel et retourna à son bureau.

— Carter voulait que je te fasse savoir que nous venions à Hartford le week-end prochain.

— Pour de vrai ?

— Oui, pour de vrai, répondit Isaac. Je suis censé te le dire avant que tu fasses des plans.

— Je changerais n'importe quel plan pour toi, dis-je.

— Tu flirtes encore ! dit Isaac. Carter te rappellera plus tard.

— D'accord, je vais attendre avec impatience. À bientôt.

Je raccrochai le téléphone et regardai au-dessus du mur de ma cellule.

— Devine quoi ?

Will sourit et secoua la tête.

— Tu vas annuler tes plans avec moi pour une belle personne que tu es excité de voir.

— Non, tu sors toujours avec moi ce soir et je souffrirai pendant le festival du film étranger avec toi demain, dis-je, dardant mon regard sur lui. La nouvelle excitante est que Carter et Isaac viennent ici le week-end prochain.

— Pour faire quoi ?

— Je ne sais pas, je n'ai pas demandé, dis-je. Tu vas les rencontrer.

— Oh !

— Ouais, ça va être amusant. Ils sont vraiment cools.

— Alors, nous sortons toujours ce soir ?

— Ouais, tu ne vas pas t'en sortir aussi facilement.

— Rien avec toi n'est facile, dit Will.

Puis il releva les yeux de son clavier.

— Sauf toi.

Je soupirai fort.

— Je ne suis pas facile, dis-je, prenant ma propre défense. C'est juste que je ne suis pas difficile à satisfaire.

Will éclata de rire, puis inclina la tête vers l'horloge sur le mur.

— Il est temps de rentrer à la maison, me dit-il.

Je déconnectai mon ordinateur et rangeai mon bureau, mais Will était prêt avant moi.

— Je te retrouve là-bas, dit-il tandis qu'il sortait du bureau.

— Ne veux-tu pas que j'appelle un taxi et que je passe te chercher ?

Il secoua la tête.

— Nan, ça va aller.

— Tu ne vas pas me faire faux bond, hein ?

Will sourit à cette idée.

— Je n'en rêve même pas. À tout à l'heure, vingt-et-une heures.

Fidèle à sa parole, il arriva à vingt-et-une heures. Il entra, vêtu d'un jean noir et d'une chemise blanche, ses courts cheveux blonds coiffés. Il avait l'air très beau. Il sourit quand il me vit, ses dents aussi lumineuses que sa chemise. J'avais déjà bu quelques bières au moment où il entra et me sentais planer un peu.

Je lui tendis une bière et me penchai vers lui afin qu'il m'entende.

— Salut, bel étranger.

— Tu es là depuis longtemps ? me demanda-t-il à l'oreille.

— Quelques bières, répondis-je, comme si c'était une unité de temps universellement reconnue.

Il comprit, parce qu'il hocha la tête. Nous nous tenions si près que je sentis une bouffée de son eau de Cologne.

— Tu as l'air sexy et tu sens bon, lui dis-je.

Je reculai afin qu'il puisse voir mon visage et j'agitai mes sourcils.

— Maintenant, voyons voir si je peux te trouver quelqu'un.

Il secoua la tête, prit une gorgée de sa bière et balaya la foule du regard, ce que je pris comme mon signal. Je me tins à côté de lui, afin que nous soyons tous les deux face à la foule et posai mon menton sur son épaule pour qu'il puisse m'entendre.

— Que penses-tu de lui ? dis-je, pointant ma bière vers un gars. L'homme avec la chemise noire ?

Will secoua légèrement la tête, si bien que je passai à un autre homme, puis au suivant et à un autre après ça. Mais il n'était intéressé par aucun d'entre eux, si bien que je lui suggérai une autre bière et une danse, et il se détendit un peu après ça.

Les gens nous confondaient très souvent, nous prenant pour un couple ou du moins pour des copains de baise. Nous étions proches. Nous buvions ensemble, nous dansions ensemble, parfois nous repartions ensemble. Mais c'était tout.

J'avais appris une leçon avec Carter. Les meilleurs amis ne baisaient pas ensemble. Bien sûr, les couples qui devenaient les meilleurs amis le faisaient, mais pas dans le genre platonique. J'avais eu beaucoup d'amitiés qui avaient piqué du nez après que nous ayons eu des relations sexuelles parce que les choses étaient devenues compliquées.

Et je n'aimais pas les choses compliquées.

De plus, je tenais trop à Will pour le perdre. Donc, c'était une ligne que nous avions convenu de ne jamais franchir. Je me souvins avoir dit, il y a six mois environ, au bar, que non, Will et moi n'étions pas ensemble.

— Nous sommes comme des petits pois et des carottes, avais-je dit, faisant ma meilleure imitation de Forrest Gump, et Will avait éclaté de rire.

Il avait affirmé qu'il était la carotte et que j'étais les petits pois, donc j'avais présumé que nous étions bien.

Voilà comment étaient les choses entre nous.

Même si Will n'était pas intéressé à l'idée de ramener un gars chez lui, j'étais fidèle à ma parole. Comme il l'avait demandé, je ne le quittai pas et ne le laissai pas rentrer seul. J'étais bien trop content de partir quand Will voulut y aller.

J'appréciai même le festival du film. Pas mon premier choix sur la façon de passer un samedi soir, mais Will voulait y aller, alors je l'accompagnai pour lui tenir compagnie.

Un film français et un film espagnol plus tard, nous dînions dans un café local, près du cinéma.

— L'espagnol n'était pas trop mauvais, lui dis-je. Meilleur que le premier.

— Oh, s'il te plaît ! dit-il, posant son burger. Ce que tu veux dire c'est que le gars dans le film espagnol était plus sexy.

— Eh bien, il y a de ça, admis-je avec un sourire. Penelope Cruz est sexy également.

Will n'avait jamais vraiment compris que j'aimais les femmes. Non pas qu'il soit contre, c'était juste qu'il n'en parlait pas. Il leva juste les yeux au ciel et prit une bouchée de son burger, le mâchant pensivement.

— Tu sais ce dont tu as besoin ? demandai-je.

Il leva les yeux vers moi, avec un mélange de curiosité et de peur sur son visage.

— Quoi donc ?

— Un petit ami.

— Un quoi ?

— Un petit ami, répétai-je. Quelqu'un de permanent. Quelqu'un qui peut aller au cinéma, aux marchés aux puces et toutes ces conneries.

— Tu ne veux plus venir avec moi désormais ? demanda-t-il.

— Will, j'irais n'importe où avec toi, lui répondis-je sérieusement.

Son front se plissa, comme s'il ne comprenait pas.

— Mais ?

— Mais, je pense que c'est pour ça que tu ne veux plus de coups rapides, lui dis-je. Parce que tu n'es pas intéressé par les rencontres d'une nuit. Tu veux quelqu'un pour sortir avec.

Il avala sa bouchée de nourriture et prit une gorgée de son soda.

— Je sors avec toi.

— Tu veux avoir une relation avec quelqu'un. Tu sais : cœurs, fleurs, câlins sur le canapé, monogamie, ce genre de choses, expliquai-je. Des concepts dont je ne vois pas vraiment les bénéfices, pour être honnête, mais beaucoup de gens, si. Apparemment.

Will eut un petit rire.

— C'est comme un langage totalement différent pour toi, non ?

Je posai ma main sur mon oreille.

— Je suis désolé, je ne parle qu'en anglais.

Will poussa son assiette vers moi, sachant que j'allais finir ses frites. Je le faisais toujours.

— Je ne sais pas ce que je veux, dit-il tranquillement.

— Tu veux que je te trouve quelqu'un de sexy et de bien monté, déclarai-je. Il aura besoin d'avoir le tampon d'approbation de Mark avant que je le laisse t'approcher, cependant.

Will sourit.

— Reste-t-il un seul gars à Hartford avec qui tu n'as pas eu la moindre relation sexuelle ?

— Est-ce une condition préalable ? demandai-je avec sérieux. Parce que cela va réduire la liste. Beaucoup.

Will se moqua de moi.

— Je sais que cela va *beaucoup* la diminuer, mais oui, c'est une condition préalable. Je ne peux pas être avec un gars si tu as vu sa queue.

Je m'adossai à mon siège et gémis.

— Maintenant, c'est toi qui rends les choses difficiles.

Je secouai la tête.

— Je ne sais pas pourquoi tu n'as pas de mecs accrochés à toi. Tu es sexy, tu as un meilleur ami fabuleux et ton engin fait plus de vingt centimètres.

Will me dévisagea.

— J'ai vu ta queue, lui dis-je en finissant ses frites.

Will se mit à rire à nouveau, puis il soupira.

— Peut-être que c'est parce que tous ceux qui ont la moitié d'un cerveau correct pensent que nous sommes ensemble ? dit-il comme si c'était une question.

— Alors, nous devrions essayer d'aller dans des endroits différents, suggérai-je. Toujours ensemble cependant, toi et moi. Juste dans des bars différents.

Puis j'ajoutai :

— Et ton rendez-vous. Et si j'amène quelqu'un également...

— *Toi* ? Amener un *rendez-vous* ?

— Ouais, j'ai des rendez-vous, dis-je, agitant la paille de mon soda dans sa direction. Quoi qu'il en soit, le week-end prochain quand Carter et Isaac seront là, nous devions aller dans un endroit agréable. Je te trouverai quelqu'un et nous irons quelque part où ce ne sera ni un bar ni un club.

Il accepta à contrecœur.

— Bon, très bien. Mais souviens-toi : personne avec qui tu sois allé.

Sérieusement, à quel point cela pouvait-il être difficile ?

CHAPITRE DEUX

APPAREMMENT, c'était foutrement difficile. Je veux dire, il y avait encore beaucoup d'hommes à Hartford avec des queues que je n'avais pas vues, mais penser que l'un d'entre eux puisse être digne de William Parkinson était la partie la plus difficile.

Je voulais le meilleur pour lui. Ce n'était pas pour une simple aventure d'une nuit. Je devais chercher quelqu'un qui pouvait être un petit ami, et c'était tout un ensemble de critères différents.

Ils devaient être dignes.

Quand vendredi soir arriva, et après que nous ayons commandé une pizza, Will était assis sur mon canapé passant en revue la courte liste d'hommes qui pourraient éventuellement convenir.

— Tu ne peux pas être sérieux ! dit-il. Qu'est-ce qui te fait penser que tu as ton mot à dire sur la personne avec qui je vais sortir ?

— Eh bien, répondis-je depuis la cuisine. Je ne vais pas laisser mon meilleur ami sortir avec n'importe qui.

— Et si j'en venais à apprécier un homme, mais pas toi ?

— Tu vois, c'est pour ça que je vais le choisir, expliquai-je. Je sais ce que tu aimes. Le gars doit travailler, aimer la nourriture italienne et les films étrangers. Seigneur, j'ai même pris en compte tes goûts déplorables en musique.

— Ouais, merci, marmonna-t-il.

— J'ai fait une liste d'hommes pour toi, sans ordre particulier. J'ai demandé autour de moi, un ami d'un ami, ce genre de choses. Les deux premiers de la liste sont des amis de mon cousin, répondis-je.

— Tu es incroyable ! dit-il comme si le fait que je sois incroyable était une insulte.

— Je sais, hein ? Que ferais-tu sans moi ?

Will soupira.

— Je ne suis pas désespéré à ce point, tu sais. Je n'ai pas vraiment besoin que tu me trouves quelqu'un.

Je terminai de nettoyer les assiettes sales et revins vers le salon. Je m'assis à côté de lui.

— Je veux juste que tu sois heureux, Will.

— Je le suis, répondit-il tranquillement. Je veux juste...

— Tu n'es pas si heureux que ça, tu sais ? demandai-je. C'est d'être revenu ici ? À Hartford ? Cela fait un an.

Will haussa les épaules, mais avant qu'il puisse dire quoi que ce soit d'autre, l'interphone de la porte d'entrée sonna.

Je tapotai son genou, me dirigeai vers l'interphone et appuyai sur le bouton qui ouvrait la porte du bas. J'entendis des bruits de pas et, sachant qui devait se tenir de l'autre côté, j'entrouvris la porte et dis :

— Vous pouvez entrer uniquement si vous êtes tous les deux magnifiques.

La voix de Carter répondit.

— Contente-toi d'ouvrir la porte, Mark.

Je tirai la porte et souris dès que je les vis.

— Hey !

J'étreignis Carter en premier, comme toujours. Cela faisait plus de six mois que je ne l'avais pas vu.

— Oh, mon Dieu, tu m'as manqué ! dis-je.

Il tenait un sac de voyage, si bien que l'étreinte était un peu bizarre, mais je le relâchai pour serrer Isaac contre moi. Je pris sa main et le fis entrer, sachant que Carter suivrait.

— Entre.

Lorsque nous fûmes dans le salon, Will se tenait devant le canapé.

— Je voudrais te présenter mon meilleur ami. Isaac Brannigan, voici Will Parkinson, dis-je pour les présenter. Et là, c'est Brady, le merveilleux chien, et, bien entendu, mon ex-meilleur-ami-puisqu'il-m'a-quitté, Carter Reece.

J'avais parlé à Will de Carter et d'Isaac et du fait que ce dernier était aveugle, et les présentations se passèrent vraiment bien. Il serra la main d'Isaac puis celle de Carter.

— J'ai beaucoup entendu parler de vous.

— En bien, j'espère, dit Isaac avec un sourire.

— Bien entendu, répondit Will.

Je fis un autre câlin à Carter.

— C'est si bon de t'avoir ici. Tu m'as manqué. Tous les deux, ajoutai-je en incluant Isaac.

— J'espère que nous n'avons rien interrompu...

Carter s'arrêta, prenant un ton suggestif, nous regardant tous les deux, Will et moi.

— Oh, Will ne sera pas aussi chanceux, lui dis-je en riant. En fait, j'étais juste en train d'essayer de faire le tri dans une liste de petits amis potentiels.

Will soupira fortement.

— Mark semble penser que j'ai besoin d'un petit ami et qu'il doit être celui qui choisira cet homme chanceux.

— Eh bien, il doit être assez bon pour toi, dis-je, pour me défendre.

Will sourit à Carter.

— Ce n'est pas du tout embarrassant.

Carter éclata de rire et passa son bras autour de mes épaules.

— Il semble que rien n'ait changé.

Regardant toujours Carter, Will demanda :

— Était-il comme ça avec vous ?

— Tout le temps !

— Hey ! dis-je pour les interrompre. Tous les deux, vous êtes censés juste vous entendre, pas vous liguer contre moi.

Je laissai Carter et me dirigeai vers Isaac, glissant mon bras autour du sien et enfouissant ma tête dans son cou.

— Ils s'en prennent déjà à moi.

Isaac se mit à rire.

— Tu voulais juste sentir mon odeur, non ?

— Absolument, admis-je, sans honte. Tu sens toujours si bon.

— Mark, m'avertit Carter. Les mains.

Je reculai d'Isaac et glissai mon bras autour de sa taille à la place.

— Comment était votre voyage, les gars ? demandai-je. Asseyez-vous et racontez-moi, quel est le but de ce petit retour dans ce bon vieil Hartford ?

— Isaac, devrais-je lui dire ou lui montrer ? dit Carter.

— Me montrer quoi ? demandai-je, excité.

— Tu dois aller t'asseoir, dit Carter. Je vais aller le chercher. C'est dans notre sac.

Je dirigeai Isaac et Brady vers le canapé. Tout en nous asseyant, je demandai :

— Comment s'est passé le voyage pour Brady ?

— Oh, très bien. Il a dormi la plus grande partie du

trajet, répondit Isaac. Nous n'avons eu à nous arrêter qu'une seule fois afin qu'il ne pisse pas dans la Jeep.

Je souris et serrai sa main.

— Tu as l'air d'aller vraiment bien, Isaac. Tu sembles heureux.

— Je le suis, répondit-il simplement.

— Et Carter est tellement amoureux qu'il me donne la nausée, ajoutai-je, souriant à mon ami tandis qu'il revenait vers nous.

Isaac se mit à rire et quand Carter s'assit, il souriait.

— Tiens, Mark. C'est pour toi.

Je pris l'enveloppe épaisse et lâchai la main d'Isaac pour l'ouvrir. J'en sortis un épais papier noir et blanc. Il était plié et quand je l'ouvris pour le lire, je vis que c'était une invitation.

Une invitation pour le mariage de Carter et d'Isaac.

C'était plié comme un livre. D'un côté, c'était écrit à la main, de l'autre, c'était en Braille. *Carter Reece et Isaac Brannigan seraient honorés...*

Je me jetai sur Carter et le serrai contre moi.

— Oh, mon Dieu ! C'est vraiment génial ! lui dis-je.

J'étais surpris de voir à quel point j'étais émotif. Je veux dire, je savais qu'ils allaient se marier. J'étais là quand Isaac avait fait sa proposition – je l'avais aidé à acheter les anneaux, pour l'amour de Dieu – et ils en avaient parlé, donc je n'aurais pas dû être aussi surpris.

— C'est merveilleux, répétai-je.

Ce fut alors que je remarquai que Will me regardait un peu bizarrement, se demandant probablement ce que, diable, il se passait. Je lui tendis l'invitation et me rassis à côté d'Isaac.

— Nous voulions te la donner en mains propres, dit

Carter. De plus, je voulais montrer Hartford à Isaac. Tu sais...

— Parce que tout ce qui vient d'Hartford est génial, terminai-je pour lui.

Isaac se mit à rire.

— Ouais, Carter n'arrête pas de dire ça.

— C'est vrai, dis-je. N'est-ce pas, Will ?

Will ne me répondit pas, si bien que je le dévisageai et vis qu'il faisait courir son doigt sur le côté en Braille de l'invitation. Quand il releva les yeux, il me regarda directement.

— C'est plutôt cool, non ? demandai-je.

Il hocha la tête.

— C'est incroyable.

Carter sourit fièrement. Il avait vraiment l'air très heureux.

— Tu le sais, nous avons déjà parlé de la date, mais c'est officiel, maintenant. Tu as deux mois pour te trouver un smoking.

— Et je ne suis toujours pas ton témoin ? demandai-je en reniflant.

Carter me l'avait dit plus tôt, cela n'avait rien de personnel, mais il n'aurait pas besoin que je me tienne à côté de lui pendant la cérémonie. Isaac et lui avaient décidé qu'ils descendraient l'allée ensemble, se tiendraient debout ensemble et en sortiraient ensemble. Avec Brady, bien entendu.

— Non, Mark, dit Carter avec un petit soupir résigné.

— Ta magnificence sera tenue d'assister à la cérémonie et d'être belle, mais c'est tout.

— Eh bien, c'est déjà ça, dis-je.

Will se leva, et en chemin pour aller à la cuisine, il me tendit l'invitation. Dès que je la regardai, je vis quelque chose que je n'avais pas remarqué auparavant. Il n'y avait pas seulement mon nom, mais quelque chose était écrit après.

Je regardai à nouveau Carter et Isaac.

— Que voulez-vous dire « Mark Gattison et son ami (e) » ?

— Eh bien, c'était mieux que d'écrire « plus un (e) », dit Isaac.

— Ou « baise régulière », ajouta Carter.

Isaac siffla en direction de Carter, sans doute pour le langage. Mais je me moquais de ça.

— Un *rendez-vous* ? demandai-je avec incrédulité.

— Oui, Mark, dit lentement Carter. Quelqu'un avec qui tu es sorti plus d'une fois.

Will ricana de la cuisine.

— Bonne chance avec ça !

Je lui lançai un regard noir, puis j'eus une excellente idée.

— Toi !

— Quoi, moi ? demanda Will.

— Tu seras mon rendez-vous !

— Je serai quoi ? demanda-t-il à nouveau.

— Tu peux venir avec moi, lui dis-je. À Boston. Au mariage.

— En tant que ton invité ?

— Tu n'as pas à sortir ni quoi que ce soit, lui dis-je. Je suis certain que nous ne serons pas les seuls quatre hommes qui aiment les hommes.

Will leva les yeux au ciel, puis regarda Carter.

— Vous voyez ce que je dois subir ?

— Mieux vaut vous que moi, répliqua-t-il. J'ai fait mon temps à votre place.

Je soupirai de manière dramatique.

— Isaac, ils s'en prennent encore à moi !

Will revint avec des boissons pour tout le monde, il posa les trois bières sur la table basse, mais glissa celle d'Isaac dans sa main.

— Puis-je vous offrir quelque chose à manger, les gars ? demanda Will. Mark ici présent, oublie ses bonnes manières.

— Pas du tout ! rétorquai-je à Will. Carter est comme toi. Il se sert tout seul chez moi.

Will m'ignora.

— Il y a de la pizza fraîche que nous avons commandée, ce soir. Je peux la réchauffer pour vous si vous voulez ?

— Non, ça va, dit Carter avec un sourire. Nous avons pris quelque chose en chemin. Merci quand même, Will.

— Je pense que quelqu'un ici serait un meilleur hôte, dit-il, se rasseyant sur le canapé et prenant une gorgée de bière.

— Est-ce la Journée de la Pique Internationale de Mark Gattison aujourd'hui ? demandai-je. Parce que je n'ai pas reçu le mémo.

— Seules les personnes importantes l'ont eu, répondit Will, sans perdre une seconde. En fait, je pense que c'était classé.

Je regardai Carter et soupirai.

— Tu vois ce que je dois subir ?

Isaac se mit à rire.

— Êtes-vous sûr qu'il n'y a rien de plus entre vous deux ? demanda-t-il. On dirait un couple marié.

— Non, Will ici présent a le prestigieux honneur d'être mon ami, dis-je. En fait, Will est l'homme le plus proche d'un meilleur ami que j'ai depuis que Carter ici a décidé de me quitter et de tomber amoureux.

— Qui d'autre pourrait te supporter ? demanda Will

avec un sourire. Il n'y a pas de place pour qui que ce soit d'autre dans ta vie en dehors de toi et de ton ego.

Je fis la moue.

— Oooh, Will, ne sois pas comme ça. Je pourrais commencer à croire que tu ne m'aimes pas.

Isaac renifla.

— Et ce n'est pas de l'amour ?

— Exactement ! dis-je, prenant une gorgée de ma bière. C'est ce que je n'arrête pas de lui dire.

Carter posa ses pieds sur ma table basse et prit une lampée de sa bière.

— Will, parlez-moi de vous. Comment avez-vous eu la malchance de rencontrer Mark ?

— Nous travaillons ensemble, répondit Will.

J'expliquai.

— Nous partageons un mur de séparation entre nos deux bureaux.

— Comment se porte le monde de l'ingénierie du câble ? demanda Carter.

— Absolument fascinant, répondit Will catégoriquement.

— Occupé, ajoutai-je. Les mêmes conneries, tous les jours.

Quand j'étais entré à l'université pour étudier l'ingénierie, ce n'était pas exactement là où je me voyais finir. Mais, ça payait les factures et, fait certain, dans cette ville, c'était une bénédiction.

— Comment va l'école, Isaac ?

— Bien, répondit-il. J'aime ça.

— Dis-moi, comment vont Hannah et Carlos ? demandai-je. Et cette délicieuse petite Ada ?

— Elle marche maintenant, dit Carter en souriant. C'est

une petite effrontée. Pleine de malice. C'est vraiment une Brannigan.

Isaac se mit à rire.

— Ils vont très bien. Hannah m'a dit de te saluer.

— Et Brady ? demandai-je.

Les oreilles du chien se dressèrent et sa langue pendait sur le côté de sa gueule.

La main libre d'Isaac se posa automatiquement sur la tête du chien, le gratouillant doucement.

— Il va bien, dit-il. Je ne sais pas où j'en serais sans lui.

Puis Isaac baissa la tête.

— Littéralement. Aucune idée d'où je serais.

Je me mis à rire.

— Oh, mon Dieu, Isaac ! Viens-tu juste de faire une blague sur les aveugles ?

Will plissa les yeux vers moi, comme si je ne devrais pas dire de telles choses. Mais Carter secoua la tête en souriant. Regardant Will, il agita sa main entre Isaac et moi.

— Ces deux-là ne font que créer des problèmes quand vous les mettez ensemble.

Je me levai et demandai sa main à Isaac.

— Pour quoi faire ? demanda-t-il, mais levant sa main quand même.

— Nous allons danser, dis-je. Comme nous le faisons toujours.

Je le remis sur ses pieds et nous conduisis vers un espace un peu plus ouvert, près de la cuisine. Quand je le serrai contre moi et glissai mon bras autour de son dos, il dit :

— Tu voulais juste me sentir encore une fois, n'est-ce pas ?

— Chhh... murmurai-je, assez fort pour que Carter entende. Ou Carter nous tombera dessus.

— Garde juste tes mains au-dessus de la ceinture, Gatti-son, m'avertit Carter.

Will termina sa bière.

— Eh bien, cela a été un plaisir, dit-il. Mais je vais vous laisser rattraper le temps perdu ensemble.

J'arrêtai de bouger mes pieds.

— Will, ne pars pas. Tu peux rester.

— Non, c'est bon, dit-il, se dirigeant vers la porte d'entrée. Je suis fatigué et je vous verrai tous demain matin de toute façon.

Puis il regarda Carter.

— Dieu seul sait ce qu'il a prévu pour nous.

Carter se remit rapidement sur ses pieds.

— Je vais vous raccompagner, dit-il à Will. Isaac, je vais faire sortir Brady pour qu'il fasse ses besoins avant que ce ne soit trop tard.

— D'accord, répondit Isaac, toujours entre mes bras.

Quand la porte se referma derrière eux, Isaac continua simplement de bouger ses pieds, dansant lentement.

— Alors, Will semble être un homme gentil.

— Il est super, acquiesçai-je. Il sait faire face à mes conneries.

Isaac resta silencieux pendant une seconde, ne s'arrêtant pas de danser.

— Carter et toi semblez heureux. Enfin, je peux voir que Carter l'est certainement. Il n'a pas cessé de sourire depuis qu'il est arrivé ici.

Isaac s'arrêta alors de bouger.

— Il l'est. Et moi aussi.

Puis il soupira.

— Je dois t'avouer que, quand il a voulu au début que nous allions consulter ensemble, je l'ai juste fait pour le rendre heureux. Il le voulait, et j'avais été si horrible avec lui que j'aurais fait n'importe quoi pour lui...

— Mais ?

— Mais, c'était vraiment une très bonne chose, dit-il calmement. Pour moi, pour nous. Nous parlons davantage, à propos de tout. Je pense que je peux dire en toute sincérité que je suis l'homme le plus chanceux de la planète parce que je l'ai.

— Il est assez cool, admis-je avec un sourire, sachant qu'Isaac pourrait l'entendre dans ma voix. Ne lui dis pas que j'ai dit ça.

Isaac se mit à rire.

— Je vais absolument tout lui raconter venant de toi.

Je le repris contre moi et nous recommençâmes à danser.

— Oh, c'est comme ça que ça va être ? Tu es de son côté maintenant ?

— Totalement, répondit Isaac, d'un air rêveur.

Puisque nous parlions de choses guimauves, je dis :

— Et un grand mariage, hein ?

Isaac sourit au rappel.

— Je suis impatient.

— Oh, Seigneur ! dis-je en gémissant. Tu es devenu un de ces gars sentimentaux, ceux du genre qui sont-tellement-amoureux...

Il soupira bruyamment.

— Ouais, c'est honteux, non ?

— Absolument épouvantable !

Isaac continua de danser lentement, mais il ne baissa jamais ses mains sur mes fesses, ce qui était un peu décevant.

— Je n'aurais jamais cru que je partagerais *ça*, avec quelqu'un, dit-il. D'autant plus avec quelqu'un comme Carter.

— Avoir quoi ?

— Ce genre d'amour, dit-il simplement. C'est juste si... absolu. Tu sais cette chaleur dans ta poitrine, cette *certitude* que tu as trouvé le bon.

Je m'arrêtai de danser et reculai un peu afin que je puisse voir son visage.

— Eh bien, non... Je ne sais pas ce que c'est.

Isaac inclina sa tête.

— Tu n'as jamais été amoureux ?

— Tous les vendredis et samedis soirs, dis-je. Pendant environ une demi-heure.

Isaac sourit, juste au moment où Carter et Brady rentraient. Carter marmonnait contre le froid quand il s'arrêta et nous regarda.

— Toujours en train de danser ?

— Si c'est comme ça que tu appelles ça, dis-je. Je pense qu'Isaac voulait juste me tenir les fesses.

Isaac me cogna légèrement l'épaule.

— Certainement pas !

Carter se mit à rire alors qu'il détachait la laisse de Brady.

— Allez, Car... dis-je. Ton homme a besoin de toi. Je lui ai dit que mon cul n'était pas pour lui.

Je reculai et Carter prit ma place. Il glissa ses bras autour d'Isaac et celui-ci se mit à fondre contre lui avec un petit soupir.

C'était totalement différent de la manière dont j'avais dansé avec lui. Ils se tenaient l'un à l'autre, se tenaient vraiment avec leurs mains agrippant pratiquement l'autre, comme s'ils se retenaient parce que leurs vies en dépendaient.

Je me laissai tomber sur le canapé, pris ma bière et bus une gorgée.

Avais-je déjà connu un amour pareil ?

Non.

Avais-je *envie* de connaître un amour pareil ?

Non.

Je ne le voulais pas. Je ne voulais pas dépendre de quelqu'un d'autre comme ça. Je ne voulais pas faire confiance en quelqu'un d'autre. Je ne voulais pas perdre une partie de moi-même.

Je pris une autre gorgée de bière, finissant la bouteille, et me convainquis que je n'avais pas besoin de ce qu'ils avaient. Je n'avais pas besoin d'un amour absolu, comme Isaac l'avait appelé. Je n'avais pas besoin de l'amour de quelqu'un d'autre pour me prouver qui j'étais.

Je ne voulais pas de complications. Je ne voulais pas l'inévitable déchirement et le chagrin ultérieur. J'avais juste besoin de rapports sexuels occasionnels avec des étrangers. C'était tout ce dont j'aurais toujours besoin, me dis-je en finissant la bière de Will et en regardant Carter et Isaac danser lentement dans mon salon.

CHAPITRE TROIS

WILL ARRIVA à mon appartement en milieu de matinée, vêtu d'un jean et d'une nouvelle veste que je ne l'avais jamais vu porter auparavant. Il avait à peine commencé la conversation avec Carter et Isaac que je nous faisais sortir pour prendre un café. La beauté de vivre dans un appartement au centre-ville était d'avoir tout à proximité et de pouvoir y aller à pied.

Nous passâmes un Starbucks fermé, mais continuâmes vers l'endroit que je préférais pour aller boire un café. C'était une de mes règles : ne jamais fréquenter de sites commerciaux et franchisés quand des cafés plus petits et indépendants existaient toujours. Carter et Will connaissaient bien mon avis à ce sujet, et lorsqu'Isaac demanda pourquoi nous étions passés devant deux cafés parfaitement bien, ils grognèrent tous les deux.

— Parce que Mark déteste les cafés franchisés, dit Will en soupirant.

— Et nous ne sommes pas autorisés à entrer dans l'un d'eux, ajouta Carter.

Je pense qu'Isaac attendait le mot de la fin. Au lieu de ça, je lui dis :

— C'est une de mes bêtes noires. Je suis plutôt passionné par le sujet.

— Et par passionné, dit Will, il veut dire têtu et excessif.

Ils se moquèrent tous de moi.

— Riez de moi tant que vous voulez, mais je suis un homme de principe.

Will tint la porte ouverte du café beaucoup plus petit et beaucoup plus personnalisé.

— Tu es un homme de beaucoup de choses, je ne suis pas certain que « principe » soit l'un d'entre eux.

Je lui adressai mon meilleur regard de tueur tandis que j'entrais, mais demandai promptement une table pour quatre. Nous nous assîmes et commandâmes du café et de quoi manger.

Will était tout sourire, avec ses fossettes et quand je lui demandai la raison de sa bonne humeur, son sourire s'élargit davantage.

— Eh bien, j'ai peut-être appelé ce gars sur la liste que tu m'as donnée hier.

Je faillis recracher mon café.

— Lequel ?

— Le premier de la liste.

Je levai les yeux au ciel.

— Tim ? Jim ? Jack ? Quel était son nom ?

— Jayden, répondit Will.

— Et ?

— Et quoi ? dit-il avec un sourire.

— Ne joue pas le timide avec moi, Will Parkinson, dis-je en essayant d'utiliser une voix sévère. Crache le morceau. Vient-il pour dîner ce soir ?

— Certainement pas.

— Que veux-tu dire par « certainement pas » ? demandai-je.

Will regarda Isaac et Carter, qui étaient pris dans les tirs croisés. Il s'excusa auprès d'eux, puis baissa sa voix pour me parler.

— Il est hors de question que j'amène quelqu'un te rencontrer dès le premier rendez-vous. Tu ferais peur à n'importe qui.

— Mais je vous ai présentés ! criai-je. Enfin, en quelque sorte.

— Je vais le rencontrer d'abord, dit Will, et s'il vaut la peine d'un deuxième ou troisième rendez-vous, alors tu pourras le rencontrer.

— Un troisième rendez-vous ? J'ai besoin de le rencontrer avant un troisième rendez-vous !

Je regardai mon plus vieil ami.

— Carter, aide-moi !

— Je suis avec Will sur ce coup-là, dit-il calmement.

Je posai mon café.

— Je commence à regretter de vous avoir laissé vous rencontrer tous les deux. Vous êtes censés être de mon côté, pas vous liguer contre moi. Vous savez, comme si j'étais Batman et vous étiez Robin et Alfred. Et croyez-moi, Robin et Alfred ne se ligueraient jamais contre Batman.

— Alfred ? demanda Carter. Sérieusement ?

— Ne sous-estime pas ce vieil homme, lui dis-je tout à fait sérieux. Il garde les meilleurs secrets.

— Eh bien, je ne sais pas pour ce qui est d'être Alfred, dit Carter, souriant au-dessus de son café. Mais je serai toujours de ton côté, Mark. La dernière chose dont Will a besoin, cependant, c'est que tu intimides son petit ami potentiel.

— Je n'intimide personne, dis-je sérieusement.

Will et Carter se moquèrent de moi.

— Tu ne veux peut-être pas l'être, dit ensuite Carter, mais ta confiance en toi est redoutable parfois.

— Qu'est-ce que ça veut dire ? demandai-je.

Will tapota ma main.

— Ta génialité est trop pour certaines personnes.

Je serrai la main de Will.

— Merci.

Puis je regardai Carter.

— Pourquoi ne pouvais-tu pas le dire comme ça ? Alfred devrait savoir comment le dire.

— Peut-être que je suis Robin, dit Carter.

— Pfff ! Sûrement pas ! dis-je catégoriquement. Will est mon Robin.

Will sourit largement, et ses fossettes apparurent.

— Je serai ton Robin, dit-il. Mais je mets mon véto sur les collants et le slip de bain vert.

— Mais c'est la meilleure partie de la tenue ! dis-je sérieusement.

— Non, la meilleure partie de sa tenue, c'est sa cape, répondit Will catégoriquement. Mais la sienne est jaune.

— Ça ne compte pas, répliquai-je, d'un ton neutre. C'est une cape. La couleur de la cape est hors de propos.

— Hors de propos ? répéta-t-il. Certainement pas. C'est la partie la *plus* importante !

— Je croyais que tu avais dit que les collants et le sous-vêtement étaient la partie la plus importante ?

— Oh, mon Dieu ! murmura Isaac. Cette conversation a-t-elle vraiment lieu ?

— Ce n'est rien, répondit Will, mordant dans son bagel. Une fois, nous avons débattu des avantages et des inconvénients de la musique des années quatre-vingt. Cela a duré deux jours.

— Je soutenais que j'étais contre, leur dis-je. Il soutenait qu'il était pour.

— Tu argumentes pour le plaisir d'argumenter, répliqua Will. Personne n'est *aussi* passionné par les cheveux ébouriffés, les jeans délavés à la Javel et le Lycra.

Je hoquetai et Carter se mit à rire.

— C'est vrai, dit Will. Il argumente à propos de tout.

— Je n'argumente pas, leur dis-je. J'ai juste mes opinions.

— Sur tout, ajouta Carter.

— Isaac, mon chéri, dis-je, ignorant les deux traitres à la table. Il semble que c'est juste toi, moi et ton magnifique chien aujourd'hui. Ces deux-là ne sont pas fair-play.

— Oh, tu nous aimes, dit Carter.

— Je suis en train de reconsidérer mes options, leur dis-je.

Will repoussa son assiette vers moi avec son bagel à moitié mangé dessus et changea de sujet.

— Alors, vas-tu nous dire ce que nous faisons aujourd'hui ?

— Eh bien, c'est l'Open Studio Day, leur dis-je, prenant le reste du bagel de Will et en prenant une bouchée. J'ai pensé que nous pourrions y aller...

— Qu'est-ce que c'est ? demanda Will.

— C'est la journée d'exposition du musée de l'art d'Oak Hill, expliquai-je, la bouche pleine.

Le visage d'Isaac se tourna vers moi. Il souriait presque.

— Oak Hill ? Vraiment ?

— Ouais, ce n'est peut-être pas très excitant, mais j'ai eu seulement une semaine pour trouver quelque chose que nous puissions tous faire ensemble, dis-je, essayant de minimiser les choses. Tu es peut-être fatigué de ce genre de choses, Isaac, je n'étais pas certain que cela t'intéresserait, mais c'est leur journée d'exposition. Ils ont même des classes d'art, d'après ce que dit leur site web.

— J'aimerai sûrement, dit-il, m'adressant un large sourire.

— Hum... commença Carter, mais Isaac le coupa.

— Oak Hill est le nom de l'Institut du Connecticut pour les Aveugles, dit Isaac. J'en ai beaucoup entendu parler, mais n'y suis jamais allé.

— Eh bien, tant mieux, dis-je. Aujourd'hui, nous pourrions y aller. Puis ce soir, si vous êtes intéressés, il y a ce concert de jazz au The Stage. Normalement, ils font du théâtre, mais parfois des concerts. Je nous ai pris des tickets de toute façon.

Carter me sourit.

— Et tu veux que les gens pensent que tu es insensible.

— Chhh... dis-je. Ne ruine pas ma réputation. Je ne peux pas laisser les gens penser que je suis gentil et prévenant. Sinon, ce serait des années à me conduire comme un salaud qui seraient fichues en l'air.

Isaac sourit alors.

— Ton secret est en sécurité avec nous.

Je regardai Will, qui me sourit également.

— Tu n'es pas un salaud, Mark.

— Chhh... répétai-je. J'ai dit de garder le secret ! Bon sang, Petit Génie, tes compétences pour ce qui est de garder un secret te font cruellement défaut. Je pourrais avoir à révoquer ton privilège de porter une cape et le donner à Alfred ici présent.

Will se contenta de me sourire, sans retour sarcastique ni quoi que ce soit. Puis il dit :

— Quels sont tes plans pour ce soir ? Et s'il te plaît, ne me dis pas qu'ils impliquent de boire des body shots sur ces jumeaux brésiliens avant ou après le concert de jazz.

J'éclatais de rire.

— Non... Mais maintenant que tu le mentionnes...

— Nous allons boire des body shots sur qui ? demanda Isaac, un peu trop vivement.

Carter se racla la gorge.

— Euh... personne.

— Oh, allez, Alfred ! dis-je à Carter. Où est passé ton goût pour l'aventure ?

— Je préfère que mon fiancé ne boive pas d'alcool sur le nombril d'étrangers, merci quand même, répondit-il.

Je regardai Will.

— Tu vois ce qui se passe quand tu te maries ? Devez-vous solennellement jurer que vous n'aurez plus jamais de plaisir à nouveau ? Oui. Jurez-vous par la présente de ne plus jamais avoir de relations sexuelles avec quelqu'un d'autre ? Oui. Déclarez-vous perdre tout sens de l'humour ? Oui.

Will se mit à rire, Carter leva les yeux au ciel et Isaac inclina sa tête.

— Mark, d'où te vient cette aversion pour le mariage ?

Les yeux de Carter se fixèrent sur ceux de Will et ils sourirent tous les deux, lentement. Ils répondirent à l'unisson.

— Sa mère.

— Ne parlez pas du diable, les avertis-je. Seigneur, maintenant elle va appeler ! Si mon téléphone sonne dans les dix prochaines minutes – je regardai Will, puis Carter – l'un de vous deux y répondra.

Ils éclatèrent de rire, bien entendu, comme si c'était vraiment amusant. Ce qui n'était pas le cas. Du tout.

Isaac semblait ne pas savoir quoi dire, si bien que j'expliquai.

— Ma mère est... Eh bien, elle n'est... pas vraiment ce que tu pourrais appeler maternelle.

— Elle est super, dit Will, en me poussant du coude.

— Oh, ouais, c'est une véritable marrante ! ajoutai-je, sarcastiquement.

Puis, parce que l'univers me détestait, mon téléphone sonna. Je le sortis de ma poche et le fis glisser en travers de la table, vers Carter. Je n'avais même pas à regarder sur l'écran.

— Tu réponds. Dis-lui que je suis occupé.

Carter se mit à rire et attrapa le téléphone.

— Carter Reece à l'appareil.

Je pouvais entendre à travers le téléphone la note d'excitation dans le ton aigu de la voix de ma mère quand elle entendit Carter. Je pris la main d'Isaac.

— C'est bon, elle est peut-être Satan, mais ses pouvoirs maléfiques sont inefficaces à travers le téléphone. Elle ne peut pas lui faire de mal.

— Satan ? demanda Isaac.

Je hochai la tête.

— Oui, elle a des pouvoirs maléfiques. Si tu prononces son nom, le téléphone sonne et c'est elle.

Will se mit à rire.

— Oh, allez ! Elle n'est pas si mal.

— Pas si mal ? demandai-je. Quand j'avais seize ans, je lui ai dit que j'allais au cinéma avec quelques amis et elle m'a dit d'aller à celui sur New Park Avenue parce que les sièges étaient plus spacieux. « Mieux pour te faire tailler une pipe » a-t-elle dit. Ce sont ses mots exacts.

Will éclata de rire.

— Ta mère me fait rire.

La mâchoire d'Isaac se décrocha.

— Vraiment ? Elle a dit ça ?

— Ouais, dis-je. J'ai dit à maman que j'emmenais une fille et elle a bu une gorgée de son vin – j'imitais l'action de tenir un verre de vin – puis elle a ajouté « tailler une pipe, faire une pipe, tu auras besoin du même espace ».

Carter posa sa main sur l'appareil.

— Ta mère te dit d'arrêter de parler d'elle.

L'ignorant, je levai les yeux au ciel et regardai Will à la place.

— J'ai pris cinq tickets pour ce soir, alors si tu veux appeler ton rendez-vous et lui demander de nous accompagner...

Will me dévisagea pendant un long moment, mais avant qu'il puisse dire quoi que ce soit, Carter lui tendit le téléphone.

— Will. C'est pour vous.

Will prit le téléphone et Carter glissa son bras autour d'Isaac et sourit. Il me regarda.

— Mark, ta mère n'a pas changé d'un iota.

— Je sais, acquiesçai-je. La chirurgie plastique et le Botox font cet effet.

Carter se mit à rire.

— Je veux dire sa personnalité avisée.

Je hochai la tête.

— Ouais, c'est parce qu'elle est décapée de l'intérieur. Le vin et le gin ont cet effet-là.

Carter eut un petit rire, puis il se pencha vers Isaac pour murmurer :

— Elle n'est pas si mauvaise.

Will dit au revoir à ma mère et me tendit le téléphone. Je regardai l'écran noir.

— Elle ne voulait pas me parler ?

Il essaya de ne pas sourire.

— Non, elle a dit pas besoin...

Je lui lançai un regard noir.

— Will...

Il sourit alors.

— Elle a dit que c'était gentil de ta part de l'inviter à dîner le week-end prochain.

Ma bouche se mit à béer.

— *Tu n'as pas fait ça !*

Il posa une main sur son cœur.

— Je n'ai rien fait, non.

Carter se mit à rire.

— Moi, si.

Je lui jetai un regard furieux.

— Tu parles d'un ami que tu t'avères être !

Mon téléphone sonna dans ma main et l'identité de l'appelant m'indiqua que c'était ma mère.

— Je te l'avais dit ! grognai-je à Carter avant de répondre à l'appel. Maman !

— Oui, bonjour, chéri, répondit-elle. Je voulais juste te prévenir que je serai là à dix-neuf heures. Veux-tu que j'apporte quelque chose ?

— Non, maman, c'est bon, dis-je, donnant un coup de pied à Carter sous la table.

— Très bien, mon chéri, dit-elle de sa voix musicale. Tu es un garçon si adorable. Je ne sais pas pourquoi tu n'as pas encore trouvé un homme gentil.

Et nous y revoilà ! Je laissai ma tête tomber en avant et posai mon front sur la table.

— Au revoir, maman.

Je mis fin à l'appel, et quand je relevai les yeux, Carter et Will souriaient.

— Viens, Isaac, dis-je. Ces deux-là sont des connards. Il semble que c'est juste toi et moi.

Je me levai, glissai ma main sur celle d'Isaac et dis :

— Que dirais-tu si nous nous dirigions vers Oak Hill, hein ?

Isaac se leva, tout comme Brady, et nous nous dirigeâmes vers la porte. Alors que nous passions devant le comptoir, je jetai un coup d'œil en arrière et indiquai Carter et Will – qui souriaient toujours – et dis à la serveuse :

— Ces deux-là vont régler la note.

Carter se mit à rire, mais je conduisis Isaac et Brady à l'extérieur.

— Nous n'allons pas vraiment y aller sans eux, n'est-ce pas ? demanda tranquillement Isaac.

— Nan, ils vont nous rattraper, lui dis-je.

Je pris son coude, et posai ma main sur son avant-bras. Je regardai derrière nous et, bien entendu, Carter et Will nous suivaient.

— Nous devrons les attendre à l'arrêt de bus de toute façon.

Quand nous arrivâmes à l'abri de bus, ils étaient juste derrière nous. Carter parla le premier, réalisai-je, afin de ne pas faire sursauter Isaac.

— Ta mère a dit qu'elle espérait que tu cuisines ce plat d'agneau hongrois quand elle viendra samedi. Elle dit que c'est bon.

— Ce n'est pas bon, le corrigeai-je. C'est génial.

Will releva les yeux de son téléphone.

— C'est vrai. C'est sacrément bon.

— Tu viens aussi, Parkinson, dis-je à mon soi-disant meilleur ami. Si tu me jettes dans la gueule du lion, le moins que tu puisses faire est d'être là.

Les yeux de Will s'écarquillèrent.

— Non. J'ai dit à ta mère que je ne serais pas là, répondit-il, tenant toujours son téléphone. J'ai un rendez-vous, tu te souviens ? Avec un des gars que tu m'as choisis.

— Eh bien, techniquement, tu n'en as pas. Pas encore.

— Mais tu m'as fait une liste et il est juste que je garde mes options de rencontres ouvertes, dit-il avec un sourire. C'était ton idée, tu te souviens ?

— Bon sang !

— Ouais, ta mère était déçue aussi, répondit-il.

— Parce qu'elle t'aime plus que moi ! Je ne peux pas croire que tu m'obliges à dîner avec ma mère et que tu ne viennes pas.

Will releva la tête vers la rue.

— Oh, regarde ! Sauvé par le bus !

Nous montâmes dans le bus. Carter s'assit avec Isaac et Brady, je m'assis à côté de Will et je lui tirai la langue, ce qu'il ignora royalement. Je détestais ça quand il m'ignorait.

Le téléphone de Will se mit à biper et il m'adressa un sourire incertain et un haussement d'épaules.

— Eh bien, Jayden peut venir ce soir.

— Ton rendez-vous ?

— Eh bien, oui. Tu m'as dit de lui demander, répondit-il.

Puis il leva son téléphone.

— Alors, je lui ai demandé.

— Bon sang, tu n'as pas perdu de temps !

— Je peux lui renvoyer un message et lui dire que nous irons ailleurs à la place.

— Non, non ! dis-je, tapotant sa cuisse.

J'avais bien compris qu'il avait dit que si son rendez-vous ne venait pas, alors lui non plus.

— C'est bon. Je suppose que je vais rencontrer ce mec tôt ou tard.

— Tu seras gentil avec lui, n'est-ce pas ? demanda Will, m'adressant un regard sévère.

— Bien sûr que je le serai ! déclarai-je. Parole de scout !

Carter se mit à rire sur la banquette derrière nous.

— Mark n'a jamais été scout.

Puis il se pencha en avant, entre Will et moi et me dit dans un murmure.

— Mais il a baisé plein de mecs qui l'étaient.

Je regardai Will.

— Pas quand ils étaient boy-scouts.

Will secoua la tête et regarda par la vitre à la place.

— Rien ne me surprend dès que ça te concerne.

Je soupirai.

— Isaac, je vais avoir besoin de faire passer une pub dans un journal de rencontres. J'ai besoin d'un nouvel Alfred et d'un Robin. Ces deux-là sont nuls !

— Eh bien, répondit Isaac. Je ne peux pas te garantir pour Will, mais Carter ne l'est pas partout. Et il est même très bien, pourrais-je ajouter.

Je me mis à rire et même Will en fit autant.

— Je ne peux pas croire que je vais amener mon rendez-vous pour tous vous rencontrer.

Je passai mon bras autour de l'épaule de Will et le serrai.

— Il va t'aimer, Will, dis-je. Tu es tout à fait génial.

— Tu crois ?

— Bien sûr ! Tu as la meilleure compagnie qui soit, dis-je. Et comme tu es avec moi et que je sais que je suis impressionnant, cela te rend génial.

Will secoua à nouveau sa tête, mais se pencha contre moi et posa sa tête sur mon épaule pour le reste de notre trajet jusqu'à Oak Hill.

CHAPITRE QUATRE

PASSER trois heures dans une école pour aveugles, dans une exposition d'art était quelque chose que je pourrais dire, en toute sincérité, que je n'aurais jamais imaginé faire avant de connaître Isaac.

En fait, c'était plutôt amusant.

Isaac était plus intéressé par les aspects techniques de tout cela, pour lui et ses étudiants lorsqu'il serait de retour à Boston, et il parla avec les artistes et les professeurs présents, partageant des histoires et parlant franchement de ce qu'ils avaient fait. Carter passa la plus grande partie du temps avec Isaac, partageant son excitation, tandis que Will et moi passâmes notre temps à nous promener ensemble et à regarder les expositions.

— Ils sont plutôt cool, dis-je à Will et l'artiste m'entendit.

C'était une femme aveugle qui était à une table pleine de bracelets et de colliers divers et variés.

— Lesquels aimez-vous ? demanda-t-elle.

— Les bracelets, répondis-je. Celui avec un relief en cuir et le fermoir en argent.

— Ah, oui, fit-elle avec un clin d'œil. J'ai un appareil pour faire des gaufrages uniques, ce qui leur donne cette sensation distincte. Ceux-ci sont très agréables.

— Je vais en prendre deux, lui dis-je.

— Oh ! dit-elle, paraissant surprise, étant donné qu'ils étaient plutôt chers, mais elle empaqueta rapidement les deux que j'avais choisis.

— Les deux sont pour vous, ou y en a-t-il un pour quelqu'un de spécial ?

— Quelqu'un de spécial, répondis-je et, après avoir payé, je me retournai et en donnai un directement à Will.

— Moi ? demanda-t-il, paraissant encore plus surpris que la femme à qui je venais juste de les acheter.

— Oui, toi, répondis-je. Qui d'autre ?

— Je pensais...

Il secoua la tête.

— Je croyais que c'était pour Carter.

— Nan, il a Isaac, dis-je avec désinvolture. Tu es coincé avec moi maintenant.

— Oh, c'est vrai, dit-il avec un demi-sourire. Je suis ton Robin. Moins les collants.

— Je ne suis toujours pas certain de te rendre le privilège de la cape. Mais si tu portes les collants...

Will attacha le bracelet autour de son poignet.

— Tu peux garder la cape.

Je haletai.

— Aucun super héros digne de ce nom n'abandonnerait volontiers sa cape, Will.

J'essayai d'accrocher mon bracelet, mais n'arrivai pas à fixer le fermoir en argent et, avant que je le jette à travers la pièce, Will attrapa ma main et le fit pour moi.

— Seigneur, Mark, Batman peut sûrement attacher ses propres bracelets.

— Batman. Bat. Man. Will, lui rappelai-je. Je ne suis pas Magnéto.

— Oh, mon Dieu ! marmonna-t-il, avant de lever les yeux au ciel. Un autre personnage de bande dessinée sur lequel tu souhaites blasphémer ?

— Non... Oh, mon Dieu, Will ! m'écriai-je. C'est une excellente idée ! Pour Halloween, je serai Wonder Woman !

Will cligna lentement des yeux, mais avant qu'il puisse me dire à quel point cette idée était géniale, Carter et Isaac nous rejoignirent.

— Oh, pour l'amour de tous les personnages de Marvel ! marmonna Will. S'il vous plaît, dites-lui d'arrêter !

Carter se mit à rire et Isaac demanda :

— Mark, qui es-tu maintenant ?

— Je suis génial. Will n'apprécie pas du tout les hommes en tenue de Wonder Woman.

La mâchoire d'Isaac se décrocha, et Carter éclata de rire à nouveau.

— Devons-nous savoir ?

— Le Kings fait une énorme fête pour Halloween cette année et j'étais indécis quant au personnage à incarner, mais maintenant, je sais. Je serai Wonder Woman. Will pourra être Superman.

— Vraiment ? demanda-t-il. Je suis Superman maintenant ? Je croyais que j'étais Robin.

— Eh bien, tu ne veux pas porter de collants, dis-je. Et...

Will leva une main, me coupant la parole.

— Mais Superman porte des collants.

Carter jeta un coup d'œil au poignet de Will, puis le toucha.

— C'est nouveau ?

— Oh, ouais, répondit Will, souriant d'un air heureux en regardant le bracelet et arrêtant le sermon que j'étais sur le point de faire à propos de Superman et du Lycra. Mark vient juste de l'acheter pour moi. Plutôt cool, non ?

— Ça l'est, acquiesça Carter.

Je levai mon poignet.

— J'en ai un aussi.

Puis je pris la main d'Isaac et posai ses doigts sur la nouvelle bande de cuir autour de mon poignet.

— C'est en relief avec une sorte de motif, mais je ne pense pas que cela dise quoi que ce soit en Braille.

— Mmm... dit Isaac pensivement. Si, c'est le cas. Cela dit « Mark doit offrir à déjeuner à Isaac ».

— C'est étrange, répondis-je, parce que je pensais que la dame à qui je l'ai acheté m'a dit que cela signifiait « Isaac n'est pas drôle », mais je dois me tromper.

Isaac se mit à rire.

— Non, je suis pratiquement certain que ça dit que tu paies le déjeuner.

— Eh bien, juste pour que tu le saches, lui dis-je, je te fais les gros yeux.

Puis je pris sa main et le guidai plus loin dans l'exposition.

— Allons-y alors. Si je dois offrir le déjeuner à tout le monde, alors tous les trois, vous devez faire ça avec moi.

Isaac s'arrêta de marcher. Il avait l'air un peu alarmé.

— Qu'est-ce que c'est que *ça* exactement ?

Je glissai mon bras autour de sa taille et murmurai à son oreille :

— Je ne te ferais rien faire avec lequel tu ne te sentirais pas à l'aise.

Isaac s'agita un peu.

— Te tiens-tu si près de moi pour me sentir à nouveau ou parce que Carter peut nous voir et que tu le regardes en souriant juste pour le rendre jaloux ?

J'eus un petit rire.

— Peut-être les deux. Mais il va revenir vers nous maintenant et poser ses mains sur toi. Il le fait à chaque fois, comme s'il te possédait ou quelque chose comme ça.

Isaac soupira, ou était-ce plus un grognement tranquille ?

— Eh bien, c'est le cas, tu sais.

— Ils avancent vers nous maintenant, murmurai-je. Carter va te séparer de moi et poser son bras autour de toi. Tu pourras me remercier plus tard.

Et, bien entendu, ce fut exactement ce qu'il fit. Il retira ma main, qui n'était même pas sur le cul d'Isaac, et le serra contre lui, faisant rire Isaac.

— Qu'y a-t-il de si drôle ?

— Tu es si prévisible, lui dis-je en hochant la tête.

Carter me fit face.

— Trouve-toi ton propre petit ami pour le caresser.

Je le fixai et glissai mon bras autour de Will.

— Je n'ai pas besoin d'un petit ami. J'ai Will. Il me supporte et ne me laisserait pas pour déménager à Boston.

Je tirai la langue à Carter pour faire bonne mesure, puis dirigeai Will vers la porte, où je voulais que nous allions.

— Allez, tu peux être mon partenaire.

— Ouais, merci, marmonna-t-il. Heureux de savoir que je suis utile à quelque chose.

Je le serrai.

— Tu es incroyable, Will. Si quelqu'un te dit le contraire, je vais devoir botter sérieusement quelques culs.

— Tu es un véritable connard, répondit-il, mais il m'adressa un sourire.

— Que faisons-nous ici ? demanda Carter derrière nous.

— Classe d'art, lui répondis-je. De la peinture, je pense que le calendrier l'indique.

— Tu n'es pas sérieux ? demanda Isaac.

Puis il se tourna vers Carter.

— Il est sérieux, n'est-ce pas ?

— Oh, s'il te plaît, répondis-je. Tu fais de l'art avec tes élèves tout le temps. Carter se vante de toi non-stop.

— Oui, mais aucun de ma classe ne peut réellement *voir* à quel point c'est mauvais, dit-il tranquillement.

Je me mis à rire.

— Allez, cela va être amusant.

Nous prîmes nos sièges dans ce qui ressemblait à une classe d'art et, pendant que Brady dormait aux pieds d'Isaac, le professeur fit son laïus de présentation. Pour une somme modique, nous pouvions peindre ou dessiner ce que nous voulions, à une condition : nous devions avoir les yeux bandés.

— J'ai fait beaucoup de choses les yeux bandés, dis-je doucement. Mais pas de la peinture.

Will me poussa du coude, me disant silencieusement de me taire. Puis Carter se pencha vers nous et murmura :

— Moi aussi.

Will leva les yeux au ciel.

— Pas étonnant que vous vous entendiez aussi bien.

On nous donna une grande feuille de papier et nous pûmes choisir quelle méthode utiliser. Je choisis la peinture, Will, le fusain et on nous remit des bandeaux de papier afin que nous puissions expérimenter un peu ce que les artistes étudiants ressentaient.

Avec mon bandeau sur les yeux, on me remit un pinceau et deux petites tasses qui avaient apparemment une couleur différente dans chacune d'elles. Je ne cherchai pas à tricher pour regarder, je trouvais l'idée de le faire sans pouvoir voir, très intrigante.

Je tâtonnai le bord du chevalet, trempai le pinceau dans

l'un des pots de peinture et commençai à faire de grands gestes, alternant les couleurs, élargissant les motifs. Je n'avais aucune idée de ce à quoi cela ressemblait, et c'était amusant. Dans un sens non sexuel.

Quand j'eus fait autant de volutes que mon attention le permettait, je repoussai le bandeau pour regarder ma peinture.

Les couleurs étaient du rouge et du jaune et, par voie de conséquence, il y avait beaucoup d'orange. Les volutes étaient inégales et instables, mais c'était plutôt cool. J'avais toujours été nul en classe d'art à l'école, mais je pensais que ma professeure de lycée un peu folle, Madame Bell, serait heureuse. Elle penserait qu'il y aurait une signification symbolique dans les dispositions ou une autre connerie de ce genre. Je pensais juste que j'avais eu de la chance de le faire sur le papier.

Ce fut alors que j'entendis Isaac rire et quand je regardai dans leur direction, Carter avait rapproché son tabouret pour s'asseoir en face de celui d'Isaac. Celui-ci avait ses mains sur celles de Carter comme s'il le guidait, comme s'ils étaient dans *Ghost* à faire de la poterie.

Il ne se passait pas grand-chose au niveau de la peinture, plus des mots murmurés et des rires.

Je secouai la tête et ce fut alors que je regardai le chevalet de Will.

Il avait choisi le fusain, donc son dessin présentait des lignes qui partaient dans différentes directions et avec différentes nuances de gris et de noirs. Ça faisait un peu maculé et déprimant.

Mais c'était également incroyable.

— Bordel de merde, Will ! murmurai-je.

Il retira son bandeau de papier et regarda son dessin. Il

eut un haussement d'épaules insatisfait, puis regarda le fusain. Il parla doucement.

— Le tien ressemble...

— À celui d'un gamin de maternelle, non ? terminai-je pour lui.

— Donne-toi un peu plus de crédit, dit Will avec un petit rire. Peut-être un élève de CE 1.

Je hochai la tête en direction du sien.

— Le tien est incroyable.

— C'est bon, dit-il. Les lignes ne sont pas vraiment droites.

— Pas plus que l'artiste, rétorquai-je.

Il sourit à ça, puis regarda vers Carter et Isaac, qui étaient toujours dans leur propre monde de taches bleues et rouges, entre deux fous rires.

— Ils sont très amoureux, dit Will dans un murmure.

— C'est vrai, répondis-je, tout aussi doucement. Ils n'ont pas toujours été comme ça.

Will me lança un regard étrange, si bien que je changeai de sujet.

— Que dirais-tu que nous en fassions un ensemble ?

Je retirai mon chef-d'œuvre du chevalet et posai une feuille de papier blanc avant de tendre à Will le pot de peinture rouge.

Je traçai une ligne jaune, puis tendis le pinceau à Will pour qu'il puisse en ajouter une rouge.

— Qu'est-ce censé être ? demanda-t-il, regardant la peinture en inclinant la tête.

— C'est juste ce que c'est, Will, dis-je. Cela n'a pas *besoin* de représenter quelque chose, non ?

Il haussa les épaules et son front se plissa, comme s'il n'aimait pas cette réponse. Alors, j'ajoutai :

— C'est une représentation abstraite de Robin et de sa cape jaune.

Presque à contrecœur, Will fronça les sourcils.

— Il nous manque son caleçon vert.

Il me tendit le pinceau.

— Et Batman, ajoutai-je. Il nous manque la partie la plus importante.

— Qui a dit qu'il doit y avoir un Batman ? demanda Will, regardant toujours la peinture.

— Tu ne peux pas avoir Batman sans Robin, répondis-je sérieusement.

— Non, je suppose que tu ne peux pas, dit-il doucement et je me demandai si nous parlions encore des personnages de la bande dessinée.

Il était tellement bizarre dernièrement. Il était calme et s'était renfermé. Autant je ne voulais pas être mis de côté, autant j'espérais tout de même qu'il puisse trouver quelqu'un qui pourrait le rendre heureux.

Je donnai le pinceau à Will.

— À quelle heure Machin doit nous retrouver, ce soir ?

— Son nom est Jayden et je lui ai dit dix-neuf heures trente au restaurant, répondit Will avec un soupir tandis qu'il ajoutait un peu plus de peinture.

Je voulais qu'il soit excité, qu'il soit heureux.

— Es-tu nerveux ?

— Pas vraiment, répondit-il.

Il me tendit le pinceau.

— Je le redoute un peu, en fait.

— Quoi ? Non. Will, une fois que tu seras là-bas et qu'il arrivera, tu iras bien. Je suis certain qu'il te trouvera très bien. Et si ce n'est pas le cas, alors c'était qu'il n'était pas le bon pour toi.

Will me dévisagea pendant une longue seconde, puis

revint sur notre chef-d'œuvre conjoint.

— Peut-être.

Avant que je puisse ajouter quoi que ce soit d'autre, le professeur qui se tenait devant la classe réclama l'attention de tout le monde. Carter souleva son bandeau et rit devant la peinture en face d'eux. Il dit à Isaac que c'était très beau, bien que je trouvais qu'elle avait l'air pire que la mienne. L'enseignant nous dit que nous avions terminé, que nous pouvions laisser nos peintures sécher si nous le souhaitions et que nous pourrions les prendre avant de partir.

Nous déjeunâmes à l'extérieur, laissant Brady faire ses besoins et boire un peu. Pendant tout ce temps, je ne cessais de me rappeler ce que Will avait dit, et de la manière dont il l'avait dit.

Il se retirait en lui-même. Il n'était pas heureux ici, à Hartford, il ne l'avait jamais vraiment été. Il était revenu à cause de ses parents qui avaient réussi à le faire se sentir coupable d'être parti. Il avait passé quelques années à l'université de New Haven et était revenu une fois diplômé parce que sa mère se lamentait après lui, lui disant que c'était trop loin pour qu'elle puisse faire le voyage.

Ce n'était qu'un ramassis de conneries.

Elle n'était qu'une vieille mégère qui ne s'était jamais vraiment remise du fait que son fils était gay et elle avait essayé de le convaincre que c'était juste une phase. Cette femme me détestait. Elle pensait que j'étais le diable incarné et me le disait souvent. Je lui avais répondu qu'elle se trompait cruellement. Que j'étais le *fils* du diable réincarné. Que ma mère avait déjà ce titre.

Will leur rendait visite très souvent, en général sans moi, mais s'il voulait énerver sa mère, il m'emmenait. Et j'adorais y aller, rien que pour aider mon ami à ennuyer sa mère.

Le père de Will était un homme opprimé et silencieux. Je pense que la mère de Will lui avait brisé l'esprit il y a longtemps et il ne parlait jamais vraiment beaucoup. Will disait qu'il avait à peine entendu son père prononcer plus de quelques phrases de toute sa vie.

Je pensais que ma mère était bizarre, mais ses parents l'étaient également, juste dans un autre genre. Ma mère était autoritaire, fumeuse de cigarettes, gourmande de gin, accro au Botox, marrante et folle. Alors que les parents de Will étaient du genre horrible, des fous suceurs d'âmes.

Ce n'était pas vraiment une surprise que Will aime ma mère. Elle l'étreignait, était aux petits soins avec lui, et ils faisaient toutes sortes de trucs mère-fils. Il l'emmenait au cinéma ou lui achetait des choses sur des marchés aux puces. Elle m'appelait juste pour lui parler et, pour finir, je lui avais donné son numéro de téléphone portable afin que je ne sois plus impliqué.

Mais Will était très silencieux ces dernières semaines. Je l'avais remarqué alors qu'il jurait que tout allait bien, mais je savais que ce n'était pas le cas. Je le savais parce que je l'avais déjà vu auparavant.

C'était le même genre de dépression que Carter avait traversé juste avant qu'il déménage pour Boston.

Il était agité et avait besoin d'une nouvelle vie.

Je comprenais ça et je l'aimais, donc j'étais heureux pour lui qu'il aille à la recherche du bonheur.

Mais Will était différent.

Je ne savais pas pourquoi. Peut-être parce que je ne voulais pas perdre un autre meilleur ami. Peut-être que je ne voulais pas être laissé derrière. Encore.

Et le seul moyen que j'avais de m'assurer qu'il reste à Hartford était de l'aider à trouver le bonheur. D'où la raison pour laquelle je voulais lui trouver un petit ami.

Cela, en soit, était un concept qui ne me correspondait pas vraiment, bien que je mette cela de côté, ne voulant pas qu'il continue sans moi.

— La Terre appelle Mark ! dit la voix de Carter. Tu es là ?

Je me redressai et secouai la tête.

— Désolé, j'étais à un million de kilomètres de là.

— Nous ferions mieux d'y aller, non ?

— Ouais, dis-je en me levant et en m'étirant.

Will était déjà debout.

— Je vais juste aller chercher ces peintures, dit-il. Je vous retrouve devant.

Et là-dessus, il partit.

Carter, Isaac, Brady et moi retraversâmes le Centre, passâmes les portes d'entrée puis nous dirigeâmes vers l'arrêt de bus.

— Les gars, voulez-vous rentrer à la maison et vous détendre un peu avant de ressortir ce soir ? leur demandai-je.

Isaac hocha la tête.

— Bonne idée.

— Tu vas bien ? me demanda Carter.

— Ouais, je vais très bien, répondis-je, bien qu'il sache que ce n'était pas l'exacte vérité.

Il n'insista pas sur la question, parce que Will arrivait derrière nous, les mains pleines de papiers roulés.

— Je peux les mettre dans mon sac à dos, si vous voulez, dit Carter.

Il prenait toujours un sac à dos s'ils devaient aller quelque part, au cas où Brady aurait besoin d'une petite collation ou d'eau.

— Bien sûr, dit Will, les lui tendant juste avant que le bus arrive.

Will était toujours silencieux quand nous nous assîmes et même après que le bus ait parcouru une partie du trajet, si bien que je le poussai du coude.

— Je disais juste que nous devrions revenir à mon appartement et nous détendre un peu avant de sortir à nouveau. Veux-tu venir avec nous ?

— Nan, je vais rentrer à la maison, dit-il.

— Tu es sûr ?

— Oui, Mark, je suis certain. Je dois rentrer chez moi et me faire tout beau pour ce rendez-vous que j'ai ce soir.

— Tu dis ça comme si tu allais te faire opérer.

Will renifla avec dérision.

— Et que va-t-on me retirer ?

Moi, pensai-je. *Tu vas me faire retirer*. Surpris par mes propres pensées, je fis ce que je faisais toujours : je dis quelque chose de drôle pour que les gens ne découvrent pas la vérité.

— Ton sens de l'humour, si ça ne te dérange pas. Parce qu'il est défectueux. Puis tu pourras le faire remplacer par le Mark Gattison Trois Mille. C'est à la pointe de la technologie, pleine puissance sur l'humour, qui a un taux de réussite de cent pour cent et peut être utilisé pour charmer les autres.

— Ou les offenser, ajouta Will.

— Eh bien, cela dépend des circonstances. C'est un programme hautement évolué qui permet de détecter tout ce qui est nécessaire.

Will secoua la tête, mais réussit à rire un peu.

— Tu es un pauvre type.

— Peut-être, mais je t'ai fait sourire.

Il me poussa de son épaule et soupira.

— Tu es un bon gars, Mark. Je me moque de ce que les autres disent à propos de toi.

Je ricanai.

— Ouais, merci.

Quand nous arrivâmes à l'arrêt de bus le plus proche de mon appartement, Will descendit également et partit dans la direction opposée, avec la promesse de nous retrouver au restaurant.

— Oh, attendez ! appela Carter, retirant son sac à dos. Will, votre dessin !

— Donnez-le à Mark, répondit-il. Il peut le garder.

— Dix-neuf heures trente ! criai-je dans sa direction. Ne sois pas en retard. Tu ne voudrais pas que Jayden arrive là-bas sans toi.

Même à vingt mètres de là, je pus voir Will lever les yeux au ciel, avant de se retourner et de s'éloigner.

WILL ÉTAIT DÉJÀ au restaurant quand nous entrâmes. Il était vêtu de sa chemise grise qui correspondait à ses yeux et ses cheveux étaient soigneusement coiffés. Il était vraiment beau.

Nous nous assîmes à une table ronde, avec moi à côté de Will et un siège vide à son autre côté, puis Carter et Isaac, avec Brady, comme toujours, à ses pieds. Will sourit et essuya ses mains sur ses cuisses. Il était nerveux.

— Tu vas bien ? demandai-je doucement.

Je tapotai sa jambe sous la table.

— Tu seras très bien. Sois toi-même. Il t'aimera.

Will laissa échapper un reniflement nerveux.

— Les gars, vous avez tous l'air très bien, dit-il en regardant autour de la table.

— Je vais devoir te croire sur parole à ce sujet, répondit Isaac avec un sourire.

Le serveur prit la commande de nos boissons et juste au moment où il revenait avec nos bières, le téléphone de Will se mit à vibrer. Il lut l'écran et souffla en faisant gonfler ses joues.

— Quoi de neuf ? demandai-je. Il ne vient pas ?

— Non, non, dit-il rapidement. Il est devant la porte. Je dois aller le retrouver.

Will se leva, puis me regarda.

— Souhaite-moi bonne chance.

Je me mis à rire.

— Tu n'as pas besoin de chance. Tu m'as, moi !

Will jeta sa serviette sur la table.

— C'est ce qui m'inquiète, marmonna-t-il avant de disparaître à travers les portes que nous venions juste de franchir.

Carter me sourit.

— Sois gentil avec lui. Essaie de ne pas l'effrayer.

J'étrécis mon regard vers lui.

— Oh, s'il te plaît ! Si un abruti ne peut pas me supporter, alors il ne mérite pas Will.

— Alors, dit Isaac. Sur l'échelle du bizarre de un à dix, à combien devons-nous nous attendre ?

— Je serai gentil, leur répondis-je, un peu ennuyé qu'ils pensent que je ne le serais pas. Je veux qu'il soit heureux.

— Lui as-tu demandé ce qu'*il* veut ? demanda Carter gentiment.

— Eh bien, oui. Voilà comment toute cette histoire « trouver un petit ami pour Will » a commencé. Je lui ai demandé s'il voulait un petit ami et il a dit oui.

Puis je me corrigeai.

— Enfin, il a plutôt haussé les épaules et hoché la tête, mais il n'a certainement rien objecté.

— Pourquoi ne peut-il pas se trouver son propre petit ami ? demanda Isaac.

— Eh bien, je suppose qu'il peut s'en trouver un tout seul. Je ne fais que l'aider. Il n'est pas très heureux ici et je ne veux pas qu'il parte.

Avant que Carter ou Isaac puissent dire quoi que ce soit d'autre, Will revint dans le restaurant avec son rendez-vous. Jayden était un peu plus petit que Will et souriait nerveusement. Will s'assit entre lui et moi, et nous essayâmes d'entretenir la conversation afin que personne ne se sente mal à l'aise, bien que ce soit un peu le cas.

Je devais accorder un certain crédit à Jayden, il avait rendez-vous avec un complet étranger et trois amis dudit étranger. Peu importe que ma cousine Chelsea l'ait rassuré en lui disant que nous étions normaux, cela demandait tout de même d'avoir des couilles.

Il avait l'air pas mal, de courts cheveux bruns ondulés et de grands yeux marron. Il avait vingt-cinq ans et était directeur adjoint dans un quelconque magasin de vêtements, ce qui expliquait sa tenue. Non pas que ce ne soit pas bien, c'était tout simplement quelque chose que je n'aurais jamais porté. Certes, les jeans sont universels, mais la chemise à carreaux faisait nunuche, qu'elle soit de marque ou non.

Cela expliquait également comment ma cousine Chelsea le connaissait. Elle gérait le magasin d'à côté, et les deux en étaient venus à se connaître mutuellement, d'après ce que Jayden avait dit.

Nous mangeâmes nos plats et parlâmes du fait que Carter et Isaac allaient se marier et comment leurs plans de préparation avançaient, puis nous parlâmes de sujets sûrs comme les films et le sport. Nous bavardâmes tous les quatre, et même Jayden se joignait à nous de temps en temps.

Je suppose que nous étions tous à l'aise et je ne pensais rien de particulier à propos de ça, mais quand Will eut assez mangé, il échangea simplement son assiette avec la mienne. Je mangeai ce qui restait dans la sienne, comme nous le faisions toujours, tout en continuant de parler.

Ce ne fut que lorsque la table fut soudain silencieuse que je relevai les yeux et vis que Carter et Jayden me regardaient manger. J'avalai ma bouchée.

— Quoi ?

Le regard de Jayden passa de Will à moi pendant que Carter souriait et secouait la tête.

— Rien.

Je dévisageai Will et il sourit à Jayden.

— Mark mange largement plus que moi, dit-il tranquillement.

Je repoussai l'assiette, comme si c'était l'objet du délit, mais la conversation ne repartit jamais tout à fait après ça, alors avant qu'elle ne fasse une véritable dégringolade, je suggérai que nous nous dirigions vers The Stage.

Pendant que nous marchions pour sortir du restaurant, Carter attrapa mon bras et me tira contre Isaac et lui, laissant Will et Jayden marcher à quelques pas devant nous.

— Laisse-les parler, murmura-t-il.

Je regardai à quelques reprises, voyant que Will et Jayden avaient entamé une tranquille conversation entre eux, et qu'ils avaient l'air relativement heureux. Jayden rit même plusieurs fois et je me demandai ce que Will avait pu dire pour que ce soit aussi amusant.

Carter parlait à Isaac de l'époque où il habitait à Hartford, où il vivait, où il avait l'habitude de sortir et les endroits où il allait l'emmener demain.

— N'est-ce pas, Mark ? demanda Carter.

— Hein ?

Il renifla avec dérision.

— Étais-tu seulement en train de m'écouter ?

— Comment puis-je faire attention à toi quand je suis en train d'écouter la conversation devant nous ? lui demandai-je.

— Laisse-les tranquilles, dit-il.

— Je suis juste inquiet, voilà tout. J'ai le droit d'être préoccupé. Je crois me souvenir t'avoir posé une centaine de questions quand tu as rencontré Isaac et cela ne t'a pas gêné.

— C'était différent, rétorqua-t-il.

— Pas vraiment. Parce que je l'aurais espionné avec toi si j'avais pu, mais tu étais à Boston. Donc, je devais poser des questions.

Isaac se mit à rire.

— As-tu mis Carter sur la sellette quand nous nous sommes rencontrés au début ?

— Oui, dis-je fièrement. Il était de mon devoir en tant que meilleur ami de l'importuner un max jusqu'à ce qu'il me donne toutes les réponses.

— Eh bien, importune Will demain, mais laisse-le tranquille ce soir.

— Tu te souviens quand j'ai mentionné le fait que lorsque tu te maries, tu perds ton sens de l'humour ? demandai-je.

Carter ricana.

— Oui.

— Ouais, eh bien. C'est le cas.

Isaac se mit à rire, si bien que je me serrai entre Carter et lui et glissai mon bras autour d'Isaac.

— Excusez-moi, Monsieur Brannigan. Je vous remercie de bien vouloir me dire ce qu'il y a de si drôle ?

— Toi, répondit-il simplement. Mark, tu sais que tu es ma deuxième personne préférée, non ?

— Eh bien, toi et moi savons que je suis ton favori, le premier, mais nous n'allons pas le dire à Carter.

Isaac secoua la tête et se moqua de moi.

— Et tu sais que je t'adore, non ?

— Mmm...

Je cherchais où il voulait en venir.

— Tu es sur le point de m'insulter, n'est-ce pas ?

Isaac sourit.

— Seulement parce que je t'aime.

— Oh, bon sang, ça va être mauvais !

Même Carter se mit à rire à ma pitrerie, et Isaac dit :

— Tu as une bonne vision générale ?

Eh bien, voilà une question bizarre.

— Ouais. Dix sur dix.

— Et tu es plus intelligent que la moyenne ?

— J'aime à le penser, dis-je lentement, ne sachant toujours pas où cela allait.

Puis il soupira.

— Je me demandais juste, dit-il avec désinvolture.

Je regardai Carter.

— Peux-tu traduire ça pour moi ?

Carter se mit à rire.

— Peut-être plus tard, répondit-il alors que nous tournions au coin d'un immeuble. Voilà le théâtre.

———

LE CONCERT en lui-même était plutôt bon et quand nous repartîmes, Isaac dit qu'il était fatigué si bien que Carter suggéra que nous rentrions directement à la maison. Je regardai Will et Jayden.

— Les gars, vous êtes prêts pour quelques verres ?

— Non, m'interrompit Carter.

Il m'adressa un regard noir et mortel.

— Que dirais-tu de venir avec nous et de laisser ces deux-là tous seuls ?

— Oh ! dis-je. D'accord.

Puis je regardai Will.

— C'est d'accord avec toi ?

— Ça ira, répondit-il en souriant.

M'avançant vers lui, je pris son visage en coupe.

— Tu m'appelles si tu as besoin, dis-je sérieusement, puis j'embrassai sa joue.

J'adressai un regard à Jayden qui disait « ne lui fais pas de mal ». Puis je tapotai légèrement le visage de Will.

— Je t'appelle demain. Amusez-vous bien, les enfants.

Une heure plus tard, Brady était recroquevillé sur le tapis, Isaac était endormi dans son lit et Carter et moi continuions de parler quand mon téléphone bipa. C'était un message de Will.

À la maison, seul. Le rendez-vous était un total fiasco. Je t'appelle demain.

Je renvoyai rapidement une réponse.

Qu'a-t-il dit ? Je pensais que tout se passait bien. S'est-il passé quelque chose ?

Il a dit qu'il n'était pas intéressé.

Tu vas bien ?

Je vais bien. Je t'appelle demain.

D'accord. Pour ce que ça vaut, aucun homme portant une chemise à carreaux n'est assez bon pour sortir avec toi.

Il y eut un long moment avant qu'il réponde :

Je t'aime.

Sans même y réfléchir, sans hésitation, je répondis :

Je t'aime aussi.

CHAPITRE CINQ

JE LEVAI MON TÉLÉPHONE.

— Will est à la maison, dis-je à Carter.

Nous étions tous les deux assis sur des canapés opposés, nos pieds touchant pratiquement la table basse.

— Seul ?

— Ouais, apparemment le petit joueur n'était pas intéressé, dis-je catégoriquement. Sale connard ! Comment ne pourrait-il pas être intéressé par Will ?

— C'est vraiment un bon gars, dit Carter, arrachant l'étiquette de sa bière.

— Il l'est. Il est super.

— Quelle est son histoire ?

Je soupirai.

— Il est revenu à Hartford pour faire plaisir à sa mère qui n'est jamais satisfaite. Il est revenu depuis plus d'un an, mais il n'est pas vraiment heureux.

— Alors tu essaies de lui trouver un gars pour qu'il soit heureux ?

Je hochai la tête.

— Ouais.

Carter resta silencieux pendant un moment, comme s'il essayait en premier de trier ses mots dans sa tête.

— Crache juste le morceau, Carter.

Il sourit.

— Eh bien, qu'en est-il de toi ?

— Quoi moi ?

— Avec Will.

Je pris une gorgée de ma bière.

— Il a besoin de quelqu'un de mieux que moi, répondis-je honnêtement. Quelqu'un qui accepte tout ce truc de relation et qui peut le rendre heureux. Ce n'est pas moi.

Carter hocha lentement la tête, grattant l'étiquette de sa bouteille de bière du bout de son doigt.

— Toujours à les aimer et les quitter ?

Je souris.

— Absolument !

— Comment est la scène au Kings ? demanda-t-il. Toujours la même ?

— C'est toujours la même chose. Nouveaux visages après chaque remise de diplôme au lycée.

Carter secoua la tête, mais se mit à rire.

— Tu es terrible !

— Il me semble me souvenir que tu étais souvent avec moi lors de ces nuits.

— C'était il y a longtemps, répondit-il tranquillement. Seigneur, je ne pourrais même pas m'imaginer recommencer encore une fois toutes ces rencontres furtives.

Ce fut à mon tour d'être silencieux.

— Tu vas vraiment te marier ?

Il me regarda, longuement et sérieusement, puis hocha la tête.

— Oui, tout à fait.

— Comment va Isaac ? demandai-je. Il a l'air bien plus heureux.

Carter sourit, et il y avait une certaine douceur dans ses yeux.

— Il l'est, dit-il, toujours en souriant. Il travaille vraiment dur là-dessus, tu sais. Il essaie et je dois admettre que certains jours, ce n'est pas parfait, mais Mark, c'est différent maintenant.

Je souris.

— Je peux voir ça.

Carter fit tourner sa bouteille de bière entre ses mains.

— Depuis tout ce bordel avec Joshua, il est plus affectueux, plus ouvert. Il parle des choses qui le gênent. Il m'inclut dans tout et nous parlons beaucoup plus.

— Mon Dieu ! Cela ressemble à une annonce sur un canal de publireportages.

Carter se mit à rire.

— Je sais, d'accord ? C'est fou.

— C'est nauséabond.

Carter continua de rire, puis secoua la tête.

— Je vais vraiment me marier !

Je ricanai.

— Viens-tu juste de recevoir le mémo ?

Carter souriait toujours, peu importe combien je me moquais de lui.

— Je ne peux pas le croire, tu sais. Je n'ai jamais pensé que ce jour viendrait, que je le trouverais, *lui*.

— Lui ?

— Oui, *lui*. La seule personne avec qui je voudrais passer le reste de ma vie.

Il secoua sa tête, comme s'il pouvait entendre à quel point cela paraissait ridicule, mais ne pouvait toujours pas arrêter les arcs-en-ciel et cette connerie de papillons.

— Je sais qu'Isaac a eu des problèmes, et qu'il en a encore. Ne te méprends pas, ce n'est pas un homme toujours parfait. Certains jours, il se comporte encore comme le gosse arrogant duquel je suis tombé amoureux. Mais il est différent maintenant. Je ne sais pas... plus léger, en quelque sorte. Plus heureux. Il suit toujours sa thérapie et il revient vraiment de très loin.

— Je peux voir ça, lui dis-je. Vous avez l'air tellement heureux tous les deux, que je pourrais vomir.

— Oh, agréable ! dit Carter, impassible.

Je lui adressai un sourire.

— J'ai compris. Vraiment, dis-je honnêtement. Isaac est plus en paix avec lui-même.

— Oh ! dit Carter, inclinant sa tête. Tu regardes *vraiment* la chaîne de publireportages.

— Seulement quand je rentre à la maison à deux heures du matin et que je suis ivre, tripotant un coup d'une nuit et chanceux.

Carter secoua la tête.

— Un jour, Mark, quelqu'un va te faire tomber.

— Me frapper ?

Il éclata de rire.

— Non, idiot. Je veux dire que tu vas tellement tomber amoureux de quelqu'un que tu ne sauras même pas ce qui t'arrivera.

Je me moquai tellement de lui, que je réveillai Brady.

— Peu probable, Car. Ça ne va jamais arriver.

— Tu verras, dit-il, souriant tout en finissant sa bière. Et lorsque cela arrivera, tu ne sauras pas comment réagir.

LE LUNDI MATIN, je le vis tourner au coin de la rue et j'allai à sa rencontre.

— Hey ! Will, tu vas bien ?

Il jeta un coup d'œil au trottoir autour de lui.

— Est-ce que tu m'attendais ?

— Bien sûr, connard ! dis-je, en le fusillant du regard. Je suis arrivé ici de bonne heure pour te voir, puisque tu m'avais dit de ne pas venir la nuit dernière.

— Tu avais des invités, dit-il en marchant toujours.

Je courus pour le rattraper.

— Carter et Isaac sont partis en milieu d'après-midi. Tu savais qu'ils ne restaient que jusqu'à dimanche après-midi. Je t'ai dit que je pouvais venir la nuit dernière et te remonter le moral.

Il secoua la tête et laissa échapper un petit rire moqueur tandis que nous entrions dans le hall d'entrée de notre société.

— Mark, j'ai dit que j'allais bien. Vraiment, ce n'était rien. Le gars a dit qu'il n'était pas intéressé, et alors ? Qui s'en soucie ?

— Moi, répondis-je alors que nous entrions dans l'ascenseur. Putain, moi !

— Pourquoi ?

— Parce que, Will, je me soucie de ce qui t'arrive. Si un gars quelconque dit qu'il n'est pas intéressé, alors je veux savoir ce qui ne va pas chez lui.

Will se mit à rire tandis que les portes de l'ascenseur s'ouvraient et que nous nous rendions à nos espaces de travail.

— Il n'y avait rien qui n'allait pas avec lui, Mark. Nous n'avions juste pas grand-chose en commun.

J'avais du mal à le croire, mais pensais qu'il ne voulait pas en parler. Ce qui, pour la plupart des gens, signifiait que je devais les interroger, encore et encore jusqu'à ce qu'ils me disent que c'était à moi de la fermer.

Mais avec Will, la clef était de ne rien ajouter à ce sujet, jusqu'à ce que finalement, il vende la mèche, parce que le silence le rendait fou.

Ce fut donc ce que je fis.

— Je sais ce que tu fais, dit-il de son côté du mur qui nous séparait.

Je souris.

— Quoi donc ?

— Tu attends, sans poser de questions, pour me faire enrager jusqu'à ce que je te raconte tout.

Je me mis à rire, m'attirant un regard noir de la part de mon directeur. Je lui adressai un petit geste et me levai pour que je puisse regarder par-dessus la paroi de séparation.

— Je ne ferais jamais ça !

Il baissa la tête et étouffa un rire.

— Tu vas nous faire avoir des problèmes à tous les deux.

Je me rassis dans mon fauteuil et ricanai.

— Crois-moi, être viré d'ici ne serait vraiment qu'une parodie.

Il soupira lourdement.

— Ouais, ne m'en parle pas.

Cela prit un moment – et quelques incitations gastrono-miques. Je le soudoyai avec un café, lui donnai la moitié de mon muffin à la pause du matin, et proposai même de lui offrir à déjeuner.

Nous nous assîmes à notre table habituelle au restau-rant où nous allions souvent déjeuner, et peu de temps après, Will dit :

— Carter est un homme bien. Je peux comprendre pourquoi vous vous entendez si bien tous les deux.

— Il est l'un des meilleurs.

Je pris une bouchée de mon sandwich et après l'avoir mâchée et avalée, je dis :

— Il te ressemble beaucoup.

— Vraiment ? demanda-t-il pensivement. Si tu veux dire que nous te supportons tous les deux, alors oui, j'ai pu le voir.

Je lui adressai un sourire brillant.

— C'est exactement ce que je voulais dire.

Il m'ignora.

— Isaac est un gars très bien aussi, bien que je ne lui aie pas beaucoup parlé.

— Il l'est. Isaac est quelqu'un de difficile. Il a eu une vie assez rude, et il apprend à faire avec, mais sous la surface, c'est l'un des hommes les plus gentils que j'ai jamais rencontrés.

— Je ne peux pas m'imaginer devenir aveugle, dit Will. Pourtant, il fait paraître ça si facile.

— En effet, acquiesçai-je. C'est un bagarreur. Il garde Carter en état d'alerte.

— J'en suis sûr, dit-il en riant.

Il mangea autant de son déjeuner qu'il le faisait normalement et poussa son assiette vers moi.

— Qu'as-tu fait hier avec eux ? Tu les as emmenés faire quelque chose d'excitant ?

— Pas vraiment, dis-je en mangeant ce qui restait dans son assiette. Carter voulait montrer les environs à Isaac, tu sais, où il vivait, où il était allé à l'université, où il avait travaillé, là où nous avions l'habitude de traîner.

Will pensa à tout ça pendant un moment.

— Euh... Je ne veux pas me montrer impoli, mais comment peut-il lui montrer les environs, tu sais, puisqu'il est aveugle et tout ça ?

Je pris une gorgée de mon soda et haussai les épaules.

— Il les lui décrit simplement. Isaac est vraiment bon avec les sons et les odeurs, alors il lui permet de les découvrir de cette façon, je suppose. Carter ne l'a jamais traité différemment. Il agit juste comme s'il était normal.

Will hocha lentement la tête et sourit.

— Eh bien, allons-y. Nous ferions mieux de retourner travailler.

Je jetai un coup d'œil sur ma montre et réalisai que nous étions déjà pratiquement en retard. Et Will ne m'avait toujours pas parlé de ce qui s'était passé avec Jayden. Je décidai de laisser courir, pensant qu'il ne voulait vraiment pas que je sache.

Mais il était environ dix-sept heures dix, et sans même me regarder par-dessus mon espace de travail ni sans faire le tour pour venir me voir, Will demanda :

— Qu'as-tu voulu dire quand tu as dit que Carter et Isaac n'avaient pas toujours été aussi amoureux ?

Je me levai et le regardai au-dessus de la cloison.

— Comment ça ?

— Samedi, tu as dit qu'ils n'avaient pas toujours été aussi amoureux, répéta-t-il, bien qu'il ne me regarde pas.

Je vins de son côté et posai mes fesses sur son bureau, comme il le faisait normalement sur le mien.

— Eh bien, ils ont toujours été amoureux, corrigeai-je. Mais pas toujours aussi... heureux ni satisfaits. Cela leur a pris du temps pour en arriver là où ils en sont maintenant. Ça a demandé beaucoup de travail, c'était difficile.

— Ils sont très heureux maintenant, cependant, dit-il.

— Ils le sont, vraiment beaucoup, acquiesçai-je.

— Ils ont rompu, n'est-ce pas ? demanda-t-il. Il y a un moment ? Voilà pourquoi tu étais allé à Boston à cette époque ?

C'était il y a presque un an, je ne connaissais pas Will

aussi bien, et ne lui avais pas révélé beaucoup d'informations. Je hochai la tête.

— Ouais. Isaac a eu quelques problèmes avec un gars avec qui il travaillait, qui lui a fait miroiter des conneries et essayait de lui extorquer de l'argent. Je veux dire, il n'a jamais trompé Carter avec ce connard ni rien de tout ça, mais Isaac peut vraiment dire des choses désagréables par moment. Il ne les pense pas vraiment, mais il se déchaîne. Quoi qu'il en soit, Isaac avait peut-être ses raisons, mais il a agi comme un imbécile, et pourtant, Carter l'a soutenu.

— Pourquoi ne l'aurait-il pas fait ? demanda Will.

— Pourquoi n'aurait-il pas fait quoi ?

— Rester auprès de lui. Si tu aimes quelqu'un, c'est ce que tu dois faire. Non ?

— Je ne suis pas certain que je l'aurais fait, admis-je. Je ne sais pas du tout si j'aurais fait autant de compromis ou si j'aurais supporté cette douleur. Carter était dévasté, pourtant, il s'est encore battu pour lui.

— Est-ce une mauvaise chose ?

Je haussai les épaules.

— Si c'est vraiment de l'amour, alors ça ne devrait pas être aussi difficile, non ?

— Es-tu en train de dire que tu ne penses pas que ce qu'ils ont est un véritable amour ?

— Non... Je veux dire, si, je pense que ça l'est, répondis-je. C'est juste que je ne pense pas qu'il faudrait avoir besoin d'une thérapie et de conseils pour couple afin de rester ensemble.

Puis je réalisai combien cela sonnait dur.

— Je ne sais pas... Je veux dire, ils sont si heureux et amoureux que c'en est ridicule, et franchement, si suivre une thérapie les aide, alors c'est ce qu'il leur fallait et je suis totalement pour. Je dis juste que je ne sais pas si je le ferais.

Will hocha lentement la tête, pensant à ce que j'avais dit.

— Que ferais-tu exactement par amour ? demanda-t-il doucement.

J'y réfléchis pendant un long moment et quand je regardai Will, il fixait l'écran de son ordinateur et je réalisai qu'il avait juste posé une question purement rhétorique.

Il ne voulait pas que je réponde, il voulait que j'y réfléchisse. Je fronçai les sourcils. Après un autre long moment, je demandai :

— Will, que ferais-tu par amour ?

Il me regarda alors et c'était comme s'il riait presque, comme si c'était une question totalement incroyable.

— Que ne ferais-je *pas* pour ça ?

Il retourna à son ordinateur, tapant un e-mail ou quelque chose comme ça et je revins à mon bureau. Je fixai mon écran pendant un moment, ne voyant pas vraiment grand-chose de ce qui s'y trouvait.

Quelque chose s'était insinué sous la peau de Will dernièrement et j'avais commencé à croire que, peut-être, je pouvais l'en guérir. Je n'avais pas remarqué ce qui se passait autour de moi jusqu'à ce que Will se penche contre mon bureau avec sa veste sur lui, je réalisai que j'étais en retard pour partir.

— Merde ! marmonnai-je, me précipitant pour sauvegarder les dossiers ouverts sur mon écran et fermer mon ordinateur.

Will était silencieux et quand je relevai les yeux vers lui, il regardait à travers la fenêtre.

— Je pensais que Jayden et moi, cela se passerait bien, dit-il tranquillement. Je veux dire, nous avons parlé un peu et nous avions certaines choses en commun.

Je ne dis rien. Je me contentai d'écouter.

— Mais quand nous étions seuls tous les deux, il m'a demandé ce qui se passait entre toi et moi.

Ma voix était calme.

— Il a fait quoi ?

Will se racla la gorge.

— Il pensait qu'il y avait quelque chose entre nous et il a dit qu'il ne voulait pas être le second choix de quelqu'un.

J'ouvris la bouche pour dire quelque chose, mais étais apparemment trop abasourdi pour parler.

Will hocha la tête et regarda à nouveau par la fenêtre.

— Quoi qu'il en soit, je lui ai dit qu'il n'y avait rien, mais cela n'a fait aucune différence.

Il se leva.

— C'est ce qui s'est passé. Je dois y aller.

Il regarda mon ordinateur-toujours-pas-éteint.

— Tu vas bien ?

— Euh... Ouais, je vais bien. Vas-y. Je te revois demain.

Il hocha la tête et disparut en direction des ascenseurs pendant que je restais assis là, essayant de faire un tri dans mes pensées. Eh bien, cela expliquait sa réticence à m'en parler.

Et cela expliquait également autre chose.

Si Will voulait trouver le bonheur avec quelqu'un, je devais m'effacer.

CHAPITRE SIX

JEUDI, je dis à Will qu'il n'avait pas le choix. Aucun. Zéro. Nada.

Puisqu'il avait aidé à faire en sorte que j'aie ma mère pour le dîner un week-end, il devait m'aider à faire les courses. Pas de si, ni de mais, ni de peut-être.

Ensuite, parce qu'un jeudi était un assez bon jour pour sortir à Hartford, je trainai son cul au Kings.

Nous avions bu quelques verres et, quand je le tirai vers la piste de danse et passai mes bras autour de lui, ce fut la première fois que je le vis vraiment sourire de toute la semaine.

— Eh bien, bonjour, beau ténébreux souriant, dis-je à ses lèvres. Je ne vous avais pas vu depuis un moment.

Il leva les yeux au ciel, mais souriait toujours. Nous dansâmes le temps d'une chanson ou deux, ce qui n'avait rien d'inhabituel. Nous dansions ensemble relativement souvent.

Je remarquai un homme que je n'avais jamais vu auparavant nous regardait et plus je lui accordais de l'attention, plus je réalisai qu'il ne *nous* regardait pas, mais observait Will.

Ce dernier, bien entendu, en était totalement inconscient. Alors quand il dit qu'il allait au bar, je m'avançai et me présentai au gars qui observait Will. C'était un bel homme, qui portait un beau jean et avait des bras musclés. Il avait l'air en forme et avait de courts cheveux blonds et un beau sourire.

— Hey, dis-je en m'approchant plus près. Je vous ai vu observer mon ami.

Il n'était évidemment pas sûr de ce que je demandais.

— Ouais, il est mignon. Vous êtes un homme chanceux, dit-il.

Je lui adressai un sourire.

— Quel est votre nom ?

— Grant.

— Eh bien, Grant, dis-je. C'est votre jour de chance.

Il parut confus, mais quand je saisis sa main et le conduisis vers la piste de danse, il se laissa faire bien volontiers. Je me retournai afin de faire face à Grant et posai mes mains sur ses hanches.

— Le nom de mon ami est Will et il est un peu timide.

Grant recula pour me regarder, encore confus. Puis, Will arriva sur la piste de danse bondée avec nos deux boissons. Il me vit avec mes mains posées sur la taille d'un inconnu, si bien qu'il s'éloigna.

— Oh, désolé.

— Will ! dis-je, l'attrapant.

Je pris un verre de ses mains et tirai sur sa main libre jusqu'à ce qu'il se tienne tout près de Grant.

— Will, voici Grant. Grant, voici Will, les présentai-je.

Puis je pris la deuxième boisson et souris devant l'expression choquée sur le visage de Will.

— Dansez ensemble, les garçons.

Je pris une gorgée d'un verre et dansai en me dirigeant vers une table. Je regardai Will et Grant danser bizarrement pour commencer, pensant que Will allait se précipiter vers moi et me hurler dessus pour l'avoir jeté en pâture à un inconnu. Mais ensuite, ils dansèrent un peu plus longtemps et je pus voir qu'ils parlaient. Je pouvais dire d'après leur langage corporel qu'ils étaient un peu plus détendus.

Quand Will renversa sa tête en arrière et se mit à rire, j'avalai la deuxième boisson et regagnai la piste de danse. Je me retrouvai coincé entre deux étudiantes d'université, ce qui n'était pas mal du tout. Elles étaient un peu ivres et prêtes pour un bon moment, alors je jouai un peu avec elles, dansant entre elles, les laissant jouer les torrides.

Après avoir bien dansé, je les emmenai au bar pour leur offrir un verre quand Will s'approcha de moi.

— J'y vais, dit-il. À demain, au travail.

Au début, je pensais qu'il rentrait simplement chez lui. Cela n'aurait pas été la première fois que nous venions au bar ensemble et qu'il partait de bonne heure. Mais alors je vis Grant par-dessus son épaule, qui l'attendait.

Oh !

Will rentrait à la maison avec Grant.

— Oh !

Il regarda les deux filles à côté de moi, dont je ne me souvenais plus des prénoms.

— Tu as l'air d'avoir les mains pleines de toute façon, dit-il avant de se retourner pour partir.

J'attrapai son bras et le ramenai vers moi. Nos visages étaient proches, et je le fixai droit dans les yeux, pas vraiment sûr de savoir quoi dire. Pour finir, je dis :

— Fais attention et appelle-moi si tu as besoin de moi.

Il hocha la tête, se dirigea vers Grant et, sans même un regard en arrière, il partit.

Je me tournai vers les deux jolies filles qui gloussaient.

— Qu'est-ce que ce sera, mesdames ?

J'ARRIVAI au travail de bonne heure, attendant Will. À neuf heures cinq, il ne s'était toujours pas montré, si bien que je lui envoyai un message rapide.

Tu vas bien ?

Après une minute angoissante, il répondit.

Suis en retard. Encore dix.

Je passai de son côté de la cabine et allumai l'écran de son ordinateur et le connectai. Je reculai un peu sa chaise et déposai un dossier de travail ouvert sur son bureau pour faire comme s'il était déjà occupé.

Quand notre directeur, Hubbard, passa par là, il s'arrêta.

— Où est William ?

Je levai les yeux vers la cloison, indiquant le siège vide de Will.

— Je ne sais pas, il était juste là. Il ne doit pas être très loin.

Notre directeur fit un reniflement indifférent et sortit.

Cinq minutes plus tard, Will se faufila dans le bureau et se laissa tomber sur son fauteuil.

— C'est bon, dis-je, me penchant le long de la cloison, pour lui chuchoter. Je t'ai couvert.

Will soupira.

— Merci, mec.

— Pas de problème, dis-je. Cela te dérangerait-il d'expliquer pourquoi tu es en retard ? Cela a-t-il quelque chose à voir avec ce gars de la nuit dernière ? Quel est son nom ? Grant, c'est ça ?

Will se racla la gorge et mélangea les papiers sur son bureau.

— C'est possible.

Je souris devant son embarras.

— Possible une fois ? Ou possible deux fois ?

Will ne répondit pas, mais il rougit, ce qui était quelque chose qu'il ne faisait pas souvent.

— William Parkinson, dis-je très lentement. Je ne pensais pas que tu avais ça en toi.

Il m'adressa un regard perçant.

— Je n'ai absolument rien eu *en* moi. Lui si, cependant.

J'éclatai de rire et, bien entendu, me fis réprimander.

— Monsieur Gattison ! dit sèchement mon directeur tandis qu'il s'avançait vers moi. Voilà un comportement bien peu professionnel.

Je hochai la tête.

— Désolé, dis-je, me mordant l'intérieur de ma lèvre afin de m'empêcher de sourire. Cela ne se reproduira plus.

J'attendis jusqu'à ce qu'il soit parti, puis sans regarder par-dessus ou contre la cloison, je parlai, sachant que Will saurait que c'était directement adressé à lui.

— Alors, tu vas le revoir ?

— Peut-être. Je lui ai dit que je l'appellerai, répondit-il. T'es-tu bien amusé avec les deux poupées Barbie ?

Les deux poupées Barbie ? Oh ! Il voulait dire les deux filles avec qui j'étais quand il avait dit au revoir.

— As-tu besoin de demander ? répondis-je de manière rhétorique.

Je n'étais pas du tout certain de savoir pourquoi je lui laissais croire que j'avais fait quelque chose avec l'une de ces filles. Parce que ce n'était pas le cas. Je leur avais offert une boisson, puis étais rentré tout seul à la maison, peu de temps après que Will m'ait laissé.

Je ne savais pas pourquoi au juste j'avais dit ça.

Je ne savais pas non plus pourquoi je voulais lui mentir. Je n'avais jamais menti à Will auparavant.

Je ne savais pas non plus pourquoi l'idée de Will baisant un gars quelconque me gênait soudain.

Puis je me souvins que je voulais qu'il soit heureux. C'était exactement ce que je voulais qu'il se passe. Alors pourquoi cela pesait-il sur mon estomac comme du plomb ?

— Quoi qu'il en soit, dis-je, essayant de paraître enthousiaste, tu devrais le rappeler. Voir où cela va te mener.

— Hmm... fit-il. Je le ferai peut-être.

Et il le fit. Quand nous étions au restaurant pour le déjeuner, il sortit son portable devant moi et appela Grant.

Grant.

Ils fixèrent une heure pour samedi soir. Un autre rendez-vous. Ce serait le deuxième rendez-vous. Comme dans *second* rendez-vous.

Ils avaient été voir un film, apparemment. Avaient dîné et avaient été boire un verre après et, d'après ce que je compris, Grant était resté jusqu'au dimanche après-midi.

Will ne me donna aucun détail. Il me dit juste qu'ils s'étaient bien amusés, qu'ils s'entendaient bien, qu'ils avaient des choses en commun. Il ne précisa rien et très franchement, je ne voulais rien savoir.

Moi, d'un autre côté, j'eus le plaisir d'avoir ma mère chez moi pour le dîner samedi soir.

Laissez-moi juste expliquer quelque chose à propos de ma mère. Imaginez une petite blonde, un rouge à lèvres de marque d'un rouge foncé, un verre de vin dans une main, une cigarette dans l'autre. Elle s'était mariée et avait divorcé six fois, était actuellement célibataire, et bien qu'elle n'ait jamais travaillé un seul jour de toute sa vie, elle vivait plutôt confortablement grâce aux pensions alimentaires de ses six mariages.

Elle n'avait aucun égard pour la sainteté du mariage, c'était simplement un moyen de faire du profit.

D'accord, cela pouvait paraître un peu dur. Mais c'était un peu vrai.

Je savais que je l'avais surnommée Satan, ce qui était également un peu vrai.

J'aimais ma mère. Vraiment. Si n'importe qui d'autre l'appelait Satan, je serais probablement énervé. En tant que son fils, je pouvais l'appeler Satan, mais personne d'autre ne pouvait le faire.

Elle était une femme féroce sans la moindre once d'instinct maternel, et je pouvais dire en toute sincérité que j'avais passé mon adolescence à m'occuper d'elle quand elle était entre deux maris, et non pas l'inverse. Et quand elle était *heureusement* mariée, je n'avais qu'à m'occuper de moi-même.

Je suppose que cela m'a rendu indépendant et auto-suffisant.

Cela m'a également fait réaliser que je n'avais pas besoin de chasser l'amour ou d'avoir quelqu'un d'autre d'important dans ma vie pour me rendre heureux.

Cela n'avait pas fonctionné pour ma mère.

Je savais que ça marchait pour d'autres personnes, comme Carter et Isaac, mais ce n'était pas pour moi. J'étais très bien tout seul. Parfaitement heureux et tranquille – chose que certains pourraient vouloir argumenter – mais j'étais à l'aise avec qui j'étais.

Alors pendant que Will faisait des mamours avec Grant, j'étais torturé par ma mère.

J'avais passé l'après-midi avec pas grand-chose à faire si

bien que j'avais cuisiné le repas favori de ma mère et j'avais regardé la télévision jusqu'à ce qu'elle arrive.

J'ouvris la porte pour attraper une bouffée familière de l'odeur de ses cigarettes et de son parfum, avec un baiser sur ma joue, ma mère bien-aimée entra. Elle se dirigea vers la cuisine, sortit deux bouteilles de vin de son sac, en rangea une dans le réfrigérateur et ouvrit l'autre. Sans un mot, elle prit trois verres dans l'armoire, les remplit de vin et m'en tendit un avant de siroter le sien.

— Will ? Tu veux du vin ? demanda-t-elle.

— Il n'est pas là.

Ce fut alors seulement que ma mère jeta un coup d'œil à mon appartement.

— Où est-il ?

— Il a un rendez-vous.

Sa bouche se mit à béer et elle donna l'impression que je venais juste de lui dire qu'il était mort.

— Avec qui ?

— Un gars quelconque appelé Grant, répondis-je. Je les ai en quelque sorte présentés au club, l'autre soir et ils ont sympathisé.

— Et toi ?

— Quoi moi ?

— Pourquoi n'es-tu pas là-bas ?

— Will n'a pas besoin d'une baby-sitter.

— Non, il a besoin de toi.

— Il ira très bien, maman.

Elle secoua la tête.

— Pourquoi n'as-tu pas de rendez-vous ?

Je levai les yeux au ciel.

— Parce que je devais cuisiner un repas pour toi !

— Ne fais pas sonner ça comme si j'étais une corvée, mon chéri.

— Tu es à peine une corvée, mentis-je.

— Tu es un très mauvais menteur.

— Merci. Au moins, j'ai essayé.

Maman sourit.

— Tu es un tel amour.

Je cognai mon verre de vin contre le sien et pris une gorgée.

— J'ai appris tout ce que je sais de toi.

Elle sourit à nouveau.

— Pourquoi ne sors-tu pas avec Will ?

— Maman, nous en avons déjà parlé.

— Ou quelqu'un comme lui. Il doit bien y avoir un garçon là, dehors, qui est mignon et gentil… et bien doté.

— Non, sérieusement ? Pourquoi ne peux-tu pas te plaindre pour que je trouve une gentille fille, que je me marie, que j'aie une jolie barrière blanche et deux enfants virgule quatre, comme toutes les mères normales ?

— Parce que je ne suis pas une mère normale, et que tu n'es pas un fils normal.

Je devais le reconnaître. Elle marquait un point.

— Nous sommes plutôt impressionnants, non ?

— Tout à fait, dit-elle, faisant tinter son verre de vin contre le mien, avant de le vider. De toute façon, tu ne veux pas d'une gentille fille. Tu veux un gentil garçon.

Je posai mon verre de vin.

— Maman, j'aime les filles aussi, tu sais. Nous en avons déjà parlé auparavant. Filles *et* garçons.

Maman leva les yeux au ciel, et se versa un autre verre de vin.

— Chéri, tu ne veux pas t'installer avec une fille. Tu ne veux pas de sautes d'humeur, de cycles menstruels, de shopping et de râleries à propos de moi.

— Vraiment ?

Elle secoua la tête.

— Non, chéri. Tu veux un homme. Quelqu'un avec qui regarder le football, quelqu'un avec qui tu peux partager ta garde-robe. Quelqu'un qui m'aime. Quelqu'un comme Will.

— Maman...

— Oh, s'il te plaît ! dit-elle, sirotant son vin.

Je pris une gorgée du mien.

— Tu sais, je vais épouser une fille rien que pour te faire chier.

Maman se mit à rire.

— Alors, tu mériteras mes diatribes psychotiques alimentées par les œstrogènes sur les chaussures et la cellulite.

— N'est-ce pas un peu stéréotypé ?

— Bien sûr que ça l'est ! dit-elle avec nonchalance. Tout comme de dire que tous les hommes gays aiment les queues et que les lesbiennes aiment grignoter les moules.

Je recrachai mon vin.

— Maman ! C'est dégoûtant !

— Tu vois ? dit-elle en souriant. Je te l'avais dit, tu ne veux pas d'une fille.

Je soupirai, chose que je faisais souvent auprès de ma mère.

— Pourquoi ne peux-tu pas être comme les autres mères ?

Elle ricana.

— Parce que ce serait ennuyant, mon cher. Maintenant, qu'as-tu préparé pour le dîner ? Je meurs de faim.

Et ce fut ainsi que se déroula ma soirée.

J'entendis parler de tous les drames qui s'étaient déroulés dans son country club dû au mode de vie des riches, tout ce qui concernait la courte croisière qu'elle avait faite avec Gloria et de comment c'était vraiment dommage que l'emploi de garçon de cabine ait été supprimé au cours des années. Elle avait demandé à voir le capitaine, mais le directeur lui avait assuré qu'il n'y avait pas grand-chose qu'il puisse faire au sujet de l'embauche d'un garçon de cabine et qui n'impliquait pas de sollicitations. Maman avait envisagé d'écrire une lettre de réclamation, me dit-elle.

— Toutes les cabines devraient en avoir un, s'exclama-t-elle en riant.

Puis elle eut une expression lointaine dans les yeux.

— Bien que le barman ait été très accommodant.

— Maman, il y a quelque chose appelé « trop d'informations », lui rappelai-je.

Mais elle se contenta de rire.

— Ne sois pas aussi prude !

Le dîné avalé et deux bouteilles de vin plus tard – moi, n'en ayant pris que deux verres, maman ayant bu le reste – je lui appelai un taxi. Après qu'elle soit partie, je rangeai tout et pulvérisai un purificateur d'air, ce qui était probablement pire que l'odeur de cigarettes, et je vérifiai mon portable.

Aucun message de Will.

Je lui envoyai un rapide message.

Tout va bien ? Appelle-moi si tu as besoin.

Une heure plus tard, au moment où j'allais me mettre au lit, je n'avais toujours pas reçu de réponse. J'étais sur le point d'envoyer un autre message quand mon téléphone bipa.

Chez Grant. T'appelle demain.

Je ne dormis pas bien.

JE NE REVIS PAS Will avant lundi, bien qu'il m'ait appelé comme il avait dit qu'il le ferait. Il paraissait fatigué, mais relativement heureux au téléphone et, quand nous fûmes au travail, je lui demandai quelques détails à propos de sa nuit chez Grant, mais il ne m'en dit pas beaucoup.

Le film était bon. Le dîner était bon.

— Et Grant, il était bon ? demandai-je en souriant. Allez, Will ! Tu ne m'as rien dit !

— Et je ne te dirai rien du tout, répondit-il gaiment. Je ne suis pas du genre à tout balancer après.

— Tu m'en as déjà parlé auparavant, le raisonnai-je. En quoi ce gars est-il différent ?

Will haussa les épaules et retourna à son écran d'ordinateur.

— Il ne l'est pas, vraiment...

Et ce fut tout ce qu'il dit.

Je dus continuer à me rappeler que c'était ce que je voulais pour lui. Que Will devait être heureux, afin qu'il reste à Hartford.

Donc, je lui laissai de l'espace. Je l'encouragerais même, si c'était ce qu'il voulait.

— Tu vas le revoir ?

— Je pense...

— C'est bien, dis-je, m'adossant à mon fauteuil. Fais-moi savoir quand il sera prêt à me rencontrer.

Will se mit à rire, comme si l'idée était une plaisanterie, et il ne reparla pas de lui jusqu'au vendredi matin.

Je lui demandai s'il voulait sortir, dans un endroit différent, suggérai-je.

— Ce sera amusant.

— Oh, eh bien... J'ai... euh...

Il s'arrêta, puis repartit.

— Je ne peux pas ce soir. Mais que dirais-tu de demain soir ?

— Un autre rendez-vous, ce soir ? demandai-je. Bon sang, Will ! C'est le troisième. Les choses doivent aller plus que bien.

Il haussa à nouveau les épaules.

— Ouais, c'est un gars bien.

— D'accord, samedi alors, répondis-je, pour en revenir à nous. Que dirais-tu de faire quelque chose ?

Il me regarda et sourit.

— Bien sûr !

JE SORTIS SEUL VENDREDI SOIR, pas vraiment certain de ce que je cherchais ou de ce que je voulais. Je cherchais Will, réalisant qu'il ne m'avait jamais dit où il allait et, ne le trouvant pas, je rentrai seul à la maison.

Je ne savais pas pourquoi cela me dérangeait, mais quelque chose n'allait pas très bien avec moi.

Et après l'avoir rencontré au cinéma de plein air, dans le parc, le jour suivant, je réalisai ce que c'était.

Mon ami me manquait.

Voulant faire quelque chose que je savais qu'il aimerait, nous regardâmes *Casablanca* dans le parc. Pas mon premier choix en matière de films, je devais l'admettre. Je préférais les miens, vous savez, en couleur. Avec de la violence et du sexe.

Mais Will adorait ce genre de trucs, si bien que je souffrais en silence. Je m'assis même sur l'herbe avec lui et ne m'en plaignis qu'une seule fois. D'accord, peut-être deux.

Will se mit à rire à mes récriminations.

— Pour l'amour de Dieu, Mark ! Nous pourrons aller au bar après ça.

— Nan, dis-je, ne paraissant pas intéressé. Nous pouvons rentrer chez moi et regarder un film avec Bruce Willis ou Chuck Norris. Juste pour s'assurer que mon niveau de testostérone n'est pas complètement épuisé.

— Que Dieu me pardonne !

— Je sais ! acquiesçai-je. Je suis plutôt friand de ma queue.

— C'est ce que j'ai entendu dire.

— Je détesterais que ces films d'amour la fassent se ratatiner et mourir.

— Tu sais que *Casablanca* se déroule pendant la guerre, non ? demanda-t-il. C'est à peine un film d'amour.

— Est-ce une guerre comme avec Bruce Willis ou Chuck Norris ?

— Euh... non.

— Alors, ça ne compte pas.

Il se mit à rire.

— Tu es insupportable !

Je cognai légèrement son bras.

— Tu me fais souffrir tout le temps.

Il hocha la tête.

— Oui. Oui, je sais.

— Eh bien, pour ça, tu pourras acheter une pizza à emmener à la maison.

— Laisse-moi deviner, dit-il d'un ton impassible. Les bières aussi ?

— Eh bien, si tu l'offres...

— Ce n'est pas le cas.

— Cela y ressemblait pour moi.

Quelqu'un derrière nous nous demanda de nous taire et Will se mit à rire. Il poussa mon épaule de la sienne.

— Ouais, Mark. Tais-toi. J'essaie de regarder le film.

Il étira ses jambes devant lui et s'appuya sur ses mains, se mettant à l'aise pour regarder le reste du film. Je regardai un peu le film, un peu Will et m'émerveillai de la façon dont des fesses pouvaient s'engourdir d'être assis sur le sol au bout d'un certain temps.

Je me penchai vers Will.

— Je devrais vraiment avoir du sexe anal maintenant.

Will cligna des yeux et, lentement, tourna son visage vers moi.

— Quoi ?

— Mon cul, lui dis-je, est complètement engourdi. Je ne sentirais rien.

Tout son corps se mit à trembler tandis qu'il essayait de ne pas rire trop fort.

Je passai le poids de mon corps d'une fesse sur l'autre.

— Ce n'est pas drôle. Je pourrais ne plus jamais être sur le dessus.

Will explosa de rire cette fois et avant qu'on nous dise de nous taire à nouveau, il sauta sur ses pieds. Il attrapa ma main et m'aida à me relever et nous traversâmes la foule assise sur le sol, nous dirigeant vers chez moi.

Une pizza, un pack de six et vingt minutes de *Piège de Cristal* plus tard, j'interrogeai Will à propos de Grant.

— As-tu rencontré quelques-uns de ses amis ?

— Non, pas encore, dit-il tranquillement.

— Eh bien, je pense que je devrais le rencontrer, déclarai-je. Je veux dire, en fait, j'ai fait sa connaissance cette nuit-là au club, mais pas dans le sens profond. Dans le genre où nous devrions sortir pour dîner ou boire un verre ou quelque chose comme ça.

— Vraiment ?

— Oui, vraiment.

Puis je pris une profonde inspiration.

— L'aimes-tu ?

— C'est un gars sympa, répondit-il vaguement.

— Ce n'est pas ce que j'ai demandé.

Will haussa les épaules.

— Je ne sais pas. J'essaie toujours de comprendre où cela va aboutir.

— Qu'est-ce qui ne va pas avec lui ?

— Rien, répondit-il. En fait, nous avons beaucoup en commun.

— Aime-t-il les films ringards aussi ?

Will me jeta la capsule de sa bouteille de bière.

— La ferme !

— Que dirais-tu du week-end prochain ? Peut-être que tu pourrais lui demander s'il est prêt à me rencontrer.

— Je pourrais...

— Seulement si tu le veux, dis-je, lui offrant une porte de sortie.

— Je vais lui demander et voir ce qu'il en dit.

— Cool.

Will ne paraissait pas si sûr. Et curieusement, toute la semaine, j'avais vraiment hâte d'y être, alors que Will semblait le redouter. Mais samedi soir, cela n'avait pas tout à fait fonctionné comme ça.

Nous avions décidé que dîner dans un bar sportif et un grill était une option plus sûre, il y avait des écrans plats montrant différents matchs de football et de basket-ball et il y avait de la musique. Ce serait plus détendu et paraîtrait moins bizarre.

Mais ce ne fut pas le cas.

Will et moi étions arrivés là-bas de bonne heure, nous tenant au bar et prenions notre premier verre quand Grant était entré. Il se dirigea droit vers Will et posa un bras autour de sa taille, le tenant trop serré et lui donnant un baiser sur la joue.

Et tout alla de mal en pis après ça.

J'étais officiellement la cinquième roue du carrosse.

Une cinquième roue bizarre, non nécessaire et totalement hors de sa place.

Ils m'inclurent dans la conversation, et Grant était un homme gentil. Il était poli et courtois, intelligent et même plutôt mignon, et souriait tout le temps, comme s'il était épris de Will.

Je ne l'aimais pas.

Je ne voulais pas gâcher les choses pour Will, si bien qu'à mi-chemin du dîner, quand Will me dit « Tu es bien calme, ce soir, Mark » je repoussai mon assiette à demi mangée, feignant de ne pas me sentir bien, présentai mes excuses et partis.

— Tu es sûr que ça va ? demanda Will.

— Ouais. Ça ira. Je ne me sens pas au mieux de ma forme.

Je me levai et sortis mon portefeuille. Je jetai un billet de cinquante dollars sur la table et regardai Grant.

— Ce fut agréable de vous rencontrer, dis-je en lui adressant un petit sourire.

Puis, pas vraiment en mesure de regarder Will dans les yeux, je marmonnai juste quelques mots avant de sortir de table.

— Je suis désolé, Will. Je t'appellerai.

— Mark... commença-t-il.

Je le regardai alors.

— Restez, les gars. Ça ira. Honnêtement, c'est juste un problème d'estomac ou quelque chose comme ça, mentis-je.

Je sortis du restaurant et pris une bouffée d'air frais, à

condition que l'air de la ville puisse être appelé comme ça. Et je commençai à marcher.

Je ne savais pas ce qui n'allait pas avec moi. Ma poitrine était serrée et ma tête me tournait, mais plus je m'éloignais, mieux je me sentais et avant que je ne m'en rende compte, je me retrouvai au Kings.

Et, franchement, me saouler était une putain de bonne idée.

Je pris mes deux premiers verres au bar, et quand je commandai le troisième, un inconnu fit son apparition à côté de moi. Il me rappelait le gars de la dernière pub pour Pringles à la télévision.

— Où est ton petit ami ? demanda-t-il.

— Je n'en ai pas.

— Tu as rompu ?

— Non, répondis-je, pensant que Pringles avait besoin de retravailler sa manière de ramener un mec chez lui.

— Le gars avec qui tu traines toujours, dit-il. À moins que vous n'ayez une relation ouverte ?

— Nous ne sommes pas ensemble, dis-je, réalisant qu'il parlait de Will. C'est mon meilleur ami.

— Oh, d'accord, dit-il ne paraissant pas vraiment convaincu.

Non pas que j'en aie quelque chose à foutre.

— Écoute, tu veux un verre ou une baise ? demandai-je. Parce que c'est la raison pour laquelle je suis ici, alors si ce n'est pas ton truc, je vais nous épargner à tous les deux de perdre du temps.

Je ne lui laissai pas le temps de répondre. J'avalai mon bourbon et me dirigeai vers la piste de danse. Pringles pouvait me suivre ou non. Cela n'avait pas d'importance pour moi qu'il le fasse. Si ce n'était pas lui, ce serait n'importe qui d'autre.

Pringles ne me suivit pas, mais je le vis me regarder danser tandis que je le faisais seul au début, puis avec un autre gars quelconque.

J'avais besoin de m'enivrer et j'avais besoin de me faire baiser.

J'avais besoin d'oublier.

Si bien que je dansais et que je buvais et plus tard, quand Pringles se dirigea vers moi, pressant ses lèvres à mon oreille et murmura « alors à propos de cette baise ? ». Je pensai, *putain, pourquoi pas ?*

Nous traversâmes la foule, nous dirigeâmes vers les toilettes et nous enfermâmes dans une stalle. Il m'embrassa et j'ouvris la bouche pour lui. C'était tout ce que je voulais : des baisers durs, des mains rudes. Je le poussai contre le mur, baisant sa bouche avec ma langue. Saisissant mes mains, il se tourna rapidement pour faire face au mur. Il glissa mes mains sur la ceinture de son jean et fit sauter le bouton. Je fis descendre son jean jusqu'à ses cuisses dénudées et il frotta son cul contre moi.

— Préservatif.

Je fouillai les poches de mon jean, puis m'arrêtai. Je fis un petit pas en arrière et pris une profonde inspiration.

Pringles regarda par-dessus son épaule.

— Qu'attends-tu... ? commença-t-il, mais il s'arrêta quand il vit mon visage.

— Je suis désolé, murmurai-je. Je ne peux pas faire ça.

Et je m'enfuis.

Merde !

J'étais ivre, mais ma tête tournait à cause d'une tout autre raison. Je me traçai un chemin à travers la foule et faillis presque tomber sur le trottoir, une fois les portes passées.

Et je commençai à marcher.

Je ne savais pas comment ni pourquoi, mais je continuai à marcher jusqu'à ce que je m'arrête devant un bloc d'appartements familier. Je tombai sur les marches et appuyai sur le bouton du numéro huit.

Je maintins mon doigt appuyé sur la sonnette, jusqu'à ce qu'une voix paraissant plutôt énervée réponde.

— Quoi ?

— Will ?

— Mark ?

Je hochai la tête et respirai enfin.

— Ouais.

La porte cliqueta en s'ouvrant et j'entrai.

CHAPITRE SEPT

JE PRIS les escaliers et Will m'attendait devant sa porte.

— Mark, tu vas bien ?

— Je ne sais pas, répondis-je. Je suis bourré.

Il me poussa dans son appartement et me conduisit vers la cuisine.

— Je pensais, quand tu as dit que tu ne te sentais pas bien, que tu rentrerais à la maison.

— J'y allais, répondis-je. Mais je me suis retrouvé devant le Kings et sur le coup, cela m'a paru être une bonne idée.

Ce fut alors que je regardai Will. Il portait un bas de pyjama et avait les cheveux ébouriffés.

— Merde ! J'espère que je n'ai rien interrompu, dis-je. Est-ce que quel-est-son-nom-déjà est ici ? Je ne voulais rien interrompre.

Je me repoussai du comptoir.

— Je peux y aller. Je devrais y aller.

— Non, dit Will, attrapant mon bras pour m'arrêter. Il n'est pas ici.

— Oh !

— Je... Euh... dit-il avec hésitation. Je lui ai dit que je n'étais pas intéressé.

— Tu as fait quoi ?

Il haussa les épaules.

— C'est juste que ça n'allait pas marcher.

— Pourquoi pas ? demandai-je. Je pensais que vous vous entendiez bien. Il était gentil...

Will se mordit les lèvres.

— Il n'y avait aucune étincelle, tu comprends ?

— Étincelle ? répétai-je.

— Tu sais, pas d'excitation.

Will agita ses sourcils de manière exagérée.

— Ce n'était pas facile. Cela ressemblait à un travail difficile, je ne sais pas... Je ne ressentais rien.

— Oh, mec, cela n'a rien à voir avec le fait que j'ai quitté le dîner, n'est-ce pas ? Je pensais que vous vous entendiez plutôt bien et je ne voulais pas traîner autour de vous.

— Est-ce pour ça que tu es parti ?

— Pas vraiment, dis-je, me sentant toujours un peu ivre. Je veux dire, je ne me sentais pas très bien, mais je ne suis pas sûr que ce soit à cause de quelque chose que j'ai mangé. Je ne sais pas ce que c'était... Je me sentais juste...

Je frottai mes mains sur mon visage.

— Je ne sais pas ce que je ressentais.

Puis cela sortit tout seul.

— J'ai essayé de baiser un gars au club, mais je n'ai pas pu.

Will fronça les sourcils.

— Pourquoi pas ?

— Je ne sais pas. Je ne sais foutre rien de ce qui se passe avec moi aujourd'hui. Je suis ivre.

— Je peux voir ça.

— Je suis désolé.

— Pour quoi ?

Je haussai les épaules.

— Pour être venu ici. Pour avoir ruiné ton rendez-vous de ce soir.

— Tu ne l'as pas fichu en l'air.

Je haussai de nouveau les épaules, ne le croyant pas vraiment.

— Puis-je m'effondrer ici ?

Will hocha la tête et sourit.

— Bien sûr.

Il se dirigea vers le réfrigérateur et en sortit une bouteille d'eau qu'il me tendit.

— Bois ça.

— Tu fais toujours attention à moi, murmurai-je.

Il posa ses mains sur mon visage.

— Bien sûr que je le fais.

J'attrapai son visage et posai son front contre le mien.

— N'abandonne pas tes recherches pour trouver quelqu'un, lui dis-je. Tu mérites quelqu'un de bien mieux que ce Grant.

Il me dévisagea longuement, comme s'il allait dire quelque chose d'important, mais à la place, il s'éloigna de moi.

— Je vais aller te chercher une couverture, dit-il calmement.

Je laissai retomber mes mains de là où elles étaient, et il se dirigea vers le couloir pendant que j'allais dans son salon où je me laissai tomber sur le canapé.

Quand je me réveillai, mes chaussures m'avaient été retirées et j'avais une couverture sur moi. Les ombres avaient disparu, laissant place au soleil et à l'odeur de toasts et de café qui venait de la cuisine.

Malgré ma gueule de bois, je souris.

— TU TE FOUS DE MOI, non ? demandai-je.

— Non, dit Will avec un sourire. J'arrête les hommes.

— À cause de quelques rendez-vous ratés ?

Il sirotait son café pour dissimuler son sourire.

— Et je ne vais plus sortir pour simplement te regarder ramasser de parfaits étrangers.

— Alors, ramasse de parfaits étrangers avec moi, suggérai-je.

— Non, merci.

Il poussa son assiette vers moi et je mangeai ce qui restait de son déjeuner.

— Alors, tu ne veux pas venir au club avec moi, ce soir ?

— Non.

— Mais c'est vendredi !

— M'en fiche. Je n'y vais toujours pas.

Je soupirai.

— Bon, alors je n'y vais pas non plus.

— Tu... Quoi ?

Je haussai les épaules et pris une gorgée de mon soda.

— Je t'ai dit ce qui s'était passé la dernière fois. Je n'ai aucune envie de paniquer à nouveau dans une stalle des toilettes. Je n'ai aucune envie de revoir cette pub vivante pour Pringles de sitôt. Il doit penser que je dois avoir des problèmes d'érection.

Will sourit à la serveuse qui se tenait près de notre table.

— Je voudrais présenter mes excuses pour mon ami.

C'était une femme plus âgée, peut-être la cinquantaine, avec un visage dur et des cheveux noirs mal teints. Elle parlait avec un accent russe.

— C'est bon. Vous n'avez pas besoin de vous excuser

pour des problèmes érectiles. Je peux vous donner le nom d'un docteur. Il aide mon mari.

La femme serra son poing.

— Plus de problèmes maintenant.

Oh, mon Dieu !

— Je n'ai pas de problèmes d'érection, dis-je doucement. Merci pour l'offre. Je suis content que votre mari puisse... faire ça...

Je serrai mon poing, puis le regardai comme si ma propre main m'avait trahi. Will éclata de rire et je secouai la tête.

— Ce n'est pas ce que je voulais dire. Oh, Seigneur !

Je regardai la serveuse.

— Je suis content que votre mari aille bien maintenant, dis-je, puis je lançai un regard noir à Will. Je pense que nous devrions retourner travailler.

Je réglai la note pendant que Will se faisait une joie de discuter de la question des dysfonctionnements érectiles avec notre serveuse beaucoup-trop-descriptive.

Entendre à quel point son mari était dur maintenant et comment ses gonades se redressaient avant qu'il tire sa charge faillit me faire vomir.

Will trouva cela foutrement hilarant.

Il rit pendant tout le trajet de retour jusqu'au bureau et encore pendant tout le reste de l'après-midi.

— Je n'ai pas *ce* problème ! répétai-je, refusant de prononcer devant lui les mots « problème érectile » à nouveau. C'était juste une fois et ce n'était même pas à cause de *ce* problème en particulier. C'était dans ma tête.

— D'accord. Si tu le dis, marmonna-t-il, mais il se mit à rire.

— J'étais juste flippé ou quelque chose comme ça.

Will apparut au-dessus de la cloison.

— Tu sais que je ne fais que plaisanter, non ?

— Non, tu ne plaisantes pas. Tu agis comme un idiot et pas-du-tout-comme-un-meilleur-ami.

Will se mit à rire et se rassit de son côté du mur de séparation. Puis le connard commença à fredonner la chanson de la publicité pour Pringles.

Je me levai et lui parlai par-dessus le mur.

— Ce n'est même pas drôle !

— Oh, mon Dieu ! dit Will en riant. C'est tellement amusant. En fait, je suis vraiment étonné de voir à quel point c'est drôle.

— Je ne te dirai plus jamais rien ! Et tous tes privilèges de cape sont officiellement révoqués. Tu ne seras jamais assez cool pour porter des collants de toute façon.

Will m'adressa un grand sourire.

— Est-ce tout ce que tu as trouvé ? Tu vas me rétrograder au niveau d'Alfred ?

Ses yeux brillaient.

— Parce que le vieil homme a du style. Je peux gérer un costume trois-pièces et un plumeau.

— Eh bien, tu connais ça sur le bout des doigts, le fait de ne pas avoir le sens de l'humour. Et je ne veux même pas savoir ce que tu ferais avec un plumeau.

— Oh, s'il te plaît ! ricana Will. Je parie qu'Alfred a ce qu'il faut. Il se tape probablement secrètement le Joker ou Mister Freeze. En fait, Mister Freeze est certainement capable d'être endurant.

— Eh bien, je sais ce que nous pouvons faire pour toi, Alfred ! déclarai-je. Que dirais-tu que je mette un de tes godes dans le congélateur et que nous découvrions à quel point tu aimes Mister Freeze ?

Les yeux de Will s'écarquillèrent, puis il jeta un rapide coup d'œil au-dessus de mon épaule, et alors qu'il faisait face à son écran d'ordinateur, je pouvais voir que son visage était cramoisi. Ses yeux se dirigèrent rapidement à nouveau au-dessus de mon épaule et il se racla la gorge. La pièce était devenue mortellement silencieuse.

Je me retournai lentement, mais je savais déjà que mon patron était derrière moi.

— Cela vous dérangerait-il de répéter ça, Monsieur Gattison ? dit Hubbard d'un ton bourru.

En cette nanoseconde, j'essayai de trouver des mots liés aux câbles qui ressemblaient à gode ou congélateur et que je pourrais faire passer pour du travail. Je ne trouvai rien.

Je me raclai la gorge.

— Euh... En fait, non, je ne préfèrerais pas.

J'entendis un bruit étrange venant du côté du mur de Will, mais je n'osai pas le regarder.

— Quelque chose d'amusant, Monsieur Parkinson ? aboya Hubbard.

— Non, monsieur, répondit Will.

Sa voix grinçait un peu et il se racla la gorge à nouveau.

— Pas du tout.

Hubbard passait de l'un à l'autre.

— Je jure que je vais vous séparer, vous deux !

Et les mots sortirent de ma bouche avant même que je puisse les arrêter. Ou avant que je puisse réfléchir, apparemment.

— Mais nous sommes comme les petits pois et les carottes !

Peut-être que la voix de Forest Gump fut la goutte d'eau qui fit déborder le vase proverbial.

Parce que mon directeur crispa sa mâchoire et parla entre ses dents serrés.

— Gattison. Mon bureau. Maintenant !

Merde !

— NON-PROFESSIONNEL, contraire à l'éthique, inapproprié et juvénile, dis-je au téléphone.

Will se mit à rire dans la cuisine et le rire puissant de Carter résonna à travers le téléphone.

— Ce n'est pas drôle, dis-je à Carter. C'est mon deuxième avertissement officiel.

— Ton deuxième ? demanda-t-il.

— Eh bien, le premier remonte à un an, lui expliquai-je. C'était à peine une infraction grave. C'était plus une expérience sociale.

Will se mit à rire et il posa ma bière sur la table basse et s'assit sur l'autre canapé.

— C'était ma première semaine, dit-il, assez fort pour que Carter puisse entendre. Je pense qu'il essayait de m'impressionner !

— T'étais-tu à nouveau travesti ? demanda Carter.

— Une des filles du dixième étage avait été réprimandée pour sa garde-robe, donc j'ai porté une jupe et des talons hauts pour prouver que George Michael avait raison : l'habit ne fait pas le moine.

— Ou la femme, à ce qu'il semble, dit Will.

Carter se mit à rire.

— Je crois comprendre que ton patron n'a pas apprécié tes efforts ?

— Eh bien, il n'a pas apprécié que je retire mon soutien-gorge à la cantine, répondis-je. Il me démangeait !

Carter rugit de rire et Will secoua la tête en me regardant.

— Carter, dit-il. Il a également retiré sa chemise quand je suis entré.

Je soupirai avec impatience.

— Ce n'est pas ma poitrine exposée qu'il n'a pas aimée, dis-je dans le téléphone. C'est mon cul dans une jupe avec des collants et des talons hauts.

— Mark... dit Carter, en riant. Pourquoi es-tu si obsédé par les habits de femmes ?

— Je suis tout à fait à l'aise avec ma masculinité, dis-je fièrement. Mais attends, parle à Will. Je viens juste de me souvenir de quelque chose.

Je jetai mon téléphone à Will et glissai mon ordinateur portable devant moi. Pendant qu'il parlait avec Carter en premier, puis Isaac, j'étais occupé à nous acheter nos costumes pour Halloween en ligne.

Will recouvrit partiellement le téléphone.

— Veux-tu parler à Isaac ?

— Bien sûr, répondis-je en souriant.

Je repris l'appareil.

— Salut, ma beauté.

— J'ai entendu dire que tu avais eu des problèmes au travail, dit-il.

Je pouvais presque l'entendre sourire.

— Ouais. Mon patron n'a aucun sens de l'humour. Apparemment, les godes glacés ne constituent pas un sujet approprié pour une conversation sur le lieu du travail.

Isaac se mit à rire.

— Je peux imaginer pourquoi.

— Je déteste mon boulot, lui dis-je. Ça me bouffe la vie.

— Et pas d'une bonne manière, ajouta Isaac.

Je ricanai.

— Nan. Certainement pas. Je viens juste de commander en ligne nos costumes, à Will et moi, pour Halloween.

— Tu as fait quoi ? demanda Will, manquant de peu de recracher sa bière.

— J'ai juste commandé ton costume pour Halloween, lui dis-je.

— Je suppose qu'il ne le savait pas, dit Isaac au téléphone, ayant manifestement entendu Will.

— Pas vraiment. Mais il va l'adorer.

Will attrapa le portable et regarda l'écran, puis moi, avec un air un peu perplexe.

— Wonder Woman ?

— Non, j'irai en tant que Wonder Woman, dis-je. Bon sang, Will, accorde-moi un peu de crédit ! Comme si tu avais les jambes qu'il fallait pour des bottes et des bas.

Will me lança un regard noir, heureusement pas en mesure d'entendre les rires étouffés d'Isaac à travers le téléphone.

— Alors, prie très fort, dit Will, tout à fait sérieusement. Qui vais-je être ?

— Superman ! lui répondis-je, incrédule.

Comment ne pouvait-il pas s'en souvenir ?

— Je te l'ai déjà dit auparavant.

— Mais il porte des bottes et des collants aussi ! cria-t-il. En quoi cela est-il différent de Wonder Woman ?

— Wonder Woman porte un corset !

— Superman porte de l'élasthanne !

— Du lycra, le corrigeai-je. Et un slip par-dessus.

Isaac riait toujours, mais je pouvais l'entendre répéter la conversation à Carter, qui fut le prochain à parler au téléphone.

— Il semble que vous ayez votre conversation habituelle sur les super héros tous les deux. Souvenez-vous juste que notre mariage a lieu deux semaines après Halloween.

— C'est dans pas mal de temps encore, le rassurai-je. Si je finis pieds et poings liés dans un train au milieu de la nature sauvage du Canada, j'aurai deux semaines pour rentrer à la maison.

— Et deux semaines pour que ses cheveux repoussent ! cria Will.

Je haletai et, automatiquement, ma main libre se posa sur mes cheveux.

— Si tu fais ça, Will, si tu me rases la tête, c'est *toi* qui te retrouveras dans un train de marchandises en direction du Canada, attaché à un orignal.

Will leva les yeux au ciel et me tendit silencieusement sa main, me réclamant le téléphone. Je le lui tendis avec une moue enfantine. Il me l'arracha des mains, secouant la tête.

— Ouais, Carter, c'est moi. A-t-il toujours été aussi gamin ?

La sonnerie de l'interphone bourdonna. Je me levai et tirai à la langue à Will pour faire bonne mesure. J'appuyai sur le bouton.

— Livraison de chez Ribs.

Alléluia !

Je pris de l'argent, payai le livreur et glissai notre dîner sur la table basse. Je levai une main, indiquant que je voulais récupérer mon appareil. Will dit au revoir à Carter et me rendit mon téléphone.

— Hey, Car... Tu peux arrêter de planifier ton intervention à mon sujet pour mes discussions juvéniles et mes travestissements. Will et toi pouvez remettre votre gouaille de fan-club à un autre jour. Nous avons des côtes de porc et du football qui nous attendent.

Carter se mit à rire.

— Tu n'es pas enfantin.

Puis il ajouta.

— Quand tu es au travail, tu es très mature. Mais quand tu n'y es pas...

— Ce n'est pas juste, dis-je catégoriquement. Je peux parfaitement être immature au travail, comme aujourd'hui l'a clairement indiqué. C'est même ce qu'il y a d'écrit dans mon avertissement : juvénile, répétai-je.

— Tu ne devrais probablement pas être fier de ça, dit Carter.

— Ouais, eh bien, dis-je en soupirant. Hubbard peut aller se faire voir.

— Je croyais que tu aimais ton boulot.

— Pas dernièrement.

Je ne lui avais pas dit que j'étais un peu perturbé récemment.

— Il a beaucoup perdu de son lustre.

— Si tu détestes ton travail, alors trouve quelque chose qui te rende heureux, dit-il.

— Ouais, et que diable ferais-je ? Je suis un ingénieur ennuyeux, spécialisé dans le câblage, donc à moins que quelqu'un ait besoin d'un somnifère humain, je suis coincé à faire ce que je fais.

Carter soupira.

— Tu veux savoir ce que je pense ?

— Que je devrais raccrocher et manger ces côtes de porc avant que Will les ait toutes avalées ?

Carter eut un petit rire.

— Enfin, oui, ça aussi. Mais, Mark, tu devrais tout quitter et déménager pour Boston.

— Carter, dis-je sérieusement. Le monde n'a pas besoin d'un autre comique au chômage. Contente-toi d'être un bon vétérinaire.

— Mais je suis sérieux ! dit-il.

Je regardai Will, qui était inconscient de la suggestion de Carter et l'idée de déménager loin de lui me fit me sentir un peu nauséeux. Ou peut-être était-ce mon estomac qui me disait de manger.

— Carter, je t'adore, mais ces côtes sont chaudes et les Patriots sont sur le point de donner le coup d'envoi.

— Tu vois ? Tu suis même l'équipe de football de Boston.

— Seulement parce que le Connecticut n'en a pas, rétorquai-je. Maintenant, tais-toi. Fais un gros bisou de ma part à ton homme.

Je raccrochai et lançai mon téléphone sur le canapé, à côté de moi. Après avoir mangé quelques côtes et que le jeu ait bel et bien commencé, Will demanda :

— Tu n'es vraiment pas heureux au travail ?

Je jetai l'os d'une côte sur le plateau et suçai la sauce barbecue sur mes doigts.

— Je ne sais pas. Pas vraiment.

Will hocha lentement la tête.

— Envisages-tu de partir ?

— Je ne sais pas.

Je lui dis la vérité.

— Tu n'es pas heureux là-bas non plus.

— Vraiment ?

— Tu n'es pas heureux d'être revenu ici depuis un moment, hein ?

Cette fois, ce fut Will qui haussa les épaules.

— Je ne sais pas.

— La différence entre nous, c'est que tu aimes toujours l'ingénierie.

— Pas toi ?

Je vidai ma bière.

— Je souhaite que ce soit le cas, alors cela signifierait que je n'ai pas perdu toutes ces années à l'université pour rien.

Will ricana.

— Carter m'a dit que c'était des années bien utilisées.

Je ris et levai ma bouteille vide.

— Tu veux une autre bière ?

— Bien sûr, répondit-il.

Puis, quand je fus dans la cuisine, il demanda :

— Que vas-tu faire ? Pour le travail, je veux dire. Vas-tu partir ?

Je lui tendis une bière et m'assis en face de lui.

— Je n'en ai aucune idée. Carter pense que je devrais déménager à Boston.

Will hocha la tête, et fronça les sourcils.

— Veux-tu le faire ?

Je soupirai profondément.

— Et te quitter ? Que deviendrais-tu sans moi ?

Il m'adressa un sourire triste.

— Ou ta mère ? Que ferait-elle sans toi ?

— Oh, mec ! Avais-tu besoin de parler d'elle ? gémis-je. Maintenant, elle va appeler !

Et je jure que moins de dix secondes plus tard, mon portable sonna. Je lançai un regard noir à Will.

— Je te déteste !

Will sourit derrière sa bouteille de bière tandis que je répondais au téléphone.

— Salut, maman.

— Bonsoir, chéri.

— Comment vas-tu, maman ?

— Oh, je vais très bien.

Il y eut un bruit, comme si elle sirotait une boisson.

— Où est Will ?

— Il est juste là. Nous regardons le match.

— Je pensais que tu serais en ville. Pourquoi n'es-tu pas sorti passer un bon moment ?

— Je passe un bon moment. Mais nous ne sommes pas sortis dans un club parce que Will a juré qu'il abandonnait les hommes.

— Il a fait quoi ?

— Il a fait vœu de renoncer aux hommes, répétai-je et Will se laissa retomber dans le canapé en gémissant.

— Qu'est-ce qui ne va pas avec lui ? demanda maman, paraissant inquiète. S'est-il passé quelque chose ? Est-il blessé ?

— Non, maman, il va très bien, la rassurai-je.

— Eh bien, j'ai le meilleur remède pour lui, dit maman. Le week-end prochain, c'est la journée portes ouvertes annuelle au Meadows Country Club. Il peut être mon cavalier.

— Qu'est-ce exactement qu'une journée portes ouvertes annuelle ?

— C'est la journée annuelle de collectes de fonds. Croquet, polo, ce genre de choses.

— Il me semble que Will adorerait ça. Considérant qu'il ne veut plus jamais avoir de rendez-vous, je suis certain qu'il est libre, dis-je avec un sourire.

Will m'adressa un regard noir.

— Putain, qu'est-ce que je dois faire ?

— Tiens, maman, tu peux dire à Will ce qu'il va faire le week-end prochain. Il a l'air un peu excité.

Les narines de Will s'évasèrent comme il arrachait le téléphone de ma main tendue. Il écouta pendant un moment, je présumai pendant que ma mère lui posait une centaine de questions.

— Eh bien, je n'ai pas juré de renoncer aux hommes de manière permanente...

Il écouta à nouveau, puis il fit une grimace et frissonna.

— Non, je ne vais pas commencer à grignoter des moules.

J'explosai de rire et Will essaya de m'envoyer un coup de pied.

— En fait, dit-il en souriant au téléphone, Mark vient juste de me dire qu'il déménageait pour Boston.

Ma mâchoire se décrocha.

— Tu n'as pas...

Will sourit.

— Non, sérieusement, c'est ce qu'il vient de dire... Ouais, Boston... Eh bien, non, il a eu un autre avertissement officiel au bureau aujourd'hui.

Je lui jetai un des coussins du canapé à la tête, puis me jetai sur lui. Je le coinçai contre le dossier du canapé et attrapai le téléphone. J'utilisai peut-être mon genou, puis enfonçai mes doigts dans ses côtes, mais c'était une situation que je devais gagner à tout prix.

— Maman ? demandai-je, repoussant Will et me glissant vers le bout du canapé. Ne le crois pas ! Will est devenu maléfique et il me retient en otage.

— Bien sûr qu'il l'est, mon cher, répondit ma mère.

— Oui et il m'a fait manger des côtelettes, et maintenant, il me fait regarder un match de football. Je suis certain que la Convention de Genève prohibe ce genre de choses.

— Oui, tu sembles passer un moment vraiment très difficile, dit-elle sarcastiquement. Dis à Will que ce n'est pas de la torture tant qu'il n'utilise pas de menottes ni de quoi te donner la fessée... Maintenant que j'y pense, ce n'est vraiment pas du tout de la torture.

— Au revoir, maman.

— Au week-end prochain, mon chéri.

— Moi ? gémis-je. Comment me suis-je retrouvé à aller dans une maison de vieux ?

— Ce n'est pas une maison de vieux. C'est un country club, me gronda-t-elle. Enfin, la plupart des gens sont âgés, mais ils ont un bar. Comme j'ai dit, croquet, polo, ce genre de choses. C'est pour les vieilles fortunes.

— Rien que l'expression « *vieilles fortunes* » mélangée avec toi, maman, indique que tu te maries à des hommes âgés pour leur argent.

Il put entendre maman prendre une gorgée de sa boisson.

— Je n'ai jamais dit que je vivais *grâce* à une vieille fortune, chéri. J'ai dit que je vivais *avec* la vieille fortune de quelqu'un d'autre.

— Tu es terrible.

— Eh bien, nous toutes, les ex-épouses du country club avons besoin de beaucoup d'argent, dit-elle. Avoir des relations sexuelles avec les garçons d'écurie du club, c'est peu coûteux, tu sais.

J'étais presque choqué.

— Maman ! Tu m'as fait recracher ma bière !

Ma chère mère fredonna au téléphone.

— Peut-être que tu ne serais pas célibataire, mon chéri, si tu apprenais à avaler correctement.

— Au revoir, maman.

CHAPITRE HUIT

J'EN VOULAIS toujours à Will pendant le trajet en direction du country club. C'était un magnifique dimanche et
j'étais coincé à faire des choses vieux jeu.

— C'est de ta faute si je vais passer la journée dans une
maison de vieux.

— Ce n'est pas une maison de vieux, Mark, répéta Will.
C'est un country club. Ils jouent au golf et au croquet.

Je haussai un sourcil en le regardant.

— Tu ne présentes pas vraiment un bon argument, là.

— Mark, mon cher ami, il y aura du polo.

— Et alors ?

— Cela signifie des hommes sur des chevaux. De très
beaux athlètes avec des pantalons très moulants, sur le dos
d'un cheval... Ai-je besoin de te faire un dessin ?

— Je commence à voir où tu veux en venir avec ça...

— De plus, ta mère aura besoin de quelqu'un pour la
ramener chez elle.

— Je pense qu'elle t'aime plus que moi, lui dis-je.

— Bien entendu, répondit-il simplement. Comment ne
pourrait-on pas m'aimer ?

— Tu me ressembles un peu plus chaque jour.

— Nous nous mélangeons par symbiose.

— Tu es un tel intello !

Will se mit à rire et dirigea sa voiture vers le parking du Meadows Country Club.

— Ta mère nous retrouve ici, non ?

— Ouais. S'il y a un bar, elle y sera.

— Probablement, acquiesça Will. Discutant de politique mondiale et des raisons éthiques et financières pour étayer l'énergie de fusion.

— Si tu veux dire par là partir à la recherche d'un nouveau mari tout en avalant des olives dans un baril de vodka, alors, oui, certainement.

Will se mit à rire.

— Oh, allez ! Elle n'est pas si mal.

— Non, effectivement.

Nous nous dirigeâmes vers le club-house.

— Tu l'aimes, tu sais ? dit-il. J'en suis sûr.

— Bien sûr que je l'aime. C'est juste qu'elle ne pourra jamais se qualifier pour se voir attribuer le titre de mère de l'année. C'est mon boulot d'être l'enfant ingrat et un peu amer.

Nous entrâmes et nous vîmes ma mère, vêtue de ses plus beaux atours, agitant son martini vers nous.

— You-hou, les garçons !

— Maman.

J'embrassai sa joue.

— N'est-il pas douze heures trop tôt pour des martinis ?

— Il y a des fruits dedans, dit-elle, levant son verre.

— Je ne suis pas sûr que les olives comptent quand elles sont marinées.

— Eh bien, elles devraient. Elles sont vertes.

— C'est juste, dit Will, embrassant sa joue. Mark s'est plaint toute la matinée.

— Pour l'amour de Dieu, donne-lui un verre ! dit-elle. Fais-en un raide. En fait, donne-lui n'importe quoi de raide...

— Maman ! la coupai-je. Pas de sexe avant le déjeuner. Souviens-toi des règles mère/fils que j'avais épinglées sur le réfrigérateur quand j'avais dix ans ?

Elle leva les yeux au ciel.

— Quoi qu'il en soit, dit-elle, changeant de sujet. Nous allons sous le chapiteau. Les joueurs de polo sont... chauds.

— Je vais chercher les premiers verres. Je vous retrouve là-bas, déclara Will avant de disparaître vers le bar.

— Will est un si gentil garçon, dit-elle, glissant son bras sous le mien. Je souhaite que tu prennes sur toi, que tu l'enivres et que tu profites de lui. Vous devriez vraiment être ensemble. Vous formez un couple parfait.

— Merci pour tes conseils sur la manière d'attraper ton rendez-vous de rêve, dis-je sarcastiquement. Mais, maman, tu sais que les choses ne sont pas comme ça entre Will et moi.

Elle haussa un sourcil. Enfin, elle essaya. Le Botox rendait la chose difficile.

— Hmm... Hmm...

— Ne recommence pas avec ça, dis-je, heureux que Will ne soit pas là et se retrouve à nouveau embarrassé.

— Il est tellement doux. Ne pouvez-vous juste pas être... Comment ils appellent ça de nos jours ? Des copains de baise ?

— Maman, s'il te plaît, ne va pas plus loin.

— Oh, s'il te plaît ! Je ne suis pas prude, Mark ! Tu sais que j'ai eu beaucoup de plans cul de mon temps. C'était comme ça que l'on appelait ça à mon époque : des plans cul.

J'enfonçai mes doigts dans mes oreilles.

— La, la, la, la... Nous n'avons pas cette conversation... la, la, la, la...

— Oh, Mark ! dit-elle en levant les yeux au ciel. C'est toi le prude !

Je ricanai. J'étais la dernière personne prude que je connaissais. À part ma mère. Elle gagnait définitivement le titre dans cette catégorie. Je veux dire... Seigneur, quand j'ai admis devant elle que j'aimais à la fois les garçons et les filles, elle était plus que ravie. Plus on est de fous... avait-elle ajouté.

Maman et moi errions sous le chapiteau et observions les gars de l'équipe de polo s'échauffer. Je devais admettre que c'était intéressant à regarder. Et par intéressant, je voulais dire sexy.

Les hommes portaient des pantalons blancs, moulants comme au baseball, avec des polos vert foncé qui étaient tout aussi moulants que leurs pantalons. C'était facile de deviner pourquoi ma mère regardait ce sport.

Un gars se tenait à côté de moi et de ma mère, il était dans la fin de la soixantaine et portait un costume onéreux et avait des dents et des cheveux également hors de prix.

— Quels beaux animaux, dit-il. Les meilleurs pur-sang, rapides, avec une force étonnante et ils gèrent tout ça comme dans un rêve.

Ma mère ne regarda même pas l'homme.

— C'est sûr qu'ils le sont.

Puis il se pencha et lui murmura :

— Je parle des chevaux.

Maman gloussa, et le gars lui rendit son sourire. Sainte Marie, mère de Dieu, je venais juste d'être témoin de ma mère se faisant draguer.

Tandis qu'ils se présentaient l'un à l'autre et gloussaient

un peu plus, Will arriva enfin et me tendit une bière. Nous – ma mère, son nouvel ami et moi – faisions toujours face au terrain.

— Que regardons-nous ? demanda-t-il.

— Nous apprécions juste ces étalons impressionnants, lui dis-je. Et leurs chevaux.

Will sourit tout en sirotant sa bière.

— Eh bien, la vue est plutôt spectaculaire.

— Comment se fait-il que nous ne soyons jamais venus ici auparavant ? demandai-je.

— Pour que je garde ces beaux hommes pour moi-même, répondit ma mère, souriant toujours à l'homme qui ressemblait à George Hamilton et, bien sûr, il ne la quittait jamais des yeux et sourit de ses dents blanches et aveuglantes.

Puis George – prétendu – Hamilton me regarda, puis Will.

— Cela vous dérange-t-il si j'emmène votre sœur voir les chevaux ?

Will répondit, alors que je sentais de la bile remonter dans ma gorge.

— Je vous en prie.

Je lui adressai un faux sourire et pointait ma bouteille de bière dans sa direction.

— Vous devrez la ramener chez elle pour neuf heures, bien compris, jeune homme ? dis-je, ce qui les fit rire tous les deux tandis qu'ils s'éloignaient.

Quand ils ne furent plus à portée d'oreilles, Will ricana.

— Eh bien, voilà qui était bizarre.

— C'était une thérapie.

Nous nous rapprochâmes de la barrière, regardant toujours les joueurs de polo s'échauffer. Ils s'étiraient et posaient pour la foule et, quand ils montèrent enfin sur leurs chevaux, ils avaient captivé le public.

Je remarquai que Will regardait, observant plutôt intensément l'un des gars en particulier.

— Tu aimes ce que tu vois ? demandai-je, indiquant l'homme avec le numéro trois sur son polo.

C'était un homme bronzé, début de la trentaine peut-être, avec des cheveux noirs et des yeux foncés. Il n'était pas du genre typique grand, sombre et magnifique – il était trapu – mais plus que tout, il semblait avoir attiré l'attention de Will.

— Il est... Il y a quelque chose à propos de lui, dit Will.

Je regardai de nouveau le gars avec le numéro trois épinglé sur lui. Il ne ressemblait pas au genre de gars que Will pourrait apprécier.

— Il n'est pas vraiment ton genre, hein ? demandai-je, prenant un air nonchalant. Quoi qu'il en soit, je pensais que tu avais renoncé aux hommes.

— Peut-être.

Sans détourner les yeux du joueur de polo, il demanda :

— Ne trouves-tu pas qu'il est mignon ?

— Non.

Will ricana, puis me regarda.

— Vraiment ?

— Oui, vraiment. Il n'est pas du tout mon genre.

Je ne sais pas pourquoi j'étais tellement contre le gars, mais mon opinion semblait empirer au fur et à mesure que Will le regardait. Puis tous les hommes furent sur leurs montures et donnèrent au public de quoi regarder en caracolant près de la barrière, en face de nous.

Puis cela arriva.

Numéro Trois guida son cheval hors de la foule, s'arrêta devant nous – et fixa Will dans les yeux.

Son cheval renâcla un peu, mais il tira sur les rênes, contrôlant facilement l'énorme animal.

Et il n'avait toujours pas détourné son regard de Will.

Celui-ci lui adressa un sourire, et Numéro Trois tira à nouveau sur les rênes, éloignant son cheval.

— Eh bien, dis-je catégoriquement. Il semble que tu ne sois pas le seul intéressé.

Will termina sa bière et me tendit sa bouteille vide. Il m'adressa un sourire.

— Une autre.

Je regardai vers l'endroit où les joueurs de polo se trouvaient.

— Oui, que Dieu me pardonne, si tu manquais quelque chose.

Will agita ses sourcils.

— Je pense que j'ai peut-être un nouveau sport favori.

— On dirait bien, dis-je, essayant de sourire.

Je levai sa bouteille vide.

— La même ?

— Ouais, je ne peux seulement en boire qu'une ou deux autres, si je dois conduire pour rentrer à la maison.

— Je peux te raccompagner si tu veux, lui dis-je.

— Toi ? dit-il, haussant un sourcil. Tu n'as pas de permis de conduire.

— Si, j'en ai un. C'est simplement que je n'ai pas de voiture.

Will leva les yeux au ciel, et se retourna pour regarder Numéro Trois caracoler avec son poney. D'accord, enfin, c'était plus gros qu'un poney. D'accord, l'animal était énorme. Le cheval était vraiment gigantesque, et je me demandai brièvement s'il compensait par la taille de son cheval ce qu'il lui manquait ailleurs. Plus heureux avec cette pensée, je souris et me dirigeai vers le bar.

Quand je revins avec nos boissons, Will regardait toujours les hommes sur leurs chevaux. Il les observait tandis qu'ils s'échauffaient, puis lorsqu'ils se mirent à jouer.

Je n'avais jamais vu de match de polo auparavant. C'était un peu comme du hockey sur gazon, seulement c'était sur un cheval. Et je devais l'admettre, c'était plutôt cool.

C'était juste que je n'aimais pas ça.

D'accord, ce n'était pas tout à fait juste.

Je n'avais absolument rien contre les sept autres hommes ou contre les chevaux sur le terrain, j'avais juste quelque chose contre l'un d'entre eux. Et son cheval.

Je n'aimais pas la manière dont il inclinait ses hanches sur la selle ou comment il fléchissait ses bras, et je n'aimais vraiment pas sa manière de regarder Will toutes les quelques minutes.

Durant le dernier quart du match, j'envoyai Will au bar pour des boissons fraîches et quand Numéro Trois regarda dans sa direction, il scanna la foule, manifestement à sa recherche. Au lieu de ça, il me trouva, moi. Je lui souris et lui adressai un putain de regard noir, et la voix de ma mère s'éleva à côté de moi.

— Mark, arrête de contrarier l'homme sur le cheval, mon cher.

— C'est un connard.

Maman eut un petit rire.

— Oui, je peux voir ça. La manière dont il remplit cet uniforme est tout simplement honteuse.

J'ignorai sa remarque sarcastique.

Si bien qu'elle ajouta :

— Et quant à la manière dont il lorgne Will...

— Comme s'il était un morceau de viande, dis-je. C'est honteux.

Maman faillit s'étrangler avec une olive.

— Ce qui vaut son pesant d'or venant de toi, mon chéri. Il semble que quelqu'un pourrait le vouloir pour lui-même ?

— Jaloux ? Peu probable. Pourquoi diable voudrais-je d'un mec qui pue la sueur et le cheval ? dis-je, hochant la tête vers Numéro Trois.

Maman sourit contre son verre de martini.

— Je ne parlais pas de lui, mon chéri.

Grand Dieu, combien en avait-elle déjà bu ? Je secouai la tête.

— Alors de qui parles-tu ?

Juste à ce moment-là, Will apparut soudain à mes côtés et me tendit une bière.

— Oh, Will, mon chéri, nous parlions justement de toi.

Je soupirai, et Will me regarda avec curiosité.

— Ai-je besoin de savoir ?

— Non, répondis-je rapidement. Maman expliquait juste combien l'alcool affectait ses fonctions cérébrales et lui faisait dire des choses stupides.

Will se mit à rire, apparemment très habitué à nos piques et aux conversations absurdes entre ma mère et moi.

— Alors où est le gars à qui vous parliez ? lui demanda Will.

— Il est allé nous chercher une autre tournée, dit-elle. J'ai même suggéré quelque chose de non alcoolisé !

Je la dévisageai.

— Bon sang ! Il doit être spécial.

— Il pourrait l'être, dit maman avec un sourire vague. Il est tout à fait charmant.

Génial !

Et revoilà le mari numéro six. Ou était-ce le septième ? Avant que je puisse en demander plus, Will me poussa du coude. George – prétendu – Hamilton s'avançait vers nous, et avec un sourire, tendit à maman une eau gazeuse.

Will se pencha contre moi.

— Laisse-la tranquille, murmura-t-il. Elle est heureuse.

Je le regardai et secouai la tête.

— Non, ça, c'est juste dû à la chirurgie plastique. Elle a toujours l'air comme ça.

Will eut un petit rire.

— Tu es terrible !

George – prétendu – Hamilton embrassa le dos de la main de ma mère, nous dit au revoir à Will et moi et s'éloigna.

— Où va-t-il ? demandai-je.

— Juste un peu plus loin pour retrouver quelques collègues, dit-elle.

Nous le regardâmes tous tandis qu'il se dirigeait vers trois autres hommes de son âge et serrait leurs mains. Maman soupira avec un air rêveur.

— Il va revenir.

Puis il se passa quelque chose sur le terrain de polo parce que tout le monde autour de nous applaudit, donc nous nous retournâmes pour regarder la fin du match.

L'équipe de Numéro Trois gagna et quand ils descendirent de cheval et parlèrent avec les autres joueurs et certains spectateurs, Numéro Trois passa la plus grande partie de son temps à regarder Will.

— Seigneur, peut-il rendre la chose plus évidente encore ? murmurai-je.

Et parce que l'univers me détestait, Numéro Trois regarda Will et s'excusa auprès des deux personnes à qui il parlait et commença à s'avancer.

— Apparemment, c'est un oui, dit Will, réprimant un sourire.

— Hey, dit Numéro Trois à Will, ignorant le reste d'entre nous. Je n'ai pas pu m'empêcher de remarquer que vous regardiez.

Je me moquai de lui et de sa réflexion, parce que c'était lui qui regardait, et Will me donna un coup de pied.

— Ignorez mon ami, dit-il. Il est tombé plusieurs fois sur la tête lorsqu'il était enfant.

— Ne me blâme pas pour ça, intervint maman. Il était glissant.

Numéro Trois sourit et j'avais envie de mourir tellement j'étais embarrassé. Ou de lui envoyer mon poing. Je n'arrivais pas à me décider.

— Voulez-vous venir voir mon cheval ? demanda Numéro Trois à Will.

Merde, pourquoi parlait-il comme ça à Will ? Comme s'il avait cinq ans.

— Je peux ? demanda Will.

Comme s'il avait cinq ans.

Je soupirai. Will m'adressa un bref coup d'œil qui contenait un peu d'excitation et beaucoup de « tiens-toi tranquille ».

— Je ne serai pas long, dit-il.

Et là-dessus, maman et moi regardâmes Will traverser le terrain avec Numéro Trois.

Merde !

— Tu ne devrais pas le laisser y aller, tu sais, dit tranquillement maman.

— Quoi ?

— Will, clarifia-t-elle. Il est ce que tu as de mieux et tu es juste là en train de le regarder s'éloigner avec un autre homme.

— Maman... dis-je en soupirant. Nous en avons déjà parlé.

— Oh, je sais ce que tu m'as dit. Mais Will et toi devriez être ensemble.

— Il a besoin de quelqu'un d'autre, maman. Pas de moi. Je ne suis pas fait pour ce genre de choses.

— Je n'y crois pas, mon chéri.

— En quoi tu ne crois pas ? Soit tu veux l'amour, soit tu ne le veux pas. Je me sens plutôt bien dans la dernière catégorie, je te remercie beaucoup.

— Ne renonce pas à l'amour, dit-elle. Ne sois pas malheureux pour le reste de ta vie comme moi, Mark. Ne vis pas comme moi.

— Maman, tu as été mariée six fois. C'était le véritable amour à chaque fois, tu te souviens ?

Elle me railla.

— Je pensais qu'ils étaient ce que je voulais, mon chéri. Je pensais qu'ils pouvaient me rendre heureuse, mais la vérité était que je ne pouvais pas rester toute seule. Tu peux. Tu es, en quelque sorte, une personne parfaitement normale, ce qui est remarquable étant considéré que je suis ta mère. Tu as été parfaitement heureux d'être tout seul jusqu'à maintenant, mais tu ne le seras pas toujours.

— Je suis heureux, maman.

Elle soupira longuement et regarda dans la direction prise par Will et Numéro Trois, là où ils se tenaient près des chevaux, discutant.

— Que ressens-tu ?

— Comment ça ?

— De le voir avec quelqu'un d'autre ?

Je regardai Will pendant un moment. Il touchait l'encolure du cheval, mais regardait Numéro Trois et ils se parlaient et se souriaient. Cela me faisait ressentir...

— Je ne sais pas ce que cela me fait ressentir, répondis-je honnêtement.

Maman hocha la tête et m'adressa un sourire triste.

— C'est bien ce que je pensais.

— Je veux juste qu'il soit heureux.

— Je sais que c'est le cas, mon chéri. Ça, c'est parce que tu es un homme bon.

Ce n'était pas souvent que ma mère et moi étions sérieux, mais quand nous l'étions, c'était ouvert et honnête. Nous regardâmes Will sortir son téléphone portable et le tendre à Numéro Trois.

— Que fait-il ? demanda maman.

— Il entre son numéro de téléphone dans celui de Will, répondis-je rapidement.

Je pouvais sentir les yeux de maman brûler le côté de ma tête, mais je n'osai pas la regarder.

La foule se dispersait et George – prétendu – Hamilton revint vers nous. Quelques secondes plus tard, Will nous rejoignit également, essayant de ne pas sourire.

— Eh bien, dit George. Je crois qu'il est temps que je me présente de manière plus formelle. Je suis Ted Sinclair.

Puis il tendit la main.

— Mark Gattison, répondis-je en la serrant.

— Si vous êtes d'accord, Mark, j'aimerais reconduire votre mère chez elle.

Je le regardai. On ne me l'avait encore jamais demandé. Je n'arrivai pas à trouver quelque chose de drôle à dire.

— Bien sûr.

J'embrassai la joue de maman, puis Will fit pareil, et nous les regardâmes s'éloigner.

— Alors, dis-je avec désinvolture. Tu as obtenu le numéro de téléphone de Numéro Trois ?

— Numéro Trois ?

J'indiquai le terrain où s'étaient trouvés les joueurs de polo.

— Ouais, tu sais, le gars que tu viens juste de lorgner durant les deux dernières heures et avec le numéro trois sur sa chemise ?

Will rougit.

— Oh, ouais, en effet. Et un rendez-vous pour mercredi soir.

Je clignai des yeux sous l'effet de la surprise.

— Bon sang, c'était du rapide !

— Il travaille par roulements, expliqua Will. Mercredi est sa soirée de libre.

Nous nous dirigeâmes vers le parking.

— Que fait-il ?

Will sourit.

— Il est pompier.

Je levai les yeux au ciel.

— Bien entendu ! dis-je. Alors est-ce que Monsieur Parfait a un nom ou dois-je l'appeler Numéro Trois pour toujours ?

— Son nom est Clay, dit Will. Clay Damon.

Je reniflai, laissant échapper un rire.

— Eh bien, quel nom horrible !

— Qu'est-ce qui ne va pas avec ça ? demanda Will.

— Qu'est-ce qui va avec ça ? rétorquai-je.

Will me regarda avec prudence.

— Mark Gattison, serais-tu jaloux ?

Je ricanai fortement et levai les yeux au ciel pour un meilleur effet.

— De ce nom ? Est-ce que tu plaisantes ?

CHAPITRE NEUF

WILL AGIT NORMALEMENT la plus grande partie du lundi, à part les-sourires-plus-que-la-normale et la partie pas-normal-d'être-heureux-au-travail-un-lundi-matin et autant je voulais parler de Monsieur-Parfait-avec-un-nom-stupide, mais je ne le fis pas.

Le mardi, alors que nous entrions dans le bureau, il était tout sourire.

— Quelqu'un est plutôt gai ce matin, dis-je.

Mais rien. Il ne voulait toujours rien dire. Il souriait simplement.

Et après cinq minutes de cette torture silencieuse, je ne pus m'en empêcher. Je me levai et regardai par-dessus la cloison.

— Laisse-moi deviner, ton sourire a quelque chose à avoir avec Monsieur Parfait ?

Son sourire s'élargit lentement.

— Peut-être.

— Tu lui as parlé.

— En effet.

— T'a-t-il appelé ou l'as-tu appelé ?

— Est-ce que ça compte ?

— Oui.

Will resta silencieux pendant un long moment, béat.

— Il m'a appelé.

— Tu sors toujours demain ?

— Oui, nous sortons.

— Est-il toujours parfait ?

Avant que Will puisse répondre, la voix d'Hubbard résonna à travers la pièce.

— Monsieur Gattison ! Avez-vous l'intention de travailler aujourd'hui ?

— Nous discutons juste des avantages d'une construction à six brins enroulés autour d'un noyau en acier contre les fils ronds galvanisés, hélicoïdalement liés ensemble pour former des reliures de bobines fermées sur des câbles en acier inoxydable.

Je lui adressai un sourire charmant.

Hubbard me fixa pendant un long moment, puis se moqua de moi. Je disais des conneries et il le savait.

— Bien entendu, c'était ce que vous faisiez.

— Je le jure sur le prochain martini de ma mère, monsieur, dis-je me rasseyant à mon bureau.

Quand Hubbard eut disparu et après environ deux minutes de tapage frénétique sur mon clavier, je demandai à Will :

— Alors, va-t-il te montrer son camion de pompier ?

Je savais qu'il pouvait m'entendre, mais cela lui prit un long moment pour répondre.

— Je l'espère.

Nous n'eûmes pas vraiment la chance de pouvoir parler à nouveau après ça. Je ne savais pas trop quoi dire. Nous restâmes même un peu silencieux pendant le déjeuner, ce qui ne nous ressemblait pas. Nous n'étions jamais à court de sujets pour discuter. Jamais.

Ce n'était pas censé se passer comme ça. Ce n'était pas censé devenir bizarre.

Pas avec Will.

Je voulais qu'il trouve quelqu'un qui le rende heureux – je l'avais poussé dans ce sens avec cette putain de stupide liste.

Je n'étais pas sûr, maintenant qu'il avait trouvé, de savoir pourquoi cela m'ennuyait autant.

Alors, quand nous attrapâmes un sandwich et nous dirigeâmes vers le parc Buschnell, nous n'avions toujours pas parlé et je ne pouvais pas le supporter. Je devais réfléchir et trouver quelque chose à dire et qui ne serait pas lié à Monsieur-Parfait-pompier-cavalier-Clay.

— Aimes-tu ce gars, Ted ? demandai-je.

— Qui ?

— Celui qui ressemble à George Hamilton et qui ne quittait pas ma mère dimanche ?

Will se mit à rire à ma description.

— Ouais, il semble très bien. Il était plutôt occupé avec ta mère. Et elle avec lui.

— Ouais, eh bien, elle est allée de l'avant, le mariage est dans deux semaines.

Will s'arrêta de marcher et me dévisagea.

— Es-tu sérieux ?

— Non, pas du tout, répondis-je. Mais nous devrions prendre les paris pour voir combien de temps cela va prendre.

— As-tu pris des leçons de cynisme ?

— En effet, oui. J'étais tellement bon dans ce domaine que j'enseigne maintenant « comment devenir un imbécile cynique » à l'université locale. Je peux t'obtenir un rabais si tu veux. Dis-leur juste que je t'envoie.

— Et le sarcasme ?

— Ouais, j'ai ma Maîtrise en sarcasme. Je peux t'avoir le deux-en-un si tu veux.

Will se mit à rire à nouveau.

— Tu me ferais vraiment payer pour suivre un de tes cours hypothétiques ?

— L'hypothétique est en supplément, lui dis-je, m'asseyant sur un banc. Et de toute façon, je dois en faire un moyen de vivre. J'ai envisagé la prostitution, mais c'est contre ma moralité de prendre du plaisir à faire mon travail.

Will ricana.

— Et Dieu seul sait à quel point tu aimes vraiment ce que tu fais.

Il ouvrit son sandwich, retira le concombre et me le tendit.

— Je ne sais pas pourquoi tu commandes de la nourriture si tu ne l'aimes pas, dis-je, mangeant le concombre avec bonheur. Je suis certain qu'ils peuvent te préparer un sandwich frais sans le concombre.

— Mais tu vas le manger, dit-il en mordant dans son sandwich.

Et nous étions enfin de retour à la normale. Nous parlions comme nous le faisions toujours – à propos de n'importe quel sujet. Nous eûmes une conversation de dix minutes sur les avantages des Frosted Flakes contre du son. Parce que, vraiment, personne ne mangeait cette merde de son sans ajouter un kilo de sucre.

Will n'était pas d'accord.

Puis l'argumentation dévia sur un débat concernant les caries dentaires et l'obésité chez les enfants. Pendant encore dix minutes, nous débattîmes à tour de rôle, mais il ne voulait pas concéder que ces gamins étaient obèses de nos jours, à cause de leurs parents.

— Tu ne peux pas simplement t'en prendre aux parents.

— Pourquoi pas ?

— Et qu'en est-il des compagnies qui vendent cette merde dévitalisée et de la FDA qui approuve le rajout de produits chimiques, de sel et de sucre ?

— Eh bien, le contrai-je, ils peuvent fabriquer et vendre un produit qu'ils aiment, mais ce sont les parents qui les achètent. S'il n'y en a pas dans la maison, les enfants ne peuvent pas en manger.

— Mark, tu sais que ça revient moins cher d'acheter des frites qu'une salade, non ?

— Eh bien, je ne suis pas d'accord avec ça. Je veux dire, je suis d'accord avec ce que tu dis – c'est moins cher. Je pense juste que ce n'est pas acceptable. Mais... dis-je en changeant de ton, je pense toujours que les parents n'ont pas le droit de se plaindre et de dire que c'est de la faute de quelqu'un d'autre, alors qu'ils sont les premiers à acheter les produits.

— Et qu'en est-il des agences de publicité ? demanda Will.

— Tu sais ce qui est moins cher et plus rapide que des frites, Will ?

Je répondais à sa question par une autre question.

— Une putain de pomme. Les enfants devraient essayer ça de temps en temps.

Will me dévisagea avec curiosité pendant un long moment, puis il regarda à gauche et à droite, comme s'il cherchait quelque chose.

— Notre conversation t'ennuie-t-elle ? demandai-je.

— Non, je cherche juste les caméras, les acteurs et l'équipe de *Punk'd*.

— Oh ! Ha-ha ! dis-je sarcastiquement. Très drôle.

— Tu sais, dit Will avec un sourire. Si tu avais des enfants, tu les laisserais faire ce qu'ils veulent. Tu serais le plus grand papa-gâteau au monde.

— Si j'avais des enfants ? demandai-je, incrédule. Quelle drogue as-tu prise ce matin ?

— Réponds-moi, dit-il sérieusement. Si tu avais des enfants, les laisserais-tu manger des Frosted Flakes ? Ou du son ?

— Oh, mec, dis-je en gémissant. Je peux voir où tu veux en venir, mais tu as tout faux. Mes enfants pourraient manger des Frosted Flakes parce que leur faire avaler du son devrait être considéré comme de la maltraitance.

— Hum... hum... fredonna-t-il. Je suis pratiquement certain que ce n'est pas classé comme maltraitance envers des enfants que de leur faire manger du son sans sucre.

— Ça devrait l'être.

Will m'adressa un sourire, puis regarda l'heure sur sa montre.

— Allez, viens ou Hubbard va virer nos culs.

— Pas avant que je lui dise de l'embrasser.

Nous retournâmes au travail et de nouveau, tout rentra dans l'ordre entre nous. Au travail, mercredi, cela se passa bien aussi. Je lui dis même que je voulais tous les détails sordides de son rendez-vous avec Clay.

Je m'occupai ce soir-là en téléphonant à ma mère afin que je ne reste pas assis, à me demander ce qu'ils faisaient pendant toute la soirée.

— Qu'est-ce qui ne va pas ? demanda-t-elle, paraissant plutôt inquiète.

— Oh, rien, mentis-je. Je m'ennuie. J'ai pensé à t'appeler pour savoir comme vont les choses avec Ted ?

Il y eut un moment de silence.

— Il est là, en fait. Nous sommes en train de dîner.

— Oh !

— Où est Will ?

Je savais que cette question allait arriver, mais je la redoutais.

— Il est en rendez-vous avec ce gars de dimanche.

— Oh !

Elle paraissait surprise.

— Oui, apparemment, c'est un pompier aussi.

— Oooh, je me demande s'il va emmener Will voir son camion de pompier.

Je me laissai tomber en arrière sur le canapé.

— C'est vraiment étrange de voir à quel point nous sommes semblables, dis-je. J'ai eu exactement la même pensée.

Maman se mit à rire au téléphone, puis elle resta silencieuse.

— Tu vas bien, mon amour ?

— Oui, je vais bien, répondis-je, bien que ce ne soit pas l'exacte vérité.

— Veux-tu venir ici ? demanda-t-elle. Il y a assez de nourriture pour toi. As-tu mangé ?

— Nan, j'ai déjà mangé – ce qui était une autre demi-vérité.

J'avais pris un bol de Frosted Flakes en guise de dîner.

— De plus, tu n'as pas besoin que je plante ton rendez-vous. Comment est Ted, de toute façon ?

— Il est très gentil, dit-elle, et je pus entendre le sourire dans sa voix.

— Je ferais mieux de te laisser à ton rendez-vous. Je t'appellerai ce week-end.

C'était plutôt triste de constater que ma mère et mon meilleur ami avaient des rendez-vous et que je regardais la télévision. J'envisageai de m'habiller et de sortir, mais n'arrivais pas à me décider, si bien que j'éteignis la télévision et allai dans ma chambre pour regarder le plafond à la place.

JE MOURRAIS d'envie de demander à Will comment s'était passée sa sortie.

Et bien entendu, il était bouche cousue et ne laissait rien échapper. Mais il me sourit et me dit que sa nuit s'était bien passée.

— D'accord, tu souris, alors cela m'indique que ton rendez-vous avec Clay était bien. Mais tu portes tes propres vêtements ce qui m'indique que tu es rentré chez toi, donc que peut-être cela ne s'est pas *si* bien passé que ça. À moins qu'il ne porte tes vêtements ?

Will leva les yeux au ciel.

— Ça ne s'est pas *si* bien passé que ça.

Puis il murmura :

— Bien que cela ait failli.

— Mais tu l'as arrêté ?

— Il l'a fait.

— Gattison !

La voix d'Hubbard résonna à travers toute la pièce.

Je levai les yeux au ciel et reposai mon cul sur mon fauteuil, essayant de ne pas penser à Will couchant avec Monsieur Parfait.

Il avait arrêté. Clay y avait mis fin. Ce qui signifiait que Will le désirait.

Will voulait davantage avec Clay.

Oh !

C'est amusant de constater combien de travail peut être abattu quand vous essayiez de ne pas réfléchir.

Le reste de la semaine fut pratiquement identique. Will souriait et paraissait heureux. Il recevait des messages parfois et souriait devant son téléphone, et à chaque fois qu'il bipait, mon estomac sombrait un peu plus.

Le vendredi au travail, je lui demandai s'il voulait sortir ce soir-là, mais il dit qu'il avait des plans avec Clay. Je suggérai le week-end, mais il m'adressa un petit sourire triste.

— Désolé, mec.

— Laisse-moi deviner. Il va te montrer son camion de pompier ?

Le sourire de Will s'élargit.

— J'espère.

— Alors...

Je battis des cils.

— ... Monsieur Parfait est parfait ?

Will leva les yeux et ignora ma question. Il éteignit son ordinateur. Il jeta un coup d'œil à son bureau bien rangé.

— As-tu fini ?

— Il est cinq heures et nous sommes vendredi. Bien sûr que j'ai fini !

— Que vas-tu faire ce soir ? demanda-t-il tandis que nous nous dirigions vers les ascenseurs. Tu n'es pas allé au Kings depuis un moment.

Je haussai les épaules.

— J'allais sortir avec toi !

J'appuyai sur le bouton de l'ascenseur.

— Mais tu as eu une meilleure offre.

— En effet, dit-il avec un sourire. Mais nous pouvons nous rattraper pendant la semaine, d'accord ?

— Bien sûr, dis-je, mais la réalisation que j'avais été relégué à la seconde place me frappa durement. Peu importe.

Nous entrâmes dans la cabine et, heureusement, il y avait d'autres personnes dedans, si bien que le silence entre Will et moi ne fut pas trop évident. Quand nous traversâmes l'entrée, juste avant d'arriver au niveau du trottoir, il m'attrapa par le bras.

— Hey, Mark, tu vas bien ?

— Ouais, je vais bien. Pourquoi ça n'irait pas ?

— En es-tu sûr ? demanda-t-il. Parce que tu as dit que je devrais commencer à sortir... Je ne veux pas te mettre à l'écart, mais c'est juste que Clay a échangé son roulement ce week-end afin que nous puissions faire quelque chose.

— Will, c'est bon, lui dis-je.

Je lui adressai un sourire qu'il sembla prendre pour authentique.

— Tu devrais sortir avec lui. Je suis sûr que je vais trouver quelqu'un au Kings pour me tenir occupé.

Will hocha la tête et regarda le sol.

— Je suis certain que tu trouveras.

Puis il fit un pas en arrière.

— Je t'appellerai.

J'éclatai de rire.

— Oh, Will ! Tu peux certainement trouver mieux que ça. Ne t'ai-je donc rien appris ?

Will m'adressa un demi-sourire et se tourna pour s'éloigner.

— Amuse-toi bien, ce soir.

— Toi aussi, dis-je, et là-dessus, nous partîmes chacun de notre côté.

JE NE REVIS PAS Will de tout le week-end. Je sortis vendredi soir, mais rentrai seul à la maison. Je n'étais jamais retourné dans l'arrière-salle ni dans l'allée derrière. Je n'en avais aucune envie.

Je déjeunai samedi midi avec ma mère et son nouveau petit ami, Ted, qui était gentil et un peu effrayant en même temps. C'était agréable de voir maman heureuse, mais effrayant de les surprendre à s'embrasser quand ils revinrent de la salle de bain.

Je passai mon samedi soir au téléphone avec Carter, puis Isaac, tous les deux trouvant le flirt de ma mère – et de mon besoin subséquent de laver mon cerveau à l'eau de javel – amusant. Ils parlèrent de leurs plans pour leur mariage, de restauration et de lune de miel.

— Lune de miel ? demandai-je. Où allez-vous ?

— Il est hors de question que je te le dise, dit Carter. Dieu seul sait ce que tu serais capable de faire livrer à... là où nous allons.

— Tu n'es pas drôle ! Puis-je au moins savoir combien de temps vous serez partis ?

Carter hésita, puis répondit.

— Nous partons pour quatre semaines.

— Quatre semaines ? répétai-je. Oh, mec ! C'est super !

— Toujours pas intéressé pour emménager à Boston ? demanda-t-il à nouveau.

— Je ne sais pas, répondis-je calmement.

— Tu sembles plus intéressé, cette fois-ci, dit-il. Qu'est-ce qui a changé ?

Je soupirai.

— Je ne sais pas. Rien, je suppose.

Puis je lui avouai.

— Will voit un gars parfait.

— Vraiment ? demanda-t-il, incrédule.

— Ouais, pourquoi parais-tu aussi surpris ?

— Je pensais juste... tu sais quoi ? Ce n'est pas grave, dit-il, paraissant plutôt distrait.

Puis je pus entendre sa voix étouffée dire quelque chose à Isaac et il reparla.

— Tu sais, si tu veux prendre un peu de vacances après le mariage...

— Carter, je ne vais pas aller avec vous pendant votre lune de miel, peu importe combien Isaac supplie.

Il se mit à rire.

— Je peux te rassurer, il est hors de question que tu viennes avec nous pendant notre lune de miel. Ce que je voulais suggérer, c'était que nous pourrions avoir besoin d'un gardien pour surveiller la maison pendant ces quatre semaines. Tu pourrais en profiter pour prendre un peu de temps et jeter un œil sur les environs de Boston.

Je devais admettre que ça me paraissait être une putain de bonne idée.

— Je vais y réfléchir, lui dis-je. Et Carter... merci.

— Mark, dit-il doucement. Je sais que tu as l'impression que Will t'a oublié, mais ce n'est pas le cas. Il sort juste avec un gars quelconque et c'est tout nouveau et excitant. Cette partie ne dure pas éternellement. Tu es son meilleur ami, et ça, ça dure beaucoup plus longtemps.

Je souris au téléphone. Il semblait exactement savoir quoi dire. Il avait toujours su.

— Merci.

Je voulais savoir combien de temps durait cette phase excitante et nouvelle et quand tout serait fini, mais je n'osai pas demander.

Malheureusement, il ne me fallut pas longtemps pour le savoir.

CHAPITRE DIX

— HEY, dis-je au téléphone, en guise de salutation.

— Oh, hey, répliqua Will. Quoi de neuf ?

— Pas grand-chose, répondis-je, étirant mes pieds sur le canapé. Je viens juste de me souvenir de quelque chose et je pensais que c'était mieux de t'appeler, parce que j'étais censé t'en parler au travail aujourd'hui et que j'ai oublié.

Puis j'entendis des voix en arrière-plan.

— Oh, où es-tu ?

— Sorti pour dîner.

— Mais c'est mardi ! dis-je, comme si cela signifiait quelque chose.

— Je suis au courant, répondit-il et je n'arrivai pas à deviner s'il souriait ou non.

Je supposai que je l'avais interrompu.

— Désolé, cela peut attendre jusqu'à demain...

— Non, Mark, c'est bon. De quoi t'es-tu souvenu ?

— J'ai juste parlé avec Carter et Isaac et ils m'ont rappelé de trouver des costumes pour le mariage. Je voulais juste te demander à ce sujet, c'est tout.

— Quand est-ce que c'est déjà ?

— Dans cinq semaines.

— Oh !

Il marmonna quelque chose à quelqu'un d'autre, puis me parla à nouveau.

— Nous pourrons en parler demain au travail.

— Es-tu sorti avec Clay ?

— Oui.

— Tu ne m'as pas dit que tu sortais.

— C'était une invitation de dernière minute.

— Oh, d'accord, dis-je, ne sachant pas pourquoi cela me dérangeait. Amuse-toi bien. Ne reste pas debout trop tard. Il y a école demain.

Il se mit à rire.

— Bien sûr.

Je raccrochai et lançai mon téléphone sur le canapé à côté de moi. J'étais énervé sans aucune raison et parce que je m'ennuyais et que je n'avais rien de mieux à faire, je me levai et allai prendre une douche.

L'eau était brûlante et il y avait de la vapeur partout. Ma main serpenta sur mon ventre, puis plus bas, vers ma queue endolorie. Seigneur, cela faisait si longtemps que je n'avais pas eu de relations sexuelles – des mois, en fait. C'était ma plus longue période sans un quelconque assouvissement sexuel avec un total inconnu.

Je posai mon bras gauche contre les carreaux, puis mon front sur mon bras, sentant le flux d'eau chaude courir dans mon dos tandis que je me faisais plaisir.

Bien que ce soit à peine un plaisir.

C'était juste du soulagement. Un soulagement pour la frustration et la colère refoulées qui me rongeaient. Je n'avais vraiment pas envie de baiser ces dernières semaines et maintenant que Will voyait ce putain de Monsieur

Parfait, il semblait juste que je n'arrivais pas à reprendre mes esprits.

Et c'était de ma faute.

Je pensai à Will. Et quand ma main pompa et serra ma queue, ce fut des images de lui qui tourbillonnèrent dans ma tête, de ce à quoi il pourrait ressembler la tête rejetée en arrière sous l'effet du plaisir, quels sons il pourrait faire, ce que je pourrais ressentir avec ma queue enfouie en lui, ou lui en moi.

Je jouis durement, gémissant à travers mon orgasme. C'était une libération creuse, je me sentais détendu, mais pas soulagé. Je me sentais... confus.

Je venais juste de me masturber sur des images mentales de Will.

J'étais en train de devenir fou.

Je me glissai dans mon lit, et au lieu de penser à ce qui venait juste de se passer dans la douche, je pensais au week-end à la place.

J'allais sortir. Et j'allais baiser.

***

— ALLEZ, Will ! dis-je. Appelle Clay.

J'essayai de prononcer son nom comme s'il ne laissait pas un mauvais goût dans ma bouche.

— Et dis-lui de venir. Ce sera amusant. Je vais même vous laisser choisir le bar où nous irons, j'ai juste besoin d'une nuit dehors.

Will paraissait incertain.

— Je ne sais pas ce qu'il a prévu pour...

— Mais, Will, gémis-je. C'est vennnnnnn-d-r-e-d-iiiiiiii. J'ai besoin de sortir et c'est ton devoir en tant que meilleur ami de venir avec moi. Je t'ai même suggéré de venir avec ton petit ami et je renonce à notre habituel dîner de troisième mi-temps, et opte directement pour les boissons.

Will leva les yeux au ciel.

— Je vais l'appeler et lui demander, dit-il, comme s'il cherchait à apaiser un enfant.

Je souris et quand il poussa son assiette de déjeuner à moitié mangée vers moi pour que je puisse finir ses frites, je demandai :

— Comment ça se passe avec lui ?

— Lui ?

— Oui, Monsieur Parfait.

— Il a un nom.

— Je sais, dis-je, jetant une frite dans ma bouche. Je trouve juste que c'est un nom absurde. Pourquoi quelqu'un voudrait-il appeler leur enfant, d'après de la terre battue ?

Apparemment, cela ne valait pas une réponse ni même un lever d'yeux au ciel.

— Les choses vont très bien entre nous, dit-il.

— Pourrait-il être le bon ? demandai-je, battant des cils et plissant mes lèvres.

Apparemment, cela ne valait pas une réponse non plus.

— Oh, mon Dieu ! criai-je. C'est arrivé ! Tu as perdu ton sens de l'humour, tout comme Carter l'a fait ! Vous tombez amoureux et bam ! Plus rien de drôle désormais.

Will me jeta sa serviette chiffonnée.

— La ferme !

Il se glissa hors de la cabine et je le suivis.

Tandis que nous revenions vers le travail, je me souvins.

— Oh ! J'ai pris un rendez-vous chez le tailleur jeudi prochain, après le travail, pour nous deux. Je lui ai donné nos tailles et il a dit que nos costumes seraient prêts, mais que nous devions passer pour qu'il puisse les ajuster.

Puis j'ajoutai :

— Parce qu'il n'y a plus rien sur les étagères pour toi et moi, bébé.

Will s'arrêta sur le trottoir et me dévisagea.

— Bébé ?

— Oh, la ferme ! marmonnai-je. Allez, je ne veux pas être en retard. Hubbard t'aime, mais il déteste mon cul.

Will essaya de ne pas sourire.

— Laisse-moi deviner, il est le seul à avoir jamais détesté ton cul ?

Je lui adressai un sourire.

— Eh bien, il y a seulement une poignée de gens qui ont eu le privilège de mon cul, et crois-moi, il n'y a eu aucune plainte.

Will se mit à rire, mais ses joues se teintèrent de rouge.

— Ce n'est pas ce que je voulais dire.

— Je sais.

— Tu n'as vraiment aucune honte.

— Aucune. Cela a été omis de mon ADN, avec mes scrupules et jours de mauvais poil. Je n'en ai tout simplement pas.

Will s'esclaffa. Nous entrâmes dans l'ascenseur au travail et Will toucha mes cheveux parfaitement indisciplinés.

— Ouais, ça reste coincé comme ça.

— Il existe des produits, Will. Tu devrais essayer.

Il leva les yeux au ciel, de manière tellement appuyée, que cela devait probablement faire mal, tandis que nous sortions à notre étage et regagnions nos bureaux. Nous restâmes occupés avec le travail et parlâmes à peine pour le reste de la journée.

À cinq heures, je jetai un coup d'œil derrière le mur.

— Tu as fini ? demandai-je.

Il lisait quelque chose sur son téléphone et leva les yeux vers moi.

— Ouais, j'ai fini.

— Will, envoies-tu des messages cochons pendant le travail ?

— C'est vraiment tout ce à quoi tu peux penser ?

— Hmm...

Je fis semblant d'y réfléchir.

— Oui.

Will secoua la tête, se leva et rangea son fauteuil.

— C'était Clay. Il dit que nous pourrions tous nous retrouver au Green Room si tu veux.

— Je veux.

Ce n'était pas un bar que je fréquentais souvent, mais ça irait.

— Tu vas bien te comporter, hein ?

— Bien sûr ! dis-je, posant une main sur mon cœur. Je jure solennellement sur mon honneur, que tant que je serai en compagnie de Will et de Monsieur Parfait, de ne pas me déshabiller en public, de ne pas avoir de relations sexuelles en public, ni de participer à des activités qui aboutiraient à un acte criminel.

Puis, tandis que nous quittions l'ascenseur et marchions dans l'entrée, essayant de ne pas paraître énervé, j'ajoutai :

— Bon sang, Will ! Est-ce que je n'ai rien oublié ? Je ne comprends pas le sens de cette phrase.

Il fronça les sourcils.

— Je veux juste l'impressionner, c'est tout.

Nous débouchâmes sur le trottoir et je commençai à prendre la direction de mon appartement, laissant Will se diriger vers le sien.

— Ouais, j'ai compris, dis-je, ne me souciant pas vraiment qu'il m'entende ou non.

Après trois ou quatre pas, Will cria :

— Retrouve-nous à neuf heures !

Je jetai un coup d'œil par-dessus mon épaule et trouvai Will se tenant toujours devant la porte de notre bâtiment. Je lui fis un clin d'œil en guise de réponse et traversai la rue bondée.

Ce n'était pas rationnel de ma part d'être énervé. Mais je ne pouvais pas m'en empêcher. Il était censé être mon meilleur ami, mais il m'avait laissé tomber comme un tas de merde quand une meilleure offre était venue.

Et ça faisait mal.

Lorsque neuf heures arrivèrent, j'étais douché et habillé, ayant l'air pas trop mal dans mon jean noir, tee-shirt gris et veste noire. J'avais bu deux bières afin de lubrifier mes capacités sociales, parce que je devinais que si je devais regarder Will flatter Monsieur Parfait, alors je devrais probablement être de meilleure humeur que lorsque je l'avais quitté.

Puis, au moment où j'arrivais au bar, je me sentis coupable de m'être conduit comme un imbécile avec Will et savais que je devais lui présenter des excuses. Je le repérai à travers la foule, debout à une table haute, et me dirigeai vers lui.

— Hey ! dis-je.

C'était déjà un peu bruyant ici, donc je dus me pencher pour lui parler.

— Je suis désolé pour tout à l'heure. J'ai été un con et je m'excuse. Promis, je serai gentil.

Will me sourit chaleureusement.

— C'est bon.

— Où est-il ?

Will tendit le menton vers le bar.

— Parti chercher des boissons.

Je suivis sa ligne de mire et, bien sûr, il y avait Monsieur

Parfait, ayant l'air foutrement parfait, au bar. Juste à ce moment-là, il se retourna et nous vit, puis nous adressa un sourire crispé.

— Il est d'accord que je sois là ? demandai-je à Will.

— C'était son idée, tu te souviens ?

— Non, c'était mon idée, le corrigeai-je. Tu as demandé et il a accepté.

— Mark...

Je levai les mains.

— Promis ! Je serai gentil.

Will avait l'air un peu sombre.

— Je pense que je pourrais vraiment l'aimer, dit-il, se penchant pour me parler à l'oreille. Je veux que vous vous entendiez tous les deux.

Je m'éloignai de lui afin que je puisse le regarder dans les yeux et hochai la tête. Clay apparut soudain à côté de nous avec trois bières, et il les fit glisser sur la table.

Will recula d'un pas de moi et se rapprocha de lui

— Clay, voici Mark Gattison. Mark, voici Clay Damon.

Je tendis la main, qu'il serra un peu trop fort. Au lieu de froncer des sourcils, je souris.

— Ravi de vous rencontrer.

Il me fit un signe de tête, puis nous parlâmes par-dessus le bruit, à propos du travail et d'autres choses maladroites dans le but de briser la glace, et c'était bizarre.

Ai-je mentionné que c'était bizarre ?

Ouais. Biz-arre.

Je payai la tournée de bières suivante, parce que si je voulais supporter cette nuit, ce ne serait pas en restant sobre. Quand je revins vers la table, Clay avait sa main posée sur le bas du dos de Will, ou autour de sa taille, ou fourrée dans sa poche arrière. Je n'arrivai pas vraiment à le dire, mais il se tenait tout près et ils avaient vraiment l'air d'un couple, et sans aucune raison, cela ne fit que m'agacer.

Je jetai un coup d'œil sur la foule agglutinée au bar, puis sur la piste de danse, mais ne trouvai personne qui valait la peine de l'approcher. Alors je pris une autre bière, puis une autre et quand la piste de danse fut assez bondée, j'avais dépassé le stade de ce à quoi quelqu'un ressemblait.

J'étais juste sur le point de dire à Will que j'allais me mettre à la recherche du mec chanceux avec qui j'allais danser, quand Clay annonça qu'il devait aller se soulager.

Quand Monsieur Parfait s'éloigna, je souris à Will et, attrapant sa main, le tirait vers la piste de danse. Ce fut alors que je remarquais qu'il portait toujours le bracelet que je lui avais acheté. Je ne savais pas pourquoi cela me surprit.

— Que diable penses-tu faire ? demanda Will.

— Juste une danse, lui dis-je. Puis tu pourras retourner vers lui.

Will se tenait là, indécis, ne sachant pas quoi faire.

— Mark...

— Allez, Will ! Nous dansons toujours. C'est ce que nous faisons. Nous avons toujours dansé ensemble, dis-je en le tirant contre moi. Et quel-que-soit-son-nom ferait mieux de s'y habituer.

Will secoua la tête vers moi, et il n'était pas vraiment détendu comme il l'était normalement. Je remarquai que Clay était revenu à la table. Et qu'il nous regardait.

Il n'avait pas l'air très heureux.

Je veux dire... merde ! Je voulais que Will soit heureux, mais le gars qui avait la chance de l'avoir comme petit ami, aurait affaire avec moi. Je ne voulais pas énerver Clay, mais je devais lui faire savoir que je faisais partie de la vie de Will également.

Donc, je retournai Will de manière à ce qu'il puisse voir

Clay, et posant mon menton sur son épaule, je fis signe à Clay de venir, l'invitant à nous rejoindre.

Il hésita pendant un moment, mais il était évident qu'il ne put résister parce qu'il se fit un chemin à travers la foule pour nous rejoindre. Je poussai gentiment Will vers Clay, lui montrant que je ne voulais rien de mal, puis il fit une chose très étrange.

Il glissa une main sur le cul de Will et l'embrassa, bouche grande ouverte, profondément, mais il garda les yeux grand ouverts et me fixa droit dans les yeux.

C'était une déclaration « il est à moi, garde tes putains de mains loin de lui ».

C'était dégoûtant.

S'il voulait m'intimider, me menacer ou même m'effrayer, il ne me connaissait vraiment pas du tout.

Quand il ressortit enfin sa langue de la bouche de Will, je rejetai ma tête en arrière et éclatai de rire.

— Hey, lui dis-je. Puis-je suggérer The Shed ?

The Shed était un club au centre-ville qui permettait d'assouvir certains fantasmes.

— Ils ont une salle pour les jeux d'eau là-bas. Parce que si tu veux le revendiquer ou pisser sur sa jambe dans *ce* bar, tu vas te faire virer.

Clay me regarda et Will rougit un peu, essuyant sa bouche avec son pouce. Bien que Clay ait toujours son bras autour de la taille de Will, je me penchai plus près et dis :

— J'y vais. Toi, reste et amuse-toi. Je te parlerai demain au travail.

Will avait l'air un peu confus.

— Tu en es sûr ?

— Ouais.

J'en étais foutrement certain. Je dévisageai Clay pendant de longues secondes, puis revins sur Will.

— Si tu as besoin de moi, envoie le bat-signal ou appelle ou n'importe quoi d'autre.

Et là-dessus, je partis.

J'étais absolument certain d'une chose : Clay était un putain de connard.

JE PARLAI à Will le samedi, très brièvement. Je me dirigeai chez ma mère et voulais juste vérifier comment il allait. Je ne demandai pas s'il avait des plans avec Clay, ni même s'il était là, parce que franchement, je ne voulais pas le savoir.

Je ne reparlai pas avec Will jusqu'à ce qu'il arrive au travail le lundi.

Il agissait comme si rien ne s'était passé. Il souriait tout seul quand il ne savait pas que je le regardais, il souriait à son téléphone à chaque fois qu'il bipait.

Il ne mentionna jamais Clay et moi non plus.

Mais je ne pouvais nier qu'il était heureux.

Toute la semaine, il fit comme si rien n'avait changé et le jeudi, je demandai ce qu'il faisait pour le week-end.

— Il y a un marathon de films japonais avec des samouraïs au Cinéma Webster samedi, suggérai-je.

— Oh ! dit-il doucement. Clay a un match de polo. Je vais aller le voir.

— Pas de souci, dis-je, trouvant rapidement pour excuse que j'allais seulement voir ce genre de films merdiques et sous-titrés uniquement parce qu'il les aimait.

Mais il ne me proposa pas de venir avec lui regarder Stupide Clay sur son stupide cheval. J'aurais dit non de toute façon, mais cela aurait été sympa qu'il me le propose.

Je me demandai si c'était une stipulation de Will ou de Clay que je ne sois pas invité.

Je suppose que cela n'avait pas d'importance.

— Nous avons nos essais pour les costumes cet après-midi, lui rappelai-je rapidement.

Puis quelque chose me vint à l'esprit. Peut-être qu'il ne voulait plus aller au mariage de Carter et d'Isaac en tant que mon cavalier désormais.

— Hey, si tu ne veux pas venir au mariage, tu n'as pas à le faire, lui dis-je.

— Oh ! Euh...

— Quoi qu'il en soit, si tu ne préfères pas, je peux trouver quelqu'un d'autre pour y aller avec moi. Ce n'est pas un gros problème.

— J'ai oublié pour les essais, marmonna-t-il. Je vais juste envoyer un message à Clay...

Il sortit son téléphone, composa rapidement un texto.

— Je lui avais dit que j'irais directement chez lui après le travail, donc je l'informe simplement que je vais avoir du retard.

Puis il ajouta :

— Je veux aller au mariage. J'ai dit que j'irais.

— Eh bien... En fait, tu ne l'as pas fait. Je t'ai dit que tu irais, et tu n'as simplement jamais dit non.

Le téléphone de Will bipa et notre conversation fut oubliée alors qu'il renvoyait un message après l'autre à Clay.

Je dis à Will que je devais travailler pendant l'heure de déjeuner pour obtenir des renseignements pour un client, ce qui n'était pas exactement la vérité, et quand cinq heures arrivèrent, je rangeai mes affaires et partis avant lui.

J'avais marché les deux blocs jusqu'au magasin du tailleur, quand Will appela derrière moi.

— Mark ! Attends !

Il devait pratiquement courir pour me rattraper.

— Hey, tu vas bien ? demanda-t-il. Es-tu en colère après moi ? Parce que j'ai dit que j'irais au mariage.

Il avait l'air inquiet tandis qu'il faisait courir une main dans ses courts cheveux blonds.

Je secouai la tête et me mis à rire devant le ridicule de la situation. Il était libre de faire ce qu'il voulait.

— Non, Will, c'est bon.

Il plissa les yeux en me regardant.

— Tu en es sûr ?

— Bien sûr que je le suis ! dis-je, soulagé qu'il s'en soucie encore. Entrons et montrons-leur comment remplir un costume !

Nous nous étions un peu présentés à la femme de la réception chez le tailleur quand la porte derrière nous s'ouvrit. Je ne me retournai pas au début, ne me souciant pas vraiment de la personne qui était entrée dans le magasin, mais quand Will parla à quelqu'un, je levai les yeux pour voir qui c'était.

Clay.

Dans son pantalon bleu de pompier, ses bottes et un tee-shirt bleu à l'effigie de la Caserne des Pompiers d'Hartford, écrit sur le devant.

Génial !

C'était juste génial !

— Quand j'ai envoyé un message à Clay plus tôt, dit Will, je lui ai dit que nous serions ici, que ça ne prendrait pas longtemps et qu'il devrait venir s'il avait le temps.

Je suppose qu'il avait le temps.

Où étaient ces foutus maniaques de pyromanes quand on avait besoin d'eux ?

Alors, ce que j'avais pensé être un truc amusant pour

Will et moi se transforma en quelque chose de très calme, très pressé, une soirée merdique.

Je dis au tailleur, dans le silence, de mettre la note de Will sur la mienne et dès que les mesures furent prises, je donnai l'excuse de ne pas me sentir bien et partis.

Et la vérité était que je ne me sentais *vraiment* pas bien.

Plus j'y repensais, pire je me sentais. Donc, je passai la nuit sur le canapé à regarder des rediffusions de *Star Trek*.

Je dis à Will le vendredi que je ne me sentais toujours pas mieux et c'était pourquoi je rentrais directement à la maison après le travail. Même s'il était occupé avec Clay tout le week-end, il prit le temps de m'envoyer un message pour vérifier comment j'allais. Je répondis disant que j'allais bien et lui demandai bêtement ce qu'il faisait.

Il ne répondit jamais.

Au travail, le lundi suivant, je fis semblant d'être occupé quand Will entra dans le bureau et c'était le milieu de matinée avant que nous puissions vraiment avoir une chance de parler. Et parce qu'il ne m'avait pas répondu et parce que j'étais tellement immature, j'attendis qu'il parle le premier.

— Comment était ton week-end ? demanda-t-il.

— Bien, mentis-je.

— Tu te sens mieux ?

— Ouais.

Je ne l'interrogeai pas à propos de son week-end. Je ne demandais jamais rien à propos de Clay.

Je ne voulais tout simplement pas savoir.

Parce que je savais, tout au fond de moi, que j'étais en train de perdre mon meilleur ami.

LE RESTE de la semaine traîna. J'abattis une quantité incroyable de travail – en fait, éviter Will et ne pas discuter au-dessus de la cloison signifia que je vidai ma corbeille de dossiers et en pris quelques autres.

Même Hubbard me sourit et je ne dis rien de stupide en retour.

Je passai mes nuits sur le canapé, à regarder des trucs à la télévision. Je parlai à Carter et Isaac mercredi, ce qui fut le point culminant de ma semaine.

J'étais totalement pathétique.

Le vendredi suivant, j'en eus assez. Les choses entre Will et moi étaient bizarres et c'était horrible.

J'avais besoin de sortir. J'avais besoin de baiser et j'avais besoin de trouver quelqu'un avec qui je pouvais sortir. Le genre qui ne me rejetterait pas quand il trouverait un nouveau joujou pour jouer avec. Je ne voulais pas remplacer Will... Je voulais juste... Eh bien, je ne savais pas ce que je voulais.

Donc, vendredi soir, je m'habillai et allai au Kings. J'y étais plus tôt que d'habitude, l'endroit n'était pas trop bondé et je me retrouvai au bar.

— Hey, Pete, saluant le barman avec un sourire.

Il était barman ici depuis des années, et en tant qu'endroit que je fréquentais depuis une éternité, je connaissais pratiquement tous les noms des membres du personnel.

— Mark, dit-il, me rendant mon sourire. Que puis-je te servir ?

— Juste un Sams, merci, répondis-je en jetant un billet de cinq sur le comptoir.

Pete posa la bière devant moi.

— Où est Will ?

— Il est avec son nouveau petit ami, répondis-je, incapable de m'empêcher de lever les yeux au ciel.

— Qui est ce gars chanceux ?

— Un gars nommé Clay. Joue au polo. Pompier. Monsieur Parfait, apparemment.

Les yeux du barman se plissèrent. Sa voix était calme.

— Clay Damon ?

— Ouais, tu le connais ? demandai-je, avant de prendre une gorgée de ma bière.

— Je le connais de réputation seulement.

— Quoi ? Je suppose qu'il est monté comme un cheval aussi. S'il te plaît, dis-moi qu'il a une bite aussi épaisse qu'un crayon !

Il secoua la tête.

— Non. Ce n'est pas un gars sympa. C'est un vrai connard, apparemment. Il a vraiment mauvais caractère d'après ce que j'ai entendu dire.

Un autre client appela Pete et, avant de s'éloigner, il dit :

— Il y a eu un incident ici, il y a quelque temps avec lui. Il malmenait son petit ami.

Oh, putain de bordel, non !

Je me souvins du regard dégoûtant qu'il m'avait adressé pendant qu'il embrassait Will l'autre week-end, combien il était possessif. Je laissai ma bière sur le bar et dès que je pus être dehors, je sortis mon téléphone. Je composai le numéro de Will, mais tombai sur la messagerie.

— Will, tu dois me rappeler ! Dès que tu as ce message ! S'il te plaît...

CHAPITRE ONZE

ARPENTANT de long en large le putain de trottoir, j'essayai à nouveau d'appeler, mais n'obtins aucune réponse. Peut-être que Pete, le barman, se trompait. Peut-être qu'il pensait à quelqu'un d'autre. Peut-être que j'étais sur le point de porter des accusations qui étaient tout simplement fausses. Alors je me tournai vers les deux hommes de la sécurité qui se tenaient devant les portes, Eric et Theo.

— Hey, les gars, connaissez-vous un gars nommé Clay Damon ?

Les deux hommes haussèrent légèrement les épaules.

— Le nom ne me dit rien, dit Eric.

— Il est à peu près de ma taille, des cheveux bruns un peu colorés, pas mal. Il monte des chevaux et joue au polo, dis-je, essayant de m'expliquer davantage. Pete derrière le bar dit que c'est un véritable connard.

Theo secoua la tête.

— Nan, mec.

— C'est un pompier, ajoutai-je.

Il y eut un éclair dans les yeux d'Eric.

— Nous avons viré un gars d'ici, il y a environ un an, et

lui avons dit de ne jamais revenir. Il était pompier. Il y avait tout un groupe de pompiers pour un anniversaire ou quelque chose comme ça, l'un d'entre eux a été expulsé. Je me souviens de ça.

Pour que quelqu'un soit banni du Kings, ils devaient faire quelque chose de plutôt mauvais.

— Qu'est-ce qu'il a fait pour être banni ?

— Il frappait avec sa ceinture son soi-disant petit ami dans l'arrière-salle.

Mon estomac sombra. Sans un mot, je me retournai et commençai à me diriger chez Will, puis commençai à courir.

Il y avait une peur glaciale qui serrait ma poitrine et un fort sentiment de crainte, et je me jurai que si le fils de pute posait un doigt sur Will, je lui arracherais la tête des épaules.

Même si je courais les quatre blocs jusqu'à l'appartement de Will, avec mon adrénaline et mes bonnes intentions pour empêcher un homicide, elles se révélèrent vaines. Il n'était pas à la maison.

J'essayai d'appeler son portable à nouveau, mais là encore, aucune réponse.

Puis, je commençai à paniquer.

Et j'aurais pu me botter le cul pour avoir été un tel imbécile pendant cette semaine. Pourquoi diable nous étions-nous évités l'un l'autre ? Si je n'avais pas été un tel con immature, je saurais où il était en ce moment. Ne sachant pas quoi faire d'autre, j'allai à tous les endroits où ils étaient allés ensemble. Restaurants, clubs, bars – partout, tous les endroits auxquels je pouvais penser. Mais je ne pus le trouver. Je n'avais aucune idée de l'endroit où vivait Clay, ni du nom de ses amis. Je n'avais jamais pensé à demander.

Je m'étais contenté d'ignorer tout.

Et je le regrettai amèrement maintenant.

Au moment où je rentrai à la maison, il était presque minuit, j'étais totalement sobre et me sentais malade. J'avais laissé cinq messages vocaux, et il n'avait pas répondu. J'envisageai d'appeler les parents de Will, mais réalisai qu'il était tard et décidai de ne pas le faire. Je convins cependant que, si je n'avais pas de nouvelles de Will d'ici demain matin, je les appellerais. J'irais même les voir si je le devais.

Après m'être finalement endormi, je fus réveillé par le bruit de mon téléphone qui sonnait. Je tâtonnai sur la table de chevet et, voyant le nom de Will sur l'écran, je me redressai dans le lit, soudain parfaitement éveillé.

— Will ?

— Ouais, Mark, c'est moi. Qu'est-ce qui ne va pas ? J'ai juste vérifié mon téléphone, et tu as laissé des douzaines de messages. S'est-il passé quelque chose ?

Je vérifiai l'heure. Il était sept heures dix.

— Où es-tu ? J'étais malade d'inquiétude !

— Nous étions en dehors de la ville, dit-il. Je t'ai dit que Clay avait un match ce week-end, alors nous sommes arrivés un jour plus tôt. Qu'y a-t-il, Mark ? Quelle était l'urgence ?

— J'avais besoin de savoir que tu allais bien, lui dis-je, frottant ma main sur mon visage. Will, j'ai besoin de te dire quelque chose.

— Me dire quoi ? demanda-t-il prudemment.

— Je pense que tu devrais quitter Clay. Monte dans ta voiture ou attrape un bus ou un taxi si tu le dois, mais reste loin de lui.

Il n'y eut rien d'autre que le silence pendant un long moment.

— Quoi ?

— J'ai entendu des choses à propos de lui, Will. Qu'il

était abusif, qu'il avait frappé son petit ami avec une ceinture.

À nouveau, silence.

— Will, es-tu là ? demandai-je. Clay est-il là ? Où est-il pour l'instant ?

— Il est sous la douche, répondit doucement Will. Qui t'a dit ça ? Qui dit ça à propos de lui ?

— Pete.

— Le barman du Kings ?

— Oui !

— Oh, Seigneur ! Mark, vraiment ? se moqua Will au téléphone. Il prend aussi un billet de vingt aux salopes qui vont à l'arrière pour tailler des pipes.

Je l'ignorai.

— L'un des videurs en a parlé également.

— Oh, pour l'amour de Dieu, Mark ! Tu m'as à peine dit un mot de toute la semaine, mais tu as parlé de Clay au club ?

— Oui ! criai-je. J'étais inquiet pour toi !

— Tu réalises que tu parais un peu fou maintenant ?

— Will, je suis sérieux.

— Moi aussi, Mark, dit-il sèchement. Écoute, je te rappellerai demain soir.

Puis je n'entendis plus que la tonalité.

Merde !

Je me laissai retomber sur le lit avec un gémissement frustré et m'allongeai là, regardant le plafond. À la lueur du jour, je pus voir que j'avais peut-être réagi un peu trop impulsivement. Peut-être que le barman et les deux gars de la sécurité n'étaient pas les meilleurs témoins. Je n'avais même pas vraiment de preuves.

Je *pensais* qu'ils parlaient de Clay.

Pete avait sauté sur le nom et avait dit qu'il avait une

réputation de connard qui avait frappé une fois son soi-disant petit ami dans l'arrière-salle. Puis Eric, le gars de la sécurité avait dit que c'était un pompier qui avait été viré.

Même si j'avais tort, je ne pouvais pas me résoudre à être désolé.

Parce que, si j'avais raison, si Clay était le genre de gars à lever la main quand il était en colère, alors avertir Will avait été la bonne chose à faire.

Même s'il me détestait pour ça.

Je décidai d'attendre. Will avait l'air relativement heureux avec Clay et peut-être qu'il y avait une certaine confusion sur le nom, mais de toute façon, j'allais attendre d'entendre les deux versions de l'histoire.

Donc j'essayai de tout oublier à ce sujet.

Je passai l'un des plus longs week-ends de toute ma vie.

J'étais en colère et me sentais seul, ce qui n'avait jamais été une bonne combinaison. Le samedi, j'envisageai de sortir, de m'enivrer et de baiser, mais au final, je marchai jusqu'au cinéma et regardai un des derniers films sortis sur des super héros.

Enfin, ce n'était pas vrai. J'avais payé pour le voir, mais je restai assis là à regarder l'écran, réfléchissant sur ma vie.

Et je repensai à la suggestion de Carter que j'emménage à Boston.

C'était quelque chose dont je voulais parler avec Will, mais ensuite, j'avais compris qu'il pourrait ne rien en avoir à foutre.

Je détestai ce sentiment. Je détestai me sentir rejeté. Je détestai le sentiment de passer en second.

Carter avait trouvé quelqu'un, et maintenant Will. Putain, même ma mère avait trouvé quelqu'un de nouveau.

Alors, peut-être que j'avais besoin d'un changement. Peut-être que déménager dans une ville différente serait bon pour moi. Une nouvelle ville, de nouveaux clubs, de nouveaux visages.

Je repensai à l'offre de Carter de garder sa maison pendant leur absence, au moment où je rentrai chez moi, j'étais convaincu que c'était un bon endroit pour commencer.

Je pourrai prendre quelques congés au travail et passer du temps à Boston, voir si c'était là que je voulais vivre. J'avais toujours apprécié mes séjours là-bas quand je leur rendais visite, alors peut-être que je pourrais voir comment étaient le marché du travail et les locations pendant que j'y étais.

Will ne me rappela pas dimanche. Au lieu de ça, j'eus droit à un court message.

Ne serais pas à la maison de bonne heure. À demain, au travail.

Je tournai et retournai mon téléphone entre mes mains, pensant aux choses que je devrais dire, aux questions que je devrais poser.

Au contraire, j'éteignis mon portable, m'allongeai sur le canapé et regardai la télévision.

SI LES DERNIÈRES semaines avaient été bizarres entre Will et moi, alors le lundi qui arriva fut hors concours.

J'arrivai de bonne heure au travail et l'attendis devant. J'étais étrangement nerveux à l'idée de le revoir, me demandant comment la conversation à propos de mes accusations allait se dérouler.

Mon cœur se mit à battre la chamade quand je le vis, et plus il approchait, plus je devenais nerveux. Quand il releva les yeux et me vit, il baissa rapidement son regard vers le sol.

Il s'arrêta quand il arriva à ma hauteur, mais n'avait toujours rien dit et ne me regardait toujours pas.

— Hey ! dis-je doucement.

Il se racla la gorge.

— Nous ferions mieux d'aller à l'intérieur. Il est presque neuf heures.

Et avec ça, il passa devant moi et franchit les portes avant d'aller travailler.

Alors, c'était comme ça.

Je pris une profonde inspiration, ravalai la boule qui s'était formée dans ma gorge et le suivis.

Tout comme la semaine précédente, les heures suivantes furent foutrement calmes entre nous. Il n'y avait aucune plaisanterie, aucun rire.

— Vous cherchez à être l'employé du mois, Gattison ? demanda Hubbard, derrière moi.

Je pivotai ma chaise pour le regarder. Je ne prétendis même pas sourire à sa tentative de plaisanterie.

— À propos de ça, monsieur, dis-je. Je me demandais si je pouvais poser des dates pour des vacances ?

Je pensais que lui demander en face de Will permettrait à tout le monde d'éviter d'autres conversations étranges plus tard.

— Quand ? demanda Hubbard. Et pour combien de temps ?

— Dans trois semaines. Et je serai parti pour un mois, monsieur.

Hubbard fronça les sourcils et tout son petit visage rond se plissa.

— Hmm... Je vais vérifier l'affectation du personnel et vous le ferai savoir.

— Merci, dis-je, calmement.

Il me regarda pendant un long moment, comme s'il ne

pouvait pas décider s'il se souciait assez pour demander. À la fin, il demanda quand même.

— Tout va bien, Gattison ?

— Ouais, mentis-je lamentablement. Très bien.

Je retournai ma chaise vers mon bureau, ne me souciant pas qu'il me croie ou non. Je ne le regardai pas partir.

Au lieu de ça, je me levai et me dirigeai vers les toilettes pour hommes. Je me penchai contre le lavabo et pris mon téléphone dans ma poche. J'envoyai un message à Carter, lui disant qu'il avait un gardien pour sa maison.

La porte des toilettes s'ouvrit et Will s'arrêta quand il me vit. Il referma la porte et s'appuya contre elle. Il avait l'air confus.

— Vas-tu partir pour un mois ?

— Ouais, répondis-je. J'ai besoin d'un peu de...

Puis je me corrigeai.

— Carter et Isaac ont besoin d'un gardien pour leur maison et de quelqu'un pour s'occuper du chien et du chat pendant qu'ils seront partis.

Il hocha lentement la tête.

— Mark, je...

Je levai une main pour l'arrêter.

— Will, c'est bon. Tu n'as pas à venir au mariage si tu ne le veux pas. En fait, vu comment les choses ont été dernière-ment, c'est probablement mieux que tu ne viennes pas.

Je me dirigeai vers lui et, attrapant la poignée de la porte, attendis qu'il fasse un pas de côté pour que je puisse l'ouvrir.

Je ne savais pas pourquoi j'avais dit ça. Je voulais offrir à Will une porte de sortie, pour qu'il ne se sente pas obligé de venir avec moi. Je n'avais pas voulu le dire comme ça. Mais je me sentis un petit peu mieux devant l'expression blessée sur son visage quand je le laissai dans les toilettes.

Et deux secondes et demie plus tard, je me sentis cent fois pire.

Merde !

L'heure suivante, celle précédant notre pause déjeuner fut un enfer. Le silence venant de Will était assourdissant, l'horloge tictaquait trop fort et à chaque bourdonnement du téléphone de Will annonçant l'arrivée d'un message, mon estomac se tordait et formait des nœuds. À la seconde où l'horloge sonna une heure, je me levai et bondis de ma chaise.

Je n'avais pas faim. Mais je devais partir.

— Mark ? appela Will.

Je me retournai pour lui faire face.

— Tu sais quoi ? dis-je. Si tu veux le croire, lui, au lieu de moi, alors c'est ton choix. Je ne peux rien y changer.

— Mark ! dit Will.

Il se leva et s'approcha de moi.

— Pourquoi le fait que je sois avec lui signifie que je dois te perdre ?

— Pourquoi le crois-tu lui et pas moi ? rétorquai-je.

— Il n'est pas comme ça. En fait, il est vraiment parfait, dit Will. Il est doux, romantique et plein de charme.

— Je n'aurais jamais inventé cette merde. Je ne voudrais pas te mentir à propos de quelque chose d'aussi sérieux.

— Tu n'as aucune preuve, dit-il calmement. Juste des ouï-dire d'un barman que Clay a probablement repoussé. Pourquoi essaies-tu de fiche en l'air ce que j'ai ?

D'autres personnes du bureau nous regardaient, et je n'en avais rien à foutre.

— J'essaie de t'aider, Will. Mais tu veux une preuve ? Très bien ! Je vais te chercher ta preuve !

Je me précipitai hors du bureau, et étais bien trop en colère pour attendre l'ascenseur, si bien que je pris les escaliers. J'avais besoin de trouver une preuve quelconque que Monsieur Parfait était en fait Monsieur Connard et j'allais donc commencer par le début.

Je devais parler à Pete.

JE NE SAVAIS MÊME PAS si le Kings serait ouvert à une heure de l'après-midi, mais la pancarte sur la porte indiqua qu'il l'était, donc je pris un moment pour reprendre mon souffle avant d'entrer.

Je n'avais jamais remarqué l'odeur fade de l'endroit auparavant. Ni combien il paraissait miteux à la lumière du jour. Je suppose que je n'étais jamais entré dans la froide lumière du jour auparavant. Le sol n'était pas vraiment propre, les meubles étaient décolorés et les clients échevelés semblaient correspondre. Seigneur, la nuit, une douzaine de verres et l'éclairage au néon dissimulaient beaucoup.

Mais j'avais de la chance.

Un gars entra dans le bar, venant de la réserve, portant une grande boîte et quand il la posa sur le comptoir, je vis que c'était Pete.

Il me regarda, puis me dévisagea.

— Mark ?

— Ouais, salut, Pete, répondis-je.

— Tu es un peu trop habillé, dit-il avec un sourire.

Je jetai un coup d'œil à mon costume et ma cravate.

— Ouais, armure d'entreprise.

Il sourit.

— Que puis-je faire pour toi ?

— C'est à propos de ce que tu as dit, l'autre nuit, commençai-je. Je voudrais te poser des questions sur ce Clay Damon.

Pete hocha la tête comme si c'était bien ce qu'il avait pensé.

— Tu es parti un peu précipitamment l'autre soir.

— Est-ce vrai ? demandai-je. Parce que j'en ai parlé à Will et il ne veut pas me croire.

— Je n'étais pas là la nuit où c'est arrivé, mais tout le personnel en a entendu parler, dit-il. Nous n'avons pas beaucoup de problèmes ici, donc les quelques cas que nous avons, nous sommes au courant. C'est pourquoi je me souviens du nom du mec. Tout le monde pensait qu'il était la prise du siècle, mais ouais, il ne l'était pas du tout.

Je hochai la tête et lui dit ce que je savais déjà.

— Les gars à la porte ont dit qu'ils savaient que c'était un pompier qui avait cogné son petit ami.

Pete soupira et haussa les épaules.

— Apparemment, quelqu'un a fait des avances au petit ami, a dansé avec lui ou quelque chose comme ça. Il a emmené son petit ami dans les toilettes. Ils ont dit que le gamin avait l'air terriblement effrayé, comme s'il savait ce qu'il allait prendre.

— Qu'a-t-il fait ?

Pete haussa les épaules.

— Je ne sais pas vraiment. Le gamin a dit qu'il avait trop bu et qu'il était tombé, qu'il s'était ouvert l'arcade sourcilière sur une table ou quelque chose comme ça. Mais il y avait deux gars qui ont tout entendu et qui ont tout raconté au directeur.

Mon estomac se retourna.

— Qui était-ce ? demandai-je. Le gamin ? Le petit ami ? Connais-tu son nom ?

Pete réfléchit pendant une seconde.

— Tu connais ce gars, Sebastian ? Cheveux blonds, anneau dans le nez.

— Sebastian ? Qui travaille chez Starbucks et vient avec Colin, le gars aux cheveux roux ? *Ce* Sebastian ?

— Ouais, c'est lui.

Je le connaissais. Je l'avais vu souvent dans le coin, que ce soit au club ou travaillant dans le coffee shop dans lequel je refusais d'entrer. Je pense que j'avais dû lui parler à quelques reprises. Il avait peut-être quelques années de moins que moi, plutôt dans le genre minet, un peu punk sur les bords, un gars vraiment très mignon.

Je devais le trouver. Je ne savais même pas s'il travaillait toujours chez Starbucks. De mémoire, il était étudiant à l'université, alors peut-être qu'il avait terminé ses études et qu'il travaillait ailleurs. Peut-être que je ne le retrouverais jamais. Peut-être que je n'aurais jamais la preuve dont j'avais besoin.

Mais je devais essayer.

J'avais vingt minutes encore avant de reprendre le travail, si bien que je fis un détour vers le coffee shop. Il n'était pas derrière le comptoir, mais je me mis dans la file d'attente et commandai un café et un muffin salé et quand la fille au comptoir demanda si je voulais quelque chose d'autre, je lui adressai un grand sourire. Le genre de sourire qui me permettait généralement d'obtenir ce que je voulais.

— Sebastian travaille-t-il toujours ici ? demandai-je. Je ne l'ai pas revu depuis longtemps.

Elle appela quelqu'un d'autre.

— À quelle heure commence Seb ?

— Service de l'après-midi ! lui fut-il répondu.

La fille me tendit mon café et mon muffin.

— Il commence à quatre heures.

Je lui adressai un sourire appréciateur.

— Merci.

Quand je revins au travail, Will était déjà là. Il regarda

la tasse provenant de chez Starbucks dans ma main et fronça les sourcils. Il savait que je n'aimais pas vraiment Starbucks, que je préférais des cafés plus petits et plus intimes – je m'en étais assez plaint et ne l'avais jamais laissé boire là-bas – donc il devait probablement se demander pourquoi j'y avais été. Mais il ne dit jamais rien. Et moi non plus.

Will avait un rendez-vous sur place dans l'après-midi, ce qui n'était pas très rare. Quelqu'un, quelque part, avait besoin d'un ingénieur en costume pour parler de chiffres.

Alors à cinq heures, je quittai le bureau et me dirigeai droit vers la sortie pour trouver Sebastian.

Je le vis dès que j'entrai. Il s'occupait au comptoir, près de la machine, si bien que je contournai la file d'attente et m'avançai vers le bout du comptoir, là où il se tenait.

Il leva les yeux et une lueur indiquant qu'il m'avait reconnu traversa ses yeux. Au cas où il ne saurait pas mon nom, je le lui dis.

— Mon nom est Mark.

— Hey ! dit-il, en me regardant, puis la tasse qu'il avait dans sa main avant de revenir sur moi, puis vers la file de gens qui attendaient au comptoir.

— Si vous voulez du café...

— Non, en fait, je souhaiterais vous parler.

— Oh ! dit-il, clignant des yeux de surprise. À propos de quoi ?

— J'espérais que vous pourriez me dire quelque chose à propos de Clay Damon.

Sa mâchoire se crispa et ses narines s'évasèrent. Sebastian n'avait même pas à répondre avec des mots. Sa réaction immédiate disait tout ce que j'avais besoin de savoir.

Je hochai la tête à son admission silencieuse.

— Vous n'avez pas à me raconter, dis-je doucement.

Mais il y a quelqu'un d'autre à qui vous devez parler pour moi, si c'est d'accord. Je peux l'amener ici, et peut-être que vous pourriez prendre une pause et lui parler.

La mousse de lait dans sa main semblait être oubliée.

— Le voit-il ?

Je hochai la tête.

— Depuis environ trois semaines. Il dit qu'il est parfait, mais on m'a averti. Il ne veut pas me croire.

Sebastian hocha la tête et, après avoir cligné plusieurs fois des yeux, il se concentra pendant un moment sur son travail, remplissant quelques tasses. Je me demandai si c'était tout ce qu'il allait dire. Je pouvais imaginer que ce n'était pas quelque chose dont il voulait se rappeler. Il cligna à nouveau des yeux.

— Je vais lui parler, dit-il calmement.

— À quelle heure travaillez-vous demain ?

— À quatre heures.

— Puis-je l'amener ici juste après cinq heures ? lui demandai-je doucement. Où quelque part ailleurs ?

— Ici, ça ira. Je prendrai une pause et je pourrai lui parler.

Je le regardai, droit dans les yeux.

— Merci.

Il hocha la tête, comme s'il avait compris.

Je suppose que c'était le cas.

Je n'avais aucune idée quant à la manière dont Will allait réagir.

J'espérais simplement qu'il allait écouter.

Autant je voulais que mon ami revienne vers moi, autant je voulais encore plus qu'il soit en sécurité.

Quand j'arrivai au travail le jour suivant, Will était déjà là. Je posai mes clefs et mon téléphone dans le tiroir de mon bureau, et me tins juste devant la cloison qui nous séparait. J'attendis qu'il me regarde.

— Après le travail aujourd'hui, voudrais-tu aller quelque part avec moi ?

Will me dévisagea pendant un long moment. Je ne sais pas ce qu'il vit sur mon visage ou s'il sentit la pointe de désespoir dans ma voix.

— D'accord.

— Merci.

À cinq heures, j'étais sur le trottoir avec Will. Aucun de nous ne parlait – nous nous étions à peine parlés de la journée – mais quand je m'arrêtai au Starbucks et tins la porte ouverte pour lui, il me dévisagea.

— Pourquoi sommes-nous là ?

— Tu voulais une preuve, lui répondis-je tranquillement.

Will sembla se figer sur place, incapable de bouger, si bien que je lui adressai un sourire.

— Il y a quelqu'un que je voudrais que tu rencontres.

Et là-dessus, j'entrai dans le café.

JE COMMANDAI DEUX CAFÉS, et nous nous assîmes à l'arrière. J'adressai un signe de tête à Sebastian et Will me regarda, ne touchant pas à son café.

— Allons-nous rencontrer quelqu'un ici ? demanda-t-il.

Juste à ce moment-là, Sebastian s'avança vers notre table, essuyant ses mains sur le petit tablier noir noué autour de sa taille.

Je regardai Will.

— Je vais juste vous laisser une minute, les gars, dis-je, me levant et emmenant ma tasse à une autre table.

Je vis le serveur s'asseoir et Will paraissant toujours confus. Je ne pouvais pas entendre que ce Sebastian lui disait, mais je vis toute couleur disparaître du visage de Will. Au début, il donna l'impression qu'il allait se lever et partir, mais il ne le fit pas. Ses yeux se posèrent sur les miens pendant que Sebastian parlait, mais, pendant dix minutes, il resta assis et écouta.

Le jeune homme se leva, et après avoir brièvement touché l'épaule de Will, retourna derrière le comptoir. Will resta assis là pendant un moment, puis il me regarda. Avant que je puisse aller le retrouver, Will se leva et s'enfuit vers la porte.

Je me relevai lentement, adressai un autre signe de tête en guise de remerciement à Sebastian et sortis, me retrouvant sur le trottoir. Il n'y avait aucun signe de Will où que ce soit, et je supposai qu'il ne devait pas vraiment m'aimer en cet instant. Lentement, je rentrai chez moi.

Je me sentais comme une merde.

Je lançai mon portefeuille, mon téléphone et mes clefs sur la petite table près de l'entrée et retirai ma cravate. J'allai me changer pour mettre un jean et un tee-shirt et, n'étant pas certain de ce que je cherchais, j'ouvris le réfrigérateur quand mon interphone sonna.

Je pressai le bouton, et une voix très familière dit :

— C'est moi.

J'appuyai sur le bouton de la porte, et posai mon front contre le mur. Je pense que j'allais être malade. Je me sentais nauséeux de temps en temps, depuis des semaines.

J'ouvris ma porte d'entrée et attendis Will. Il entra et se dirigea directement vers la cuisine, avant de s'appuyer contre le comptoir. Il me regardait avec de grands yeux et passa sa main dans ses cheveux.

Je le suivis et me tins devant lui. Je me fichais qu'il soit sur le point de s'en prendre à moi ou de pleurer. Cela ne m'aurait pas dérangé non plus qu'il me hurle dessus, tout aurait été mieux que ce silence.

— Je suis désolé, dis-je calmement.

Il déglutit difficilement.

— Moi aussi.

— Je suis désolé que tu aies eu à entendre ce que Sebastian avait à dire.

Will secoua la tête.

— Ne t'excuse pas.

— Me hais-tu ?

Les yeux de Will me fixèrent.

— Quoi ? Non ! Non, je ne pourrais jamais te détester.

Il fit à nouveau courir une main dans ses cheveux.

— Je devrais te remercier.

Je ne pouvais expliquer la sensation de soulagement qui me traversa.

— Je sais que tu l'aimais, mais Will, je devais faire quelque chose. Cela a dû être difficile d'entendre tout ça, mais pour être honnête, même si tu me disais en cet instant que tu ne me parleras plus jamais, je le referais sans hésiter. Ces deux dernières semaines ont été horribles sans toi et tu n'as pas voulu me croire quand je t'ai dit que Clay n'était pas quelqu'un de bien, et s'il a levé une main sur toi... S'il t'a blessé... Je n'aurais jamais pu me le pardonner.

— Je sais, murmura-t-il. Je suis désolé de ne pas t'avoir cru.

— Ce que Sebastian t'a dit, était-ce horrible ? demandai-je.

Will fronça les sourcils et hocha la tête.

Je m'avançai rapidement vers Will et relevai son visage de ma main.

— Clay t'a-t-il fait mal ? A-t-il fait quelque chose...

Will secoua la tête, mais il y avait de la tristesse dans ses yeux.

— Non, mais ce que Sebastian a dit était... Enfin, j'ai pu comprendre ce qu'il voulait dire. Clay était très véhément sur beaucoup de choses.

— S'il t'a fait mal... commençai-je.

Je fis courir mes mains sur son visage.

— Alors je vais devoir le tuer, puis je serai envoyé en prison sans lubrifiant et tu devras m'en faire passer en contrebande dans un gâteau avec des magazines pornos.

Enfin, Will sourit. Mais il s'effaça rapidement.

— J'abandonne, dit-il rapidement.

— Tu fais quoi ?

— J'abandonne, répéta-t-il, l'amour.

— Ne dis pas ça.

— Pourquoi pas ? Ça marche pour toi ?

— Vraiment ?

Il hocha la tête, puis changea de sujet.

— Je dois appeler Clay. Je suis censé le rencontrer, ce soir.

Il releva les yeux vers moi.

— Je dois lui dire que nous deux, c'est fini.

— Veux-tu que je l'appelle ? demandai-je. Parce que ce serait un plaisir.

Will sourit à nouveau, mais secoua la tête.

— Non, être simplement ici avec toi est suffisant.

Il leva les yeux vers le plafond et poussa un long soupir, les joues gonflées, puis il jeta un coup d'œil circulaire à mon appartement et remarqua les deux nouveaux cadres sur le mur.

— Pourquoi as-tu fait encadrer ces stupides peintures ?

— Elles ne sont pas stupides ! Et bien sûr que je l'ai fait !

Il s'approcha et toucha la vitre de la pagaille de rouge, de jaune et d'orange que nous avions faite.

— Tu as vraiment gardé ça ?

Je le rejoignis et indiquai le dessin réalisé au fusain.

— Celui-ci est mon préféré.

Il m'adressa un triste sourire et sembla ne pas trouver ses mots. Si bien que je parlais pour lui, à la place.

— Je suis vraiment désolé, dis-je en posant une main sur son bras. J'aurais souhaité que les choses avec Clay n'aient pas tourné comme elles l'ont fait. Je ne voulais pas délibérément ruiner ta relation.

— Je le sais, dit-il. J'aurais dû le voir et je suis désolé.

— Je veux juste que tu sois heureux, lui dis-je.

Ses yeux cherchèrent les miens.

— Vraiment ?

— Bien sûr ! Tu es mon meilleur ami, Will.

Il fronça les sourcils et baissa les yeux vers le sol pendant un moment, puis il me regarda.

— Mark, je...

Quoi qu'il fût sur le point de dire, ce fut interrompu par son téléphone qui se mit à sonner. Surpris, il fit un pas en arrière et vérifia sur l'écran de son portable.

— C'est Clay.

Je m'éloignai, et Will se dirigea vers le petit couloir, prenant la direction de ma chambre pour un peu d'intimité. Je commandai une pizza pendant qu'il disait à Clay qu'il ne pensait pas que ça allait marcher entre eux. Celui-ci n'était manifestement pas heureux de la nouvelle, parce qu'ils eurent une conversation plutôt longue.

Je devais admettre que, me tenir près de Will, le toucher comme ça était un peu intense. Peut-être que cela venait du fait qu'il m'avait autant manqué pendant ces trois dernières semaines, ou peut-être que c'était à cause de la conversation qu'il avait eue avec Sebastian, et de l'émotion contenue dans tout cela. Je ne sais pas.

Quand il s'assit sur le canapé en face de moi, il jeta son téléphone sur la table basse, puis y posa ses pieds. J'avais déjà les miens sur la table entre les deux canapés, si bien que je donnai un petit coup dans son pied.

— Comment l'a-t-il pris ?

Will soupira.

— Pas bien.

— Tu as fait ce qu'il fallait.

— Je sais, dit-il. Il voulait savoir si tu avais quelque chose à voir avec ça.

Je me mis à rire.

— Lui as-tu répondu « oui » ?

Will secoua la tête, il ne souriait pas.

— Non, au début, je lui ai dit que je ne pensais pas que ça allait marcher, mais il n'était pas d'accord. Alors, j'ai dû lui dire que cela avait quelque chose à voir avec le fait d'avoir rencontré l'un de ses ex qui avait des cicatrices pour le prouver.

— Oh, putain ! murmurai-je.

Il agita sa tête avec colère.

— Seigneur, Mark ! Ce gamin, Sebastian avait tout juste vingt-deux ans quand il était avec Clay.

Les pizzas arrivèrent et pendant que nous mangions, Will me raconta ce que Sebastian lui avait dit. Comment, pendant les premiers mois, Clay pouvait vous faire sentir comme si vous étiez la seule personne qui comptait pour lui, et une fois que vous étiez accroché, il pensait qu'il vous possédait.

— C'était exactement ce qu'il faisait avec moi, dit Will. Il était très généreux – et concentré. Le... euh...

Will hésita et rougit.

— ... Le sexe était très intense.

Oh !

Je n'aurais pas dû être surpris qu'ils aient eu des relations sexuelles, mais je l'étais. Je n'aimais pas la pensée de Clay le touchant comme ça.

— Cela paraissait très réaliste, continua Will. Ce qui m'a fait savoir que tout était vrai, c'est quand Sebastian m'a dit que ça a commencé à devenir *intense* au lit avant que cela ne devienne plus vigoureux.

Je me calai contre le dossier du canapé.

— Will, t'a-t-il blessé ? demandai-je à nouveau, cette fois, plus doucement.

— Non, répéta-t-il. Il était simplement... *intense.* C'est le seul mot auquel je peux penser pour le décrire.

Il secoua la tête.

— Il me tenait un peu trop serré, ce genre de choses, me regardait pendant qu'il... était en moi.

Je secouai la tête à l'absurdité de cette conversation et je pris une profonde inspiration. Will et moi avions toujours beaucoup discuté, sur beaucoup de sujets, y compris le sexe, mais jamais des détails. Pas comme ça.

— Mais il ne t'a jamais fait mal ?

Will m'adressa un petit sourire.

— C'est la troisième fois que tu me demandes ça, dit-il. Non, il ne l'a pas fait. En fait, il me traitait comme si j'étais la meilleure chose qui lui soit jamais arrivée.

Je fronçai les sourcils.

Puis Will me dit que Sebastian lui avait avoué qu'il n'était pas le premier que Clay avait frappé. Qu'il avait pensé que les choses seraient différentes avec lui, mais après l'incident au Kings, où il avait fini avec des côtes fêlées et trois points de suture à l'arcade sourcilière, il l'avait quitté.

— Il n'a pas porté plainte ?

— C'est ce que je lui ai demandé, dit Will. Sebastian m'a répondu qu'il voulait juste mettre un terme à leur histoire. Qu'il était revenu avec ses parents et un avocat afin d'obliger Clay à rester loin de lui, le menaçant même de porter plainte s'il ne le laissait pas tranquille et de faire un tel cirque médiatique à propos de lui, qu'il en perdrait son emploi.

— Parents intelligents, dis-je.

— Il a eu de la chance de les avoir, dit Will dans un murmure.

Je savais ce qu'il voulait dire. Il voulait dire que Sebastian avait eu de la chance d'avoir le soutien de ses parents, parce que Will ne l'aurait certainement pas. Ses parents s'en foutaient complètement.

— J'aurais été là pour toi, dis-je.

Il sourit tristement.

— En effet.

— Et je le referais, lui assurai-je, avec mes compétences de ninja qui tuent, toutes armes dehors.

Puis j'ajoutai :

— Et un avocat.

— Les ninjas n'ont pas d'armes à feu.

— Ah ! Mais ceux-là sont des ninjas spéciaux, armés jusqu'aux dents. Ils sont super cool.

Will se mit à rire, juste au moment où l'interphone sonna. Son sourire mourut aussitôt.

— Tu attends quelqu'un d'autre ?

— Non.

— Tu ne penses pas que c'est Clay, n'est-ce pas ? demanda doucement Will.

Je haussai les épaules.

— Je ne sais pas.

Je n'attendais personne, mais la pensée d'avoir à faire

face à un Clay énervé, attendant en bas, était plutôt séduisante, parce que j'avais beaucoup de choses à lui dire. Will et moi nous dirigeâmes vers l'interphone et il se tint à côté de moi, tandis que j'appuyais sur le bouton.

La voix de ma mère sortit de l'interphone, aiguë et forte.

— Roméo, Roméo, où es-tu, Roméo ?

Je posai mon front contre le mur, soupirai fortement.

— J'espère que tu as apporté de la bière, Juliette ?

— Un pack de six ! répondit-elle. Est-ce que ce sera suffisant ?

Je regardai Will. Il sourit enfin tandis qu'il levait trois doigts et murmurait :

— Trois pour moi, trois pour toi.

— Ça me paraît juste.

J'appuyai sur le bouton pour ouvrir la porte.

Rapidement, Will ramassa les boîtes vides des pizzas sur la table basse et finissait de ranger quand ma mère arriva à la porte.

— Bonjour, mon chéri, dit-elle, me tendant le pack de six bières tout en entrant.

Puis, elle aperçut Will.

— Oh, mon cher William ! dit-elle, lui donnant un baiser sur chaque joue. Tu es là !

— En effet, répondit-il. Que puis-je vous offrir à boire ?

— Tu vois, Mark, mon cher, dit-elle en me lançant un coup d'œil. Will fait attention à moi. Il m'offre un verre et je t'apporte de quoi boire. Qu'est-ce qui ne colle pas dans cette image ?

— Tu as le mauvais fils ? devinai-je.

Je voulais le dire sur le ton de la plaisanterie, mais elle sembla y réfléchir.

— Eh bien, si vous vous mariiez, alors je pourrais vous avoir tous les deux ! dit-elle fort à propos.

Will remplit un verre de gin pour ma mère, d'une bouteille que je gardais rien que pour elle, ignorant son commentaire à propos des noces, et je pris deux bières avant de la rejoindre sur le canapé.

— À quoi dois-je cet immense plaisir ?

— Eh bien, je suis venue vérifier comment tu allais, dit-elle. Ted avait une réunion de travail, donc j'ai pensé que je pourrais faire un saut et voir comment tu allais. Tu étais si triste quand tu es venu dîner l'autre soir.

Je jetai un coup d'œil à Will – un regard que ma mère ne manqua pas, bien entendu.

— Je vais bien, maman.

Ses yeux fixaient la cuisine où se trouvait Will.

— Oui, je peux voir ça.

Je levai les yeux au ciel, et elle sourit et remercia mon ami alors qu'il lui tendait son verre.

— Comment vont les choses avec Ted ? demandai-je.

— Fabuleuses ! répondit-elle, souriant tout en sirotant sa boisson. C'est un amant insatiable et en plus, il boit et il fume.

— Parfaite correspondance ! dit Will avec un sourire.

— Je le pense aussi, répondit-elle tout en fouillant dans son sac à main, à la recherche de ses cigarettes. Il est amusant.

— Pour quand sont les cloches du mariage ? demandai-je.

Maman alluma sa cigarette et souffla la fumée qui se répandit dans toute la pièce.

— Je n'en suis pas sûre. Je vais peut-être sortir avec celui-ci pendant un moment avant.

Eh bien, merde !

— Ce doit être ça l'amour !

Will se moqua de nous et c'était bon à entendre. Ce son m'avait manqué. Maman le dévisagea puis demanda :

— Et toi, Will ? Qu'as-tu donc fait ?

Will me jeta un coup d'œil, puis revint sur maman.

— Pas grand-chose, dit-il, ne voulant pas expliquer toute l'affaire avec Clay. Juste le travail.

Maman gémit.

— Comment va ce vieil Hubbard ? Toujours un emmerdeur ?

— Toujours, confirma Will.

— Tu sais, il est probablement frustré sexuellement. Il a sans doute besoin d'un bon... C'est quoi ce truc dégoûtant que vous, les gays, vous faites... ?

Je sirotai ma bière.

— Une feuille de rose ?

Maman secoua la tête.

— Non.

Je haussai les épaules.

— Anulingus ?

Elle pointa son index vers moi.

— C'est ça ! Il a peut-être simplement besoin d'un bon anulingus.

— Maman... la châtiai-je inutilement.

Elle prit une bouffée de sa cigarette.

— Que penses-tu de cette histoire ? Ce vieil Hubbard va à l'armoire, pour aller chercher un os à ce pauvre Rover. Quand il arrive là-bas, le placard est vide, si bien que Rover lui donne un de ses os, bien à lui.

— Maman !

Will tomba sur le côté et enfouit son visage dans un coussin, bien que je puisse tout de même l'entendre rire.

— Ne l'encourage pas, Will ! dis-je en le suppliant presque. Pour l'amour de Dieu !

Il se redressa et me regarda, souriant toujours.

— J'adore ta mère.

Celle-ci me regarda et sirota son verre.

— Eh bien, il y en a au moins un qui m'apprécie ici.

— J'ai besoin d'une autre bière, annonçai-je à personne en particulier.

Puis maman repéra quelque chose et l'indiqua sur la table de la salle à manger, rarement utilisée.

— Qu'est-ce que c'est ?

Je regardai la boîte en question.

— Oh, j'ai oublié à ce propos ! dis-je. J'ai commandé des costumes pour Halloween et ils sont arrivés la semaine dernière.

— Tu ne l'as pas encore ouverte ?

Je regardai Will.

— Eh bien, je n'étais même pas sûr de faire quoi que ce soit pour cette année.

Ma mère haleta, inconsciente du froncement de sourcils que Will m'adressa.

— Mark Gattison ! Halloween est ce week-end ! Je t'ai élevé mieux que ça !

— Oui, que Dieu me pardonne si je ne me déguise pas pour aller réclamer des bonbons à de parfaits étrangers.

Ignorant ma remise en doute de ses compétences parentales, maman termina sa boisson.

— Ouvre la boîte, ordonna-t-elle. En quoi seras-tu ? Je veux voir !

Sachant que ce serait moins douloureux de faire ce qu'elle demandait, j'attrapai la lourde boîte et revins m'asseoir sur le canapé, puis arrachai le carton avant de l'ouvrir. La première chose que je pris fut un sac en plastique avec une photo de Superman sur le devant. Je le sortis et le jetai à Will, puis je sortis le sac avec mon costume.

Je montrai la photo sur le devant à maman.

Elle glapit et frappa des mains.

— Tu seras le meilleur Wonder Woman !

Je souris à ma mère.

— Je sais, hein ?

Will se mit à rire à nouveau, puis regarda le costume qu'il tenait entre ses mains.

— Je pensais que je serais Robin.

Maman fit claquer sa langue.

— Les Super-héros doivent être versatiles, mon cher.

Je hochai la tête à Will.

— C'est vrai.

Puis, je me tournai vers maman.

— De plus, Will pense que la cape jaune de Robin n'est pas une véritable cape.

— Parce qu'elle est jaune ? demanda-t-elle à Will.

Il haussa une épaule.

— Je n'ai jamais dit que ce n'était pas une vraie cape. J'ai juste dit que ce n'était pas la *meilleure* cape.

Maman secoua la tête.

— Je te jure ! Certains jours, je pourrais donner des coups de poing à tes parents, dit-elle avec un air dégoûté.

Elle me regarda.

— Qui élève ses enfants en leur faisant croire ça ?

— Je sais, acquiesçai-je. Ce n'est pas trop demander ! De la nourriture, un toit, de l'amour et une appréciation globale sur la diversification non préjudiciable des capes de super héros.

Maman hocha la tête et fit tinter son verre contre ma bouteille.

— Je vais boire à ça.

J'ouvris le sac contenant mon costume et le premier morceau du vêtement que je tirai fut un collant bleu avec des étoiles blanches dessus. Il n'était pas franchement grand.

Maman les regarda avec prudence.

— Où vas-tu mettre ta camelote ?

Will s'étrangla avec sa gorgée de bière. Il devrait pourtant être habitué à ma mère maintenant.

Maman me prit le collant et le tint devant elle, le retourna pour regarder l'arrière, puis le devant.

— Vas-tu pouvoir l'enfiler ? me demanda-t-elle. Il n'y a pas beaucoup de place là-dedans.

— Je ne pense pas, maman, admis-je.

Puis je sortis un bracelet doré de la poche de costume.

— Cool ! Regarde-moi ça !

Tandis que je sortais les autres pièces du costume, Will faisait la même chose avec le sien. Il leva la cape rouge.

— Tu vois ? Les capes rouges sont bien mieux !

— Ooh, dit maman. Tu devrais enfiler ces caleçons extensibles que toutes les stars du porno gay portent de nos jours et en porter un à la place de celui qui est bleu et ressemble à du Lycra. Leurs queues paraissent énormes dedans.

— Parce que toutes leurs queues sont énormes, dis-je. Ils sont appelés des caleçons-trophées pour une raison !

— C'est vrai, acquiesça maman.

— Allez-vous sortir pour Halloween ? demanda Will à ma mère.

Elle termina son verre et sourit.

— Nous allons avoir une fête privée, dit-elle en gloussant. Ted va être le Cookie Monster. Je me suis arrangée pour trouver son costume bleu.

— Cookie Monster ? demandai-je. Est-ce que je veux même savoir quel personnage de *Sesame Street* tu seras ?

— Non, mon cher, dit-elle, comme si j'étais stupide. Je

serai le cookie. J'ai même acheté de la peinture au chocolat pour qu'il puisse...

— Maman ! la coupai-je. Pour l'amour de toutes les choses classées X, s'il te plaît, ne termine pas cette phrase !

Will explosa de rire et maman secoua la tête en nous regardant tous les deux.

— Eh bien, je ferais mieux d'y aller, dit-elle. Will, je vais appeler un taxi. Que dirais-tu de m'accompagner, pour te faire économiser une promenade à cette heure de la nuit ?

— D'accord, ça me paraît bien, dit-il, souriant toujours.

Maman se leva et pendant qu'elle appelait un taxi, Will rassembla son costume, le remettant dans le sac.

— Tu veux venir pour Halloween ? demandai-je. Je sais que je m'y prends un peu tard et tout ça.

Il sourit et hocha la tête.

— J'adorerais.

Je lui rendis son sourire.

— Super !

Pendant que maman était toujours au téléphone, il murmura :

— Merci, Mark. Pas seulement pour ce qui s'est passé avec Sebastian, mais également pour ce soir. C'était bon de pouvoir rire à nouveau.

— C'est vrai.

Et quand vint l'heure de partir, Will s'arrêta sur le seuil de la porte pendant une fraction de seconde, puis se retourna vers moi. Il resta là comme s'il n'était pas sûr de quelque chose, puis il m'étreignit.

Cela me surprit au début, mais alors qu'il me serrait à nouveau contre lui, je glissai mes bras autour de sa taille et enfouis mon visage dans son cou. Ce n'était pas une étreinte entre amis. Il n'y avait pas de tapotements dans le dos, ce n'était pas un câlin rapide non plus. Je ne savais pas ce que c'était.

Mais il sentait si bon, et il s'intégrait si parfaitement contre moi.

— Merci, murmura-t-il contre mon oreille avant de reculer. Je te dis à demain au travail.

Puis il s'éloigna dans le couloir, avec ma mère.

Je jure que je pouvais toujours sentir la chaleur de son corps contre le mien.

Je rêvai de Will cette nuit-là. Ce qui n'était pas vraiment bizarre en lui-même, j'avais fait plein de rêves où il faisait quelque chose de drôle, mais là, c'était un rêve érotique. Nous étions au lit, nus, nous tortillant et nous pressant l'un contre l'autre, puis j'étais en lui et il chuchotait mon nom.

Je me réveillai dur comme fer et pratiquement prêt à jouir.

Je ne pris même pas la peine d'aller dans la douche. Je me masturbai sur mon lit, gémissant tandis que je me caressais, et ce furent des images de Will qui se rejouèrent dans mon esprit lorsque je jouis.

Merde ! Cela devenait ridicule. Juste parce que je n'avais pas eu de rapports sexuels depuis une éternité et que Will m'avait serré contre lui, bien entendu, mon stupide cerveau endormi avait lié les deux. C'était des points que mon cerveau éveillé n'aurait jamais relié.

Mais j'étais certain d'une chose. J'avais vraiment besoin de baiser. Je ne pouvais pas continuer à avoir des rêves sexuels concernant mon meilleur ami. Cela ne ferait que s'ajouter à notre truc bizarre – et après tout ce que nous avions traversé ces dernières semaines, le « bizarre » était quelque chose dont nous pouvions très bien nous passer.

Je dis à Will quand nous arrivâmes au travail, combien

la fête d'Halloween allait être géniale et il se mit à rire à la tenue de cookie de ma mère pour le Cookie Monster, je lui disais d'aller se faire foutre, quand Hubbard passa devant nous.

Il s'arrêta et nous dévisagea tous les deux en train de pouffer de rire, puis souffla.

— J'aimais mieux quand vous ne vous entendiez plus aussi bien tous les deux.

J'envisageai de lui répondre, mais me retins et travaillai à la place.

Les prochains jours furent formidables. Will et moi étions de retour à ce que nous étions, comme s'il n'avait jamais entendu parler de Clay et nous attendions le week-end avec impatience.

Je n'avais simplement pas réalisé à quel point tout cela allait très vite tourner au vinaigre.

CHAPITRE DOUZE

CELA NE MANQUAIT JAMAIS de me stupéfier de voir combien de temps cela prenait pour s'habiller en femme.

Particulièrement en Wonder Woman.

Mais je devais l'admettre, j'adorais vraiment cette tenue. J'avais ce corset rouge et doré, ce short bleu avec les étoiles blanches et les bottes rouges.

J'avançai dans mon salon, où Will était assis et il baissa les yeux sur mes cuisses nues.

— Devrais-je porter des bas ? lui demandai-je avec sérieux. Ou des collants ? Ou les garder au naturel ?

Will haussa les sourcils en me regardant.

— Euh...

— Il pourrait juste faire un peu froid, c'est tout, expliquai-je.

— Eh bien, alors, tu n'aurais plus à te soucier de rentrer quoi que ce soit dedans.

Je me mis à rire.

— Merci.

Il inclina sa tête.

— Penses-tu que Wonder Woman avait une barbe de trois jours ?

Je grattais les poils sur ma mâchoire.

— Cette Wonder Woman, oui. Elle est très libérale.

Il se mit à rire.

— Les aisselles poilues aussi ?

Je levai mon bras pour lui montrer que oui. Puis je regardai un Will-toujours-vêtu-de-ses-vêtements-civils.

— Allez, Clark Kent. Nous n'avons pas toute la journée ! lui dis-je.

Je fis semblant de rejeter mes cheveux sur mes épaules.

— Je dois aller mettre ma perruque et mes accessoires et je m'attends à trouver un Superman totalement habillé quand je reviendrai.

Il me traita d'idiot, mais après avoir terminé, je ressortis pour trouver un Superman enfilant ses bottes rouges.

— Tu sais, dis-je, baissant les yeux vers mes bottes qui paraissaient fausses et en plastiques, contrairement aux siennes. Tes bottes sont bien mieux que les miennes. Nous devrions les garder pour l'année prochaine et je pourrais les porter quand je serai le Petit Chaperon Rouge.

Will me dévisagea, la bouche à moitié béante.

— Quoi ?

— Le Petit Chaperon Rouge, dis-je, comme s'il était un peu lent.

Il me balaya du regard, de haut en bas.

— Tu as l'air...

— Sacrément génial ! dis-je, rejetant mes cheveux à présent longs, de mes épaules.

— Comment as-tu réussi à coller cette perruque ? demanda-t-il.

— Eh bien, il y avait des espèces de fines barrettes à clipper, mais elles n'ont pas marché, alors j'ai utilisé du collant double-face.

Will explosa de rire et je le regardai.

— Vous, les hommes, vous n'avez aucune idée de ce que nous les femmes devons subir pour ressembler à ça.

— C'est effrayant de voir à quel point tu es à l'aise quand tu es habillé comme une femme, marmonna-t-il.

— Correction ! intervins-je. À l'aise avec moi-même quand je suis habillé comme une femme. Il y a une différence.

Will se leva et tendit ses mains.

— De quoi j'ai l'air ?

Il était grand, avec un corps fin et athlétique. Il remplissait drôlement bien ce costume.

— Tu as l'air incroyable ! lui dis-je honnêtement.

Il rougit un peu et marmonna.

— Je ne peux pas croire que je fais ça.

— Tu seras le meilleur Superman là-bas.

Je me dirigeai vers la porte et la tint ouverte pour lui.

— Au moins, j'ai une cape, non ? demanda-t-il.

Il appuya sur le bouton de l'ascenseur, puis me regarda.

— Pourquoi Wonder Woman n'a-t-elle pas de cape ?

— Parce que j'ai ces bracelets impressionnants en or et à l'épreuve des balles et mon lasso super-cool, dis-je en lui montrant la corde en plastique enroulée, attachée à mon short.

— Ouais, mais tu ne peux pas voler.

— Je te demande pardon. Je peux aussi, dis-je sérieusement. De plus, j'ai l'avion invisible le plus cool, tu te souviens ?

— Oh, c'est vrai !

— Il est garé devant, dis-je alors que nous sortions de l'ascenseur.

— Mais, bien sûr !

— C'est vrai ! C'est juste qu'il est invisible.

— Combien de temps cette conversation va-t-elle durer ? demanda-t-il alors que nous arrivions sur le trottoir.

— Jusqu'à ce que tu concèdes ta défaite.

— Superman ne perd jamais.

Je m'arrêtai de marcher et tapotai mon corset rouge et doré.

— Qu'as-tu oublié ? demanda Will.

— Ma kryptonite, marmonnai-je. Elle était là, il y a une seconde.

— Ha-ha ! dit Will en levant les yeux au ciel. Très drôle !

Je lui adressai un sourire, et nous continuâmes à dire des bêtises tout au long du chemin jusqu'au Kings. En cours de route, nous croisâmes environ vingt Iron Man, quelques Hulk, quelques Captain America et un gars qui portait plutôt pas mal une tenue de Hawkeye. Il avait même un arc en plastique rose pour enfants. Il y avait des ours qui ressemblaient aux Teletubbies et tellement de zombies que je pensais que nous nous étions retrouvés sur le plateau de *Thriller*.

Au bar, nous nous tenions à côté d'un couple de lesbiennes habillées comme Dorothy et la Méchante Sorcière et elles avaient l'air incroyable. Quand Pete, qui était déguisé en Rick Grimms de *The Walking Dead*, me vit avec Will, il sourit.

— Tout va bien ? demanda-t-il par-dessus la musique.

Je regardai Will.

— Parfaitement bien.

J'agitai la main à la tenue de Pete.

— Tu fais un Rick plutôt cool.

— Merci, me dit-il avec un sourire. Je pense que quelqu'un devrait essayer de maintenir l'ordre chez les zombies, ce soir. Qu'est-ce que ce sera, les garçons ?

Je levais les yeux sur le tableau contenant les cocktails d'Halloween.

— Je vais prendre une hémorragie cérébrale et une Kryptonite pour mon ami ici présent, s'il te plaît.

— Oh, merde ! dit Will. Des cocktails pour commencer ?

— Pourquoi boire de la bière quand tu peux avoir une hémorragie cérébrale ?

Alors peut-être que commencer la soirée avec des cocktails n'était pas ma meilleure idée, parce que nous risquions d'être ivres relativement vite. Il n'en fallut que quelques-uns pour me sentir plutôt bien.

Et excité.

Danser avec Will sur une piste avec un tas d'autres personnes, toutes se balançant et nous heurtant, était un peu trop pour moi. Et étant donné la taille de mon short, j'avais besoin de laisser reposer un peu.

J'attrapai la main de Will et le tirai loin de la piste de danse, vers le bar.

— J'ai besoin d'un verre, lui dis-je, ce qui, en toute honnêteté était probablement la dernière chose dont j'avais besoin.

Puis je me rajustai, attirant le regard de Will sur mon aine et mon érection très proéminente.

— Seigneur ! marmonna-t-il.

Et puis, par-dessus son épaule, mes yeux interceptèrent quelque chose. Si j'avais pensé qu'une boisson était la dernière chose dont j'avais besoin, je n'avais certainement aucune envie de voir cet enfoiré.

Clay.

Il était habillé comme un Zorro de pacotille et ses yeux

étaient masqués, mais c'était certainement lui. Il regardait Will.

Il n'était pas censé être là. Il avait été banni de cet endroit. Peut-être était-ce le déguisement, peut-être parce que toutes les personnes présentes portaient un costume pour Halloween, je n'en sais rien. Mais Will suivit mon regard et se retourna pour voir quoi, ou plutôt qui, je regardais.

Clay sourit et fit un pas vers lui, et je ne me souvins pas avoir réfléchi à ça, mais instinctivement, je poussai Will derrière moi et me glissai entre eux.

— Comme c'est approprié ! dit Clay.

Il me regarda de la tête aux pieds.

— Toi, habillé en femme.

Je ne perdis pas mon temps à répondre à ce commentaire. Je fis un pas vers lui et dévisageai ce connard, le fixant droit dans les yeux.

— Va te faire foutre !

Maintenant, voilà le problème : je ne savais pas me battre.

J'avais toujours été du genre à sourire pour me sortir des situations périlleuses. Je n'avais jamais eu à donner de coup de poing de toute ma vie. Pas un seul. Jamais eu à le faire.

Mais Clay ne le savait pas.

Je ne cédai pas. Je lui adressai ma meilleure imitation du regard intimidant à la Chuck Norris et lui dis :

— Si tu poses un seul doigt sur lui, tu le récupéreras par courrier. C'est compris ?

Clay me sourit, mais c'était au mieux un faible petit sourire. Ses yeux passaient successivement des miens à une personne qui se tenait à côté de nous. Je n'avais pas remarqué que Pete, le barman, se tenait à côté de nous, et qu'il faisait un geste à deux des gars de la sécurité.

— Tu n'es pas le bienvenu ici, lui dit froidement Pete. Tu ferais mieux de partir par tes propres moyens ou tu seras escorté vers la sortie avec ton cul bandé de partout. Choisis.

À ce moment-là, deux énormes gars de la sécurité arrivèrent et Clay fut assez intelligent pour partir. Et comme ça, Wonder Woman et Rick Grimes avaient défendu Superman contre un putain d'enfoiré de Zorro. J'essayai de trouver une plaisanterie ou quelque chose de spirituel à dire parce que cela aurait pu faire la meilleure blague au monde, mais je n'arrivai pas tout à fait à me ressaisir.

Pete me tapota dans le dos.

— Tu vas bien ?

— Ouais, ça va, répondis-je.

Je me retournai pour regarder Will, qui avait l'air un peu surpris.

— Tu vas bien ? lui demandai-je.

Il hocha la tête.

— Ouais.

— Tu veux partir ?

— Non, répondit-il.

Il déglutit difficilement.

— Je veux un verre.

Pete revint derrière le bar, comme si rien de ce qui venait de se passer ne sortait de l'ordinaire, et nous servit rapidement deux bières.

Je tirai un billet de dix du haut de mon corset et le lui tendit.

— Merci, mec. Je ne jurerai plus après ma télé quand Rick Grimes fera quelque chose de pas cool.

Il se mit à rire et retourna servir les autres clients. Je tendis sa bière à Will et remarquai que mes mains tremblaient.

— Tu vas bien ? demanda-t-il.

— Non, j'étais foutrement près de me faire dessus.

— Tu étais plutôt effrayant, dit-il avec un sourire.

— S'il m'avait envoyé un coup de poing, je me serai enfui en pleurant.

Will se mit à rire et fit tinter sa bouteille de bière contre la mienne.

— Wonder Woman, tu es mon héros !

Je bus ma bière un peu trop rapidement, et le bourdonnement suscité par le mélange d'alcool et d'adrénaline était une combinaison grisante. J'étais étrangement toujours excité, si bien que je tripotai ma queue, ne me souciant pas que Will puisse me voir le faire. Je descendis ma bière en une seule fois et eus une excellente idée.

Ce qui s'avéra être l'une des pires idées de ma vie.

— Tenté par une double tête ?

Will cligna des yeux en me regardant.

— Une quoi ?

Je me mis à rire.

— Ce n'est pas deux jeux de hockey consécutifs, Will.

J'attrapai sa main.

— Viens avec moi.

Je lui fis traverser la foule et nous dirigeai vers l'arrière-salle. C'était une pièce réservée aux « fournitures » faiblement éclairée, mais la seule chose qu'elle contenait était une porte avec un verrou pour que des gars puissent baiser, faire ou encore recevoir une fellation.

Will s'arrêta de marcher.

— Que fais-tu ?

— Sais-tu combien de temps cela fait depuis la dernière fois que j'en ai eue ?

Il se moqua de moi.

— Quoi ? Deux semaines c'est trop long ?

— Deux semaines ? Essaie six mois.

— Six mois !

Will parla si fort que les autres arrêtèrent ce qu'ils faisaient pour nous regarder.

Je jetai un coup d'œil dans la pièce et fis un geste de la main. Ce fut alors que je les vis. Le couple que je cherchais.

Je n'étais même pas sûr de connaître leurs noms. Bill et Ben ou quelque chose comme ça, mais ils étaient connus pour aimer faire des fellations ensemble.

Je leur adressai un clin d'œil et me dirigeai vers eux. Ils sourirent, sachant exactement ce que je recherchais et lentement, tombèrent à genoux. Ils se faisaient face l'un à l'autre, se touchant des genoux, cuisses et hanches et je me tins entre eux, avec mes jambes écartées et ma queue dure à la parfaite hauteur pour les mecs qui étaient face à moi.

L'autre gars, qui était entre son petit ami et moi, se tenait face à Will et lui fit signe d'avancer. Je lui souris, et puis le gars sur ses genoux en face de moi embrassa son petit ami pendant qu'il faisait courir ses mains sur mes cuisses.

Merde !

Cela allait être rapide et embarrassant.

Will s'avança en hésitant vers nous et se tint là, face à moi, de l'autre côté des deux gars sur leurs genoux. Il secoua un peu la tête.

— Allez, dis-je dans un souffle. J'ai besoin de ça. *Tu* as besoin de ça.

Puis celui en face de moi fit glisser ses mains sur ma queue et fit descendre l'avant de mon short, libérant mon érection. Je gémis quand il se pencha par-dessus l'épaule de son petit ami et me prit dans sa bouche.

— Merde ! gémit Will.

Ou peut-être était-ce moi.

Le gars en face de Will, me tournant le dos, sortit la queue de Will de son costume et en lécha le bout. La tête de

Will se renversa en arrière, il gémit, et je ne pus m'empêcher de faire courir mes mains sur le gros « S » sur sa poitrine.

Ensuite, cela commença à devenir trop. L'homme qui suçait ma queue aspira encore plus fort, fit quelque chose avec sa langue, et je ne pus me retenir plus longtemps.

Avec un long gémissement, mes yeux se révulsèrent et je jouis.

— Oh, merde ! gémit Will.

Il fit alors la chose la plus étrange. Will se pencha en avant, au-dessus des deux gars à genoux entre nous, prit mon visage entre ses mains, et m'embrassa. Durement.

Et il jouit.

Sa langue s'arrêta dans ma bouche pendant qu'il gémissait et je pus sentir que tout son corps tremblait.

C'était l'une des choses les plus chaudes auxquelles j'avais participé.

Puis Will se calma et laissa retomber ses mains de mon visage. Il me fixa pendant une longue seconde, et je ne pus me retenir.

Je me mis à rire.

Will recula d'un pas, son visage était pâle et il secoua la tête. Il se rajusta, remontant son collant de Superman et se dirigea vers la sortie. Je rangeai ma queue dans mon short et arrêtai Will à la porte.

— Will, où vas-tu ?

— Je ne peux pas faire ça, dit-il.

— Faire quoi ? demandai-je.

J'agitai la main aux deux gars toujours à genoux sur le sol, avant de me précipiter dehors.

— Ça ne les dérange pas, crois-moi !

Will secoua la tête, poussa la porte pour l'ouvrir et disparut dans la foule.

Merde !

Je restai là, immobile, pendant une seconde, incertain quant à ce qui venait de se passer, puis me précipitai après lui. Au moment où j'atteignis l'avant du club, il était parti.

J'interrogeai quelques personnes – apparemment l'équipe entière de *Toy Story* – qui patientait devant l'entrée.

— Avez-vous vu un Superman sortir en courant d'ici ?

Buzz l'Éclair répondit.

— Il vient juste d'attraper un taxi, mec.

Je hélai le prochain taxi et sautai sur la banquette arrière. Le chauffeur me dévisagea et secoua la tête.

— L'avion invisible est hors service ?

J'ignorai son commentaire et lui donnai l'adresse de Will. Puis je lui dis de se magner le cul et d'arrêter de se foutre de mon costume.

Je balançai au chauffeur mon dernier billet de vingt et me précipitai vers le bloc d'appartements de Will. Je frappai à sa porte.

— Will ! Will !

Rien.

Je cognai à nouveau contre sa porte.

— Will ?

Le voisin d'à côté ouvrit sa porte.

— Hey, princesse ! Il n'est pas intéressé.

— Est-ce que ça ressemble à un putain de costume de princesse ? lui criai-je. Je suis Wonder Woman, bordel !

— Il est minuit, connard ! répliqua-t-il. Fais moins de bruit !

La porte de Will s'ouvrit et il passa sa tête regardant son voisin.

— Désolé, dit-il, puis il me regarda.

Et mon cœur se serra.

Ses yeux étaient rouges.

— Will, que se passe-t-il ? demandai-je doucement. Qu'est-ce qui ne va pas ?

Il secoua la tête.

— Je ne peux plus faire ça, dit-il. Je ne peux pas être ton ami. Je pense que c'est mieux si nous... arrêtions.

— Quoi ?

Je ne comprenais pas.

— Mais, Will...

— Non, Mark, je ne peux pas. Je ne peux pas faire ça.

— Faire quoi ? demandai-je. Will, je ne comprends pas.

— C'est justement ça le problème, Mark. Tu n'as jamais rien compris, dit-il et ses yeux s'emplirent de larmes.

C'était juste en train de me tuer.

— Will...

Je secouai à nouveau la tête.

— S'il te plaît, dis-moi. Qu'ai-je fait ? Était-ce à cause de ce soir ? Dans l'arrière-salle ? Je suis désolé, j'ai juste pensé...

— Non, tu n'as pas réfléchi ! cria-t-il, me coupant la parole. Seigneur, Mark ! Tu n'en as vraiment aucune idée. Et j'ai réalisé ce soir que tu ne le feras jamais ! Après toute cette merde avec Clay, j'ai pensé que tu pourrais finalement y arriver ! J'ai pensé que tu pourrais enfin réaliser ce qu'il y avait, dit-il, agitant sa main entre nous. Mais tu n'as toujours rien compris !

— Bien sûr que j'ai compris ! dis-je. Will, tu es mon meilleur ami !

Will se mit à rire, bien qu'il ne contienne aucune once d'humour.

— C'est ça, Mark. C'est justement ça.

Il secoua à nouveau sa tête, et toute envie de se battre en lui s'évapora. Sa voix n'était plus qu'un murmure.

— Je suis désolé, Mark. Mais c'est terminé. S'il te plaît, ne m'appelle pas, ne viens plus ici. Je ne peux pas...

Puis, il me claqua la porte au nez.

Je ne sais pas combien de temps je restai debout, là. Je levai une main pour frapper et l'appeler à nouveau, mais à chaque fois que j'essayais, quelque chose m'arrêtait.

Il ne voulait plus être mon ami désormais.

Alors je partis. Je marchai pour rentrer à la maison. Un pied devant l'autre. Engourdi.

Je ne comprenais pas. Ma poitrine était tellement serrée que c'était douloureux de respirer tandis que mon estomac faisait des nœuds. J'étais confus, endolori et je ne savais toujours pas ce qu'il avait voulu dire.

Cela me prit longtemps pour rentrer à la maison, et quand je passai la porte, je retirai mon putain de costume et enfilai un sweat. Je vérifiai mon portable, mais il n'y avait aucun message, aucun appel manqué.

Je me recroquevillai sur le canapé et regardai l'écran de mon portable, me demandant ce que diable j'aurais bien pu lui dire, quelles questions j'aurais pu poser, ce que j'aurais pu lui dire pour que tout aille mieux.

Je n'en savais fichtre rien.

Je pensais – ou plutôt, espérais bêtement – qu'il allait m'appeler ou m'envoyer un message pour me dire qu'il ne le pensait pas.

Mais il ne le fit jamais.

Je me réveillai sur le canapé, raide et endolori, puis je me souvins de la nuit précédente et la nausée maintenant familière ainsi que la sensation d'oppression dans ma poitrine revinrent. Je ne pouvais même pas supporter l'idée de la nourriture et j'avais même l'impression de ne pas pouvoir me lever.

C'était comme si quelque chose n'allait pas avec moi.

Je restai donc allongé sur le canapé. J'allumai la télévision pour que le bruit noie mes pensées, mais je regardai l'écran sans rien voir.

Et je restai là pendant des heures.

Je pense que je dus me rendormir à un certain moment, parce que quand je me réveillai, je n'avais toujours pas bougé.

Je me levai samedi après-midi pour utiliser les toilettes, et au lieu de revenir sur le canapé, je rampai dans le lit.

Je passai tout mon temps dans cet état entre éveil et sommeil et quand le soleil se leva lundi matin, la seule chose que je fis fut d'appeler au travail pour leur dire que j'étais malade.

Dans l'espoir que Will allait appeler, je posai mon téléphone sur le chargeur, près de mon lit, roulai de l'autre côté, et repris mon observation du mur.

Mon téléphone portable sonna, me faisant sursauter. Je regardai l'écran et quand je vis que ce n'était pas Will, je faillis ne pas répondre.

C'était Isaac.

Je pris l'appel.

— Allô ?

— Mark ? dit-il. Est-ce toi ?

— Ouais, répondis-je.

— On ne dirait pas. Que se passe-t-il ?

— Je crois que je suis malade.

— Ta voix est horrible.

J'avais à peine l'énergie suffisante pour parler, et ma voix était rauque.

— Je me sens mal.

Puis je remarquai qu'il faisait nuit au-dehors.

— Quel jour sommes-nous ? lui demandai-je.

— C'est lundi. Mark, tu es sûr que tu vas bien ?

— Je... Je ne sais pas.

— Carter voulait que je t'appelle, dit-il. Que dirais-tu que je lui demande de te rappeler ? Ce ne sera pas trop long.

— Merci, Isaac, dis-je doucement.

Je raccrochai et fermai les yeux.

La chambre était dans l'obscurité et j'étais parfaitement réveillé quand le téléphone sonna de nouveau. Je ne sursautai pas ni ne bronchai au son. Je pris le téléphone et regardai l'écran, pratiquement certain que ce ne serait pas Will et sachant parfaitement bien que si c'était ma mère, je n'avais aucunement l'intention de répondre.

C'était Carter.

— Mark, Isaac dit que quelque chose ne va pas, dit-il, paraissant inquiet. Il a dit que tu n'allais pas bien et que tu paraissais mal en point. Que se passe-t-il, Mark ? Dis-moi ?

Je murmurai.

— Je ne sais pas.

— As-tu mal ? Es-tu blessé ?

— Non, marmonnai-je. Oui... Je ne sais pas... Je veux juste dormir toute la journée, ma poitrine me fait mal et je ne peux même pas penser à de la nourriture. Je ne sais pas ce qui ne va pas avec moi.

— Mark... dit-il, avec une nuance d'avertissement dans sa voix. Y a-t-il quelqu'un qui puisse venir voir comment tu vas ?

— Si tu sous-entends ma mère, je ne préférerais pas, merci.

Ma voix était à peine plus forte qu'un murmure.

— Mark, tu commences à m'inquiéter.

— Ça va aller, dis-je faiblement. Je me sens juste... horriblement mal.

— Veux-tu que nous venions te rendre visite ? Où est

Will ? demanda Carter. Il devrait venir voir comment tu vas.

Puis, me surprenant moi-même, mes yeux s'emplirent de larmes et ma voix se brisa.

— Il est... Euh... Il ne pense pas que nous devrions être amis désormais.

Seigneur ! Comme je paraissais pathétique !

— Quoi ?

— Ont-ils un numéro commençant par 1800- pour les personnes qui se sentent horriblement pathétiques ?

— Il ne pense pas que vous devriez être amis ? demanda Carter. Que diable s'est-il passé ?

— Je ne sais pas ce que j'ai fait. Mais il en a eu assez de moi.

Je pouvais entendre Carter marmonner quelque chose à Isaac, comme s'il recouvrait le micro.

— Peut-être qu'il y a seulement quelques personnes géniales qui peuvent me supporter, marmonnai-je.

Puis je commençai à pleurer.

— Je veux dire, même toi, tu avais atteint tes limites. Tu m'as quitté aussi.

— Mark, nous venons à Hartford.

Je voulais lui dire non, que j'irais bien. Au lieu de ça, je hochai simplement la tête dans l'obscurité et murmurai :

— Merci.

JE N'AVAIS TOUJOURS PAS BOUGÉ depuis plus de deux heures quand un coup fut frappé à ma porte. Je roulai pour sortir du lit, emmenant mes couvertures avec moi, tout mon corps douloureux, puis ouvris la porte.

Je n'attendis pas qu'ils entrent, ni même qu'ils disent

bonjour. Je me dirigeai simplement vers le canapé et me jetai dessus.

J'entendis la porte se refermer et les lumières s'allumer. Carter s'agenouilla devant moi.

— Mark ?

Je repoussai les couvertures de mon visage pour que je puisse le regarder.

— Merci à vous deux d'être venus.

— Que s'est-il passé ? demanda-t-il doucement.

— Je pense que j'ai attrapé la grippe ou quelque chose comme ça. Ou peut-être que je suis en train de mourir. Je ne sais pas. J'ai l'impression d'avoir été heurté par un bus.

Carter posa sa main sur mon front.

— Tu n'as pas l'air fiévreux. Où cela te fait-il mal ?

— Ma poitrine. Mon estomac.

Je posai ma main sur mon cœur.

— Ça fait vraiment mal.

— Peux-tu t'asseoir pour moi ? demanda-t-il.

Je gémis en me redressant, et quand je vis l'expression inquiète sur le visage de Carter, mes yeux me trahirent et s'emplirent de larmes.

— Je suis désolé, dis-je d'une voix rauque.

Ce fut alors que je regardais Isaac, qui se tenait debout avec Brady, non loin de la porte d'entrée.

— Je suis désolé, Isaac. S'il te plaît, entre, dis-je, essuyant mes larmes.

Isaac avança lentement vers mon autre canapé, et tâtonna le bord de celui-ci, avant de s'asseoir. Carter parla, attirant à nouveau mon attention vers lui.

— Que s'est-il passé ?

Je haussai les épaules, puis leur racontai tout. Depuis qu'Isaac et lui étaient partis, avec mes essais pour trouver un petit ami pour Will, puis le problème avec Clay, que Will et moi ne nous parlions plus beaucoup, puis comment les choses s'étaient améliorées jusqu'à Halloween. Je racontai à Carter et Isaac que j'avais traîné Will dans l'arrière-salle du Kings, malgré le fait qu'il n'était pas vraiment intéressé, je lui avais fait faire ça, puis il avait flippé. Je répétai ce qu'il m'avait dit, qu'il ne pouvait plus être mon ami désormais, qu'il en avait eu assez.

— Quels étaient ses mots exacts ? demanda Isaac.

Je dus réfléchir à ce sujet, même si ses paroles ne cessaient de tourner en boucle dans ma tête depuis deux jours.

— Il a dit qu'il en avait fini. Que je ne devais pas l'appeler ni chercher à le revoir, qu'il ne pouvait plus faire ça. Il a dit qu'il pensait que j'avais compris après ce qui s'était passé avec Clay, mais que ce n'était pas le cas. Il a dit que je n'en avais aucune idée et que je ne comprendrais jamais.

Je resserrai les couvertures autour de moi, et Carter tapota mon genou.

— Oh, Mark !

— J'ai besoin de grandir, marmonnai-je.

— A-t-il dit ça ? demanda Carter.

Je secouai la tête.

— Non. Pas lui. Mais j'en ai besoin.

— Mark, dit doucement Isaac. Je ne sais pas vraiment comment dire ça, sans que ça paraisse un peu brutal, donc je vais le dire simplement.

Il se racla la gorge et se rassit un peu plus droit.

— Tu sais que je t'aime et tu sais que Carter t'aime aussi. Eh bien, Will également.

Je secouai la tête.

— Non, c'est faux. Plus maintenant.

Isaac secoua sa tête et sourit patiemment.

— Non, Mark. Il est amoureux de toi.

Il est amoureux de toi...

Je clignai des yeux.

— Hein ?

Isaac le répéta encore une fois.

— Il est amoureux de toi. Il l'était déjà quand nous sommes venus ici la dernière fois, et je pourrais même émettre l'hypothèse qu'il l'est depuis un certain temps.

Je secouai la tête et regardai Carter.

— Non, ce n'est pas vrai. Il ne peut pas l'avoir été.

Carter me sourit et tapota mon genou avant de se relever et de s'asseoir à côté de moi.

— Mark, je sais que ce n'est pas quelque chose avec laquelle, tu es familier, mais penses-tu qu'il y ait une possibilité que tu sois amoureux de lui aussi ?

Je le regardai, puis Isaac, puis je revins vers Carter. Je secouai à nouveau la tête.

— Non, il est mon meilleur ami. Je veux dire, je l'aime en tant que mon meilleur ami.

— Je le sais, dit Carter. Et tu ferais n'importe quoi pour lui.

— Bien sûr, acquiesçai-je.

— Et tu te sens malade à l'idée de le perdre, ton cœur est lourd comme si une chape de plomb le remplissait, tu as du mal à respirer, et tu veux juste le revoir une dernière fois pour lui dire quelque chose, n'importe quoi, qui pourrait le faire rester.

Je hochai la tête et déglutis difficilement.

— Oui.

— Mark, tu l'aimes, dit Carter en posant sa main sur le côté de mon visage.

Je ne pus arrêter mes larmes cette fois.

— Je ne pense pas que je sache ce que c'est, marmonnai-je.

Isaac fronça les sourcils. Il tendit une main vers moi, que je pris, et se laissa lentement glisser du sofa pour s'agenouiller devant moi. Il posa ses mains sur mon visage, et essuya mes larmes.

— Si, tu le sais, Mark, murmura-t-il. Tu sais ce qu'est l'amour. Tu as tellement d'amour en toi. Tu es le meilleur ami que n'importe qui pourrait vouloir. Tu ferais tout, tu donnerais n'importe quoi, sans même poser de questions.

Il fit courir ses mains sur mes sourcils et le long de mes joues, puis dans mes cheveux qu'il ramena ensuite sur mon visage.

— Tu sais comment aimer. Tu le fais exceptionnellement bien.

— Et tu penses que Will m'aime ? demandai-je.

Il hocha la tête.

— Je le sais. À la manière dont il agissait auprès de toi. Ce qu'il disait, comment il le disait, ce qu'il ne disait pas. Tout était là, tu avais juste besoin de le voir avec ton cœur, pas avec tes yeux.

Carter dit :

— Mark, veux-tu le voir ?

Je hochai la tête.

— Plus que tout.

Isaac sourit.

— Puis-je faire une suggestion ?

— Bien sûr !

— S'il te plaît, va prendre une douche pour commencer. Parce que tu pues.

Je souris à travers mes larmes.

— Merci.

— C'est bon, dit-il. Juste par curiosité, cela fait combien de temps que tu ne t'es pas douché ?

Carter se mit à rire cette fois-ci, et même moi, j'eus un petit rire.

— Depuis samedi.

Isaac s'appuya contre ses mollets, s'éloignant de moi.

— C'est bien ce que je pensais.

Je regardai ma montre.

— Il est trop tard pour aller le voir maintenant.

— Il n'est jamais trop tard pour une douche, dit Isaac. Puis nous pourrons parler de ce que tu vas faire.

— Que veux-tu dire ?

— De ce que tu vas lui dire.

Je secouai la tête.

— Il a dit qu'il ne voulait plus me voir.

— Tu dois l'obliger à t'écouter, dit Carter. Et tu dois lui dire ce que tu ressens.

— Mais tu devrais aller prendre une douche en premier, dit Isaac.

— D'accord, j'ai compris, lui dis-je.

— Es-tu allé travailler aujourd'hui ? demanda Carter.

— Non. J'étais en train de mourir ce matin, sous mes couvertures.

— Quand as-tu mangé pour la dernière fois ? demanda-t-il.

Je dus réfléchir à ce sujet.

— Je ne peux pas m'en souvenir. Samedi, je pense.

— Va te laver, dit-il. Je vais commander de quoi dîner et nous pourrons parler, d'accord ?

Je hochai la tête et sortis de mes couvertures.

— Merci à vous, tous les deux, d'être venus. Je n'avais pas vraiment quelqu'un d'autre. J'ai d'autres amis avec qui je peux sortir boire un verre ou rire, mais personne que je pouvais appeler... excepté Will et je ne l'ai plus vraiment désormais.

Je me sentais un peu mieux après avoir pris une douche et m'être lavé les dents, et encore mieux après avoir mangé quelque chose. J'appréciais plus qu'ils ne le sauraient jamais d'avoir Carter et Isaac ici, même s'ils avaient dû conduire pendant deux heures et prendre une journée de congé à leur travail pour rentrer à la maison.

Je me sentais mieux après leur avoir parlé de ce que je dirais à Will demain. J'avais tout prévu. J'allais lui parler avant le travail, ou au travail, ou au déjeuner, ou après le travail et je lui dirais. Je lui dirais tout, et il ne pourrait plus m'en vouloir et peut-être, juste peut-être, il pourrait sourire et faire une plaisanterie sur la façon dont j'avais été stupide et au moins, il aurait écouté ce que j'avais à dire.

Sauf que quand j'allais au travail le jour suivant, j'attendis devant l'entrée avec Carter et Isaac avant leur retour prévu pour rentrer à Boston. Mais Will ne se montra jamais. Je vis l'une des femmes de notre étage sortir de l'immeuble et je l'arrêtai.

— Hey ! Will est-il déjà à l'étage ?

— Oh ! dit-elle. Vous n'êtes pas au courant ? Il a démissionné. Il est venu, a vu Hubbard hier et il est parti. Il ne travaille plus ici désormais.

Cette sensation nauséabonde de cœur se serrant fut de retour. Carter posa une main sur mon épaule, et je le dévisageai.

— Je dois le trouver.

— Je vais te conduire chez lui, me dit-il avec un clin d'œil.

Puis il se retourna vers les portes de mon immeuble de bureaux.

— Tu ne devrais pas prévenir quelqu'un que tu ne vas pas travailler aujourd'hui ?

— J'emmerde le travail ! dis-je. Je ne me soucie pas

de ça.

— Allez, viens, dit-il. Je vais t'y conduire.

Je lui donnais la direction à suivre et essayai de prendre de profondes inspirations en chemin. J'étais nerveux auparavant, mais c'était plus dû à de l'excitation. Maintenant, j'avais presque peur. Comme si je savais, au fond de moi, que cela n'allait pas bien se finir.

— Nous allons attendre ici, me dit Carter. Envoie-moi un message si nous pouvons rentrer.

J'essayai de lui adresser un sourire tandis que je sortais de la Jeep.

— Mark, dit Isaac, dis-lui la vérité. C'est tout ce que tu as à faire.

Je leur adressai un petit signe de tête et me dirigeai vers le complexe d'appartements de Will avant de perdre totalement mon sang-froid.

Je frappai à sa porte. Puis je recommençai.

— Will ? C'est moi. Puis-je te parler, s'il te plaît ?

Il n'y eut que le silence, mais je jurerais avoir vu des ombres sous la porte.

— Will, ça ne me dérange pas de parler à travers la porte, mais je ne pense pas que ton voisin deux portes plus loin, m'apprécie beaucoup.

Je jurerais que je pouvais l'entendre respirer de l'autre côté de la porte.

— Will, commençai-je doucement. J'ai besoin de te parler. J'ai beaucoup à te dire et tellement d'excuses à te présenter.

La poignée de la porte tourna et il l'ouvrit lentement. Il fit un pas de côté, me laissant silencieusement entrer et attendit que je parle.

— Je suis allé au travail ce matin et ils m'ont dit que tu avais démissionné, lui dis-je. Donc, je suis venu directement ici. Carter et Isaac m'ont conduit. Ils sont en bas, à attendre. Ils sont venus de Boston la nuit dernière parce que j'étais un peu perdu et qu'ils étaient inquiets.

Will me regardait comme si tout ce que je disais n'avait aucun sens. Donc, je pris une profonde inspiration et recommençai.

— Je pense que tu as peut-être des sentiments pour moi et je suis désolé de ne l'avoir jamais réalisé auparavant. Je sais que j'ai toujours dit que je ne voulais pas être avec qui que ce soit, et je suppose que je ne le voulais pas.

Will cligna lentement des yeux et fronça les sourcils.

— C'est ce que tu es venu me dire ?

Je secouai rapidement la tête.

— Non. Ce que je suis venu te dire c'est que je n'ai jamais voulu de quiconque auparavant. Mais ensuite, il y a eu toi, j'ai ressenti tous ces sentiments et je ne savais pas quoi en faire, je comprends maintenant que j'ai toujours pris tout cela dans le mauvais sens.

Will se dirigea vers la cuisine.

— Oui, Mark, tu l'as fait.

— Je suis désolé, dis-je. Je souhaite savoir comment te le dire.

— Dire quoi ?

Ce fut alors que je jetai un coup d'œil à son appartement. Il était rempli de boîtes. De cartons de déménagement. Je me retournai pour le regarder.

— Tu déménages ?

Il hocha la tête et baissa les yeux vers le sol.

— Je ne peux pas rester ici.

— À cause de moi ? demandai-je tranquillement.

Il ne répondit pas. Au lieu de cela, il dit :

— C'est trop difficile de rester.

Je me précipitai vers lui et l'obligeai à me regarder.

— Ne pars pas, dis-je, le suppliant presque. Je suis désolé d'avoir tout foutu en l'air, mais je vais essayer de tout faire comme il faut maintenant.

Will déglutit difficilement.

— Comment ? S'il te plaît, dis-moi comment tu vas faire ça.

— Je crois que j'ai ces sentiments, lui dis-je à nouveau.

Je glissai une main dans mes cheveux.

— Je crois que ça pourrait être de l'amour. Je n'en suis pas sûr, à vrai dire. Je n'ai jamais été amoureux auparavant, donc c'est difficile de dire si c'est de l'amour, la grippe ou quelque chose d'autre qui me rend malade au point de ne plus pouvoir respirer.

J'étais totalement décousu dans mes paroles, et cela ne leur donnait aucun putain de sens.

— Will, s'il te plaît... Je ne suis pas vraiment bon pour ce qui est de dire des choses comme ça. Je continue à merder. J'essaie d'être honnête.

Will s'avança vers le centre de son salon déjà à moitié emballé. Il passa ses mains dans ses cheveux, puis se tourna vers moi.

— Mark, tu veux de l'honnêteté ?

Je hochai la tête, mais soudain, je n'étais plus très sûr de vouloir entendre ce qu'il avait à dire.

— Je te connais depuis douze mois, je suis amoureux de toi depuis aussi longtemps. Je t'ai regardé flirter avec des étrangers, les ramener chez toi au lieu de moi et cela me tuait à petit feu à chaque fois.

Oh, Seigneur !

— Je suis désolé.

Il secoua la tête.

— J'ai pensé pendant longtemps que tu étais parfait, mais tu ne l'es vraiment pas.

Je hochai la tête.

— Je sais que je ne suis pas parfait.

Il y avait tellement de peine sur son visage.

— L'autre soir, dans l'arrière-salle au Kings, cela a été l'une des meilleures et des pires soirées de toute ma vie. J'avais rêvé d'être avec toi comme ça, depuis plus d'un an, bordel de merde, et ça ne signifiait rien pour toi ! *Rien !*

— Ce n'est pas vrai, dis-je.

— Tu as ri !

— J'étais ivre et c'était intense, et je ne sais pas pourquoi j'ai ri... Je suis désolé, dis-je, pensant que c'était loin d'être suffisant, même à moi-même.

Will regarda le sol et, après un moment beaucoup trop long, il me regarda.

— Mark, je ne peux tout simplement plus le supporter.

— Mais, Will... dis-je, sentant mes yeux me brûler. Je suis venu ici pour te dire que j'avais ces sentiments et que c'était peut-être de l'amour et que je voulais être avec toi. Je veux que nous arrangions tout ça.

Il secoua la tête et détourna les yeux.

— Je suis désolé, murmura-t-il.

J'essuyai mes larmes d'un revers de manche.

— S'il te plaît... ?

Il se tint là, en silence, incapable même de me regarder.

Et nous y voilà. Je lui avais dit ce que je ressentais et il avait dit non. Il ne voulait pas de moi. Pour une quelconque raison stupide et prétentieuse, je ne m'étais pas attendu à ça. J'avais pensé... J'avais pensé que si je lui disais...

Je devais partir. Je devais sortir d'ici, comme si je me noyais et que j'avais besoin d'air. Je tâtonnai pour ouvrir la porte et je m'enfuis.

Carter et Isaac attendaient toujours. Carter se tenait debout, appuyé contre sa Jeep, parlant à Isaac, lorsqu'il me vit, son visage s'affaissa. Je n'avais pas besoin de dire quoi que ce soit.

Il contourna simplement sa voiture, ouvrit sa portière et monta, m'attendant. Quoi qu'il ait dit tranquillement à Isaac, je n'en savais rien, mais quand je montai dans la voiture, seul le silence régnait entre nous.

Quand la Jeep se gara devant mon appartement, Carter dit :

— Mark, veux-tu que nous montions avec toi ?

Je secouai la tête.

— Non, ça va aller.

Puis ces foutues larmes traîtresses commencèrent à couler à nouveau.

— Vous pouvez y aller, les gars. Merci quand même d'être venus, dis-je, essuyant mon visage avec le dos de mes mains. Je vous retrouve dans une semaine et demie pour votre grand jour et vous avez eu mon message pour garder votre maison, non ? Parce que je prends quatre semaines de congés, que je lui ai dit que je l'aimais et qu'il m'a répondu qu'il ne voulait pas de moi.

— Oh, Mark... dit doucement Carter.

Je secouai la tête et ravalai mon souffle tremblant.

— Ça ira. J'ai juste besoin de rentrer à la maison et je pense que je vais prendre quelque chose pour la grippe ou l'estomac, ou quelque chose comme ça, parce que je ne me sens vraiment pas bien du tout.

Je commençai à sortir de la voiture, mais Carter m'arrêta.

— Mark, dit-il. Nous venons.

Je descendis et me tins sur le trottoir. Je voulais leur dire qu'ils n'avaient pas à m'accompagner, mais une vague de nausées me traversa. Je posai mes mains sur mon ventre.

— En fait, je crois que je vais être malade.

Je fermai la porte d'entrée de l'immeuble et pris de grandes inspirations dans l'ascenseur. Je laissai ma porte ouverte et me précipitai vers la salle de bain.

Je n'étais pas malade, mais me tins au-dessus du lavabo, la tête baissée, essayant de retrouver mon souffle. Je desserrai ma cravate et aspergeai mon visage d'eau froide, n'osant pas regarder mon reflet dans le miroir. Quand je ressortis, Carter, Isaac et Brady se tenaient dans mon salon.

Je marmonnai quelque chose sur le fait d'aller me coucher, ne les regardant pas pour voir comment ils allaient réagir. Puis je me sentis coupable qu'ils aient fait tout ce chemin et que je ne sois pas de bonne compagnie. Je m'arrêtai dans le couloir menant à ma chambre.

— Je suis désolé que vous ayez fait tout ce chemin et que vous ayez dû prendre un jour de congé. J'apprécie vraiment, dis-je, dans ce qui était au mieux, un murmure. Mais je pourrais me vautrer dans mon lit pour les prochaines décennies. Je viendrai cependant à votre mariage. Je vous l'ai promis. Ce sera juste moi. Je n'amènerai personne, si c'est d'accord.

Puis de nouvelles putains de larmes coulèrent sur mes joues.

Je frottai mon visage et regardai Carter.

— Et maintenant, en plus, j'ai ces foutues larmes ! dis-je rudement, essuyant encore mon visage.

Il s'avança et glissa ses bras autour de moi. Il me tint serré et cela ne fit qu'aggraver ma crise de larmes.

Carter recula, et après avoir essuyé mon visage avec ses mains, il dit :

— Donne-moi tes clefs et ton portefeuille. Nous allons rester ici pendant un moment, le temps que tu te mettes au lit.

Je hochai la tête. J'étais épuisé et ma poitrine était à

nouveau comprimée, mon estomac me donnait l'impression qu'il y avait une boule en plomb dedans.

Encore vêtu de mon pantalon de costume et de ma chemise de travail, je rampai dans le lit, et tirai les couvertures au-dessus de ma tête. Je fermai les yeux, et parce que mon cerveau ne pensait pas que j'avais assez souffert, je pensais à Will. À chaque fois que nous étions sortis ensemble et que j'étais reparti avec quelqu'un d'autre, et à l'expression dans ses yeux. Ou à chaque fois que nous avions fait des commentaires à propos de relations et de petits amis et que j'avais ri, lui disant à quel point l'amour n'était pas nécessaire ou que c'était stupide. Il avait secoué sa tête en me regardant en souriant, mais il y avait une tristesse infinie sous-jacente, et c'était seulement maintenant que je pouvais comprendre ce qu'elle était.

Pendant tous ces mois, et toutes ces fois où je l'avais blessé parce que j'avais été trop égoïste pour le réaliser.

Je n'en avais eu aucune putain d'idée.

Et maintenant, c'était trop tard – trop peu, trop tard – et je ne pouvais pas lui en vouloir d'avoir dit non.

Je devrais vouloir le meilleur pour lui. Si je l'aimais vraiment, si c'était vraiment vrai, alors je devrais être heureux qu'il ait dit non. Il méritait quelqu'un qui le traiterait mieux.

Puis, là, sous mes couvertures, je vis des douzaines d'images mentales d'expressions blessées sur le visage de Will au cours des douze derniers mois, chaque souvenir me poignardant d'un intense sentiment de « bordel, qu'est-ce que j'ai fichu ? ».

Après un moment, j'entendis la porte de ma chambre s'ouvrir, puis le lit s'affaissa quand quelqu'un s'assit à côté de moi. Je ne pris pas la peine de regarder. Une main frotta ma jambe, et j'entendis la voix de Carter.

— Mark, tu vas bien ?

— Mmm... Mmm...

— Peux-tu sortir de tes couvertures, s'il te plaît ?

— Non ! croassai-je.

— Qu'a-t-il dit ?

— Qu'il ne pouvait plus le supporter désormais.

— Lui as-tu dit ce que tu ressentais ?

Je hochai la tête, puis réalisai qu'il ne devait pas être capable de le voir.

— Ouais. Enfin, j'ai essayé et c'était un bordel pour commencer, mais à la fin, je pense que je lui ai dit.

Carter resta silencieux pendant une seconde, donc je repoussai les couvertures pour le regarder.

— Il était censé me le dire à son tour. Dans ma tête, c'était comme ça que c'était supposé se passer. Il était censé me dire qu'il m'aimait également.

— Oh, Mark, dit-il, je suis désolé.

— Tu m'as demandé de lui dire, dis-je avec humeur. Tu as dit que cela marcherait.

— C'est ce que je pensais, dit-il tranquillement, regardant maintenant ses mains posées sur ses genoux. Mark, je crois sincèrement qu'il t'aime.

— Eh bien, peut-être que c'était vrai, mais plus maintenant.

Je rejetai les couvertures au-dessus de ma tête.

— Il a dit que c'était le cas, ajoutai-je. Mais c'était au passé.

— Qu'a-t-il dit d'autre ?

— Pas grand-chose, dis-je en haussant les épaules, avant de rabaisser une nouvelle fois les couvertures. Il y avait des cartons. Des boîtes partout. Comme s'il allait déménager.

Les yeux de Carter s'écarquillèrent.

— A-t-il dit où il allait ?

Je secouai la tête.

— Je ne l'ai pas interrogé. Je lui ai juste demandé de ne pas partir. Je l'ai même supplié. Je voulais que nous arrangions les choses, mais il a dit qu'il ne pouvait pas le refaire.

Je roulai sur le côté et relevai mes genoux.

— Il a même démissionné de son travail pour s'éloigner de moi, Carter, marmonnai-je. Seigneur, il doit vraiment en avoir assez de moi !

— Veux-tu essayer de lui envoyer un message ? demanda-t-il. Ou de l'appeler ?

— Non, murmurai-je. Peut-être plus tard. Peut-être jamais. Je ne sais pas.

Puis je me souvins.

— Il ne veut pas que je l'appelle.

Il tapota ma jambe.

— Fais-moi simplement savoir si tu as besoin de quoi que ce soit.

— Ça fait mal, Car, murmurai-je et de nouvelles larmes jaillirent de mes yeux.

Il se pencha et embrassa mon front.

— Je sais.

Je dus m'endormir à un certain moment, parce que quand je repoussai les couvertures, la lumière avait changé dans la chambre. Sans regarder l'heure, je devinais que nous étions l'après-midi.

Je pouvais entendre des voix et, au début, je crus que c'était la télévision, puis je me souvins que Carter et Isaac étaient là. J'envisageai de me lever, mais renonçai finalement et ce fut peu de temps après que j'entendis ma porte s'ouvrir.

Cette fois, c'était Isaac.

Il portait un plateau avec une assiette et une tasse.

— Je suis désolé, garçon d'étage. Tu es mignon comme

tout, dis-je.

Ma voix était rauque.

— Mais je pense que tu as dû te tromper de numéro de chambre.

Il sourit tandis qu'il traversait la chambre.

— Aide-moi plutôt, dit-il.

Je repoussai les couvertures et roulai pour sortir du lit. Je pris doucement le plateau de ses mains, le posant sur la table de chevet, et le dirigeai vers le lit, où il s'assit.

Je remontai dans le lit et tirai les couvertures sur mes jambes, bien que cette fois, je restai assis.

Isaac tâtonna et je lui donnai ma main.

— Tu viens de passer quelques jours difficiles, hein ? demanda-t-il.

Je hochai la tête.

— Ouais. Pas les meilleurs.

Je remarquai que la maison était silencieuse.

— Où est Carter ?

— Oh, il a sorti Brady pour lui faire faire ses besoins et pour faire le plein de la Jeep. Nous allons devoir partir bientôt.

Je hochai à nouveau la tête.

— J'ai vraiment apprécié que vous soyez venus, Isaac. Je sais que je me suis contenté de m'apitoyer sur mon pauvre sort. Je suis désolé.

— Tu as parfaitement le droit de le faire. Je suis désolé si je t'ai induit en erreur. Je t'ai dit que Will était amoureux de toi.

— Tu n'avais pas tort, lui dis-je. J'ai tout gâché, c'est tout.

Isaac resta silencieux pendant un moment, tandis qu'il entrelaçait mes doigts avec les siens.

— Pour ce que ça vaut, je pense que tu as fait la bonne chose.

Je ne comprenais pas en quoi avoir mon cœur en lambeaux était une bonne chose, alors je lui laissai le temps pour s'expliquer.

— C'est mieux qu'il sache ce que tu ressens, dit Isaac. Tu n'auras pas besoin de te demander « et si », tu comprends ? C'est mieux que tu n'aies pas laissé les choses floues.

— Peut-être, dis-je. Mais ce n'est pas franchement ce que je ressens pour le moment.

Isaac sourit tristement, puis retira ses lunettes et laissa ses mains retomber sur ses genoux. C'était seulement la troisième fois que je le voyais sans elles.

— Te souviens-tu quand tu étais à Boston et que tu m'as emmené acheter nos anneaux, à Carter et à moi ? C'était une surprise ?

— Oui, je m'en souviens, dis-je.

C'était le jour où il avait demandé à Carter de l'épouser. Comment aurais-je pu oublier ?

— Je ne savais pas si l'anneau était une bague d'engagement ou une bague de fiançailles, mais tu n'as pas hésité, dit-il avec un sourire affectueux. Tu as dit de ne pas perdre une seule journée. J'avais peur qu'il dise non, considérant tout ce que je lui avais fait subir, mais tu m'as dit que s'il disait non aujourd'hui, que je devais simplement lui demander à nouveau le lendemain. Et le jour suivant et encore celui d'après et ainsi de suite.

Je hochai la tête.

— Mais il a dit oui.

Isaac sourit largement.

— Et je serai éternellement reconnaissant qu'il l'ait fait. Mais as-tu compris où je voulais en venir ?

— Tu veux que je demande à Will de m'épouser ? demandai-je, incrédule. Il ne veut même pas me regarder !

Isaac eut un petit rire et secoua la tête.

— Non. Mais tu devrais saisir ta chance, pour la première fois dans ta vie et dire à quelqu'un que tu l'aimes.

— Ouais et je me souviens maintenant pourquoi c'était une mauvaise idée.

— Ce n'en était pas une, Mark.

Isaac m'adressa un demi-sourire.

— Alors, dis-lui à nouveau demain, et le jour d'après et le surlendemain.

— Je ne veux pas me montrer ingrat pour les conseils, Isaac, mais il semble me souvenir d'une certaine personne ayant royalement tout foutu en l'air avec Carter, il n'y a pas si longtemps.

Isaac sourit.

— En effet. Et j'en ai tiré de très bonnes leçons. Je ferais tout ce qu'il faut pour le rendre heureux, Mark.

— La seule chose qui pourrait rendre Will heureux pour l'instant est mon absence.

Isaac tourna son visage vers moi.

— Laisse-lui du temps. Tu verras.

Il semblait si sûr de lui.

— Comment le sais-tu ? demandai-je.

— Parce que la dernière fois, quand nous étions aux portes ouvertes à Oak Hill, Will était tellement épris de toi. La manière dont il parlait de toi...

Je fronçai les sourcils et je repensais aux horribles choses que je lui avais dites depuis, et une autre vague de nausées me traversa. Je me rallongeai sur le lit en gémissant.

— Je me sens horriblement mal. Je crois que je vais être malade.

Isaac serra ma main.

— Ça s'appelle un cœur brisé, Mark.

— C'est horrible, dis-je doucement.

— C'est ce qu'il y a de pire.

— Alors, pourquoi nous faisons ça ? demandai-je. Pourquoi nous soucier de l'amour si on se sent comme ça ?

— Parce qu'aussi mal que tu te sentes maintenant, l'amour est un million de fois mieux.

Je relevai à nouveau les couvertures au-dessus de ma tête.

— Ce sont des conneries.

Isaac eut un petit rire.

— Mange quelque chose, s'il te plaît, dit-il.

Puis le lit s'inclina lorsqu'il se releva et j'entendis la porte se refermer derrière lui.

J'essayai de m'imaginer mangeant le sandwich et le jus de fruit posés sur le plateau qu'il avait amené, mais la pensée me retourna l'estomac. Je roulai sur le côté, et me vautrai dans mon cocon, repensant à tout ce qu'Isaac avait dit.

J'ENTENDIS la voix de Carter marmonner quelque chose dans le salon et, un instant plus tard, le lit s'affaissa à côté de moi.

Je ne pris pas la peine de rabaisser mes couvertures.

— J'ai compris, lui dis-je calmement. J'ai compris. J'ai toujours cru qu'Isaac et toi étiez stupides de faire cette thérapie. J'ai toujours cru que si l'amour était difficile alors c'était qu'il n'en valait pas la peine. Mais j'ai compris maintenant. J'ai compris ce qu'Isaac m'a dit. Parce que je ferais n'importe quoi pour Will.

— N'importe quoi ?

Je m'attendais à la voix de Carter, mais j'avais tort.

C'était celle de Will.

CHAPITRE TREIZE

JE ME REDRESSAI et repoussai les couvertures de ma tête.

— Will ?

Il était assis sur mon lit, juste à côté de moi. Je pense que j'essayais de ne pas sourire.

— Étais-tu vraiment en train de te cacher sous tes couvertures ?

— C'est mon cocon d'auto-apitoiement.

Will sourit et regarda ses mains.

— Carter est venu me voir, dit-il.

Je jetai un coup d'œil par la porte ouverte, là où Carter se tenait. Il m'adressa un sourire, puis je revins vers Will, toujours abasourdi.

— Vraiment ? Je croyais qu'il allait faire le plein d'essence.

Je revins sur Carter.

— Je croyais que tu allais faire le plein d'essence.

— Tu ne voulais pas sortir de ton lit, dit Carter. Je devais faire quelque chose.

Je revins sur Will, excité qu'il soit là, mais nerveux

également. Il me regardait aussi, et pendant un long moment, aucun de nous deux ne parla. Puis il baissa à nouveau les yeux sur ses mains.

— Pouvons-nous parler ?

Je hochai la tête, mais avant que je puisse dire quelque chose, Carter entra dans la chambre.

— Mark, nous devons prendre la route. Nous devons rentrer à la maison.

J'essayai de me lever, mais j'étais empêtré dans mes draps et mes couvertures, et faillis pratiquement tomber du lit. Carter retint un sourire.

— Ne te lève pas.

J'agitai mes jambes jusqu'à ce que je me libère de mes couvertures.

— Je vais vous raccompagner, lui dis-je.

Je regardai Will.

— Tu vas rester, le temps que je leur dise au revoir ?

— Bien sûr, répondit-il.

Nous sortîmes dans le salon, où j'étreignis Isaac, puis Carter.

— Merci à vous deux, pour tout.

Carter me serra à nouveau contre lui et murmura à mon oreille :

— Ça va aller.

Je reculai et hochai la tête. Je fis un gros câlin à Brady et lui dis de faire attention à Isaac et, avec la promesse que j'allais les appeler plus tard dans la soirée, je les remerciai à nouveau et leur dis que j'allais les revoir à Boston dans une semaine et quelques jours.

Puis Carter regarda Will. Il sourit et lui tendit la main, que Will serra. Avec un clin d'œil, quelque chose de non-dit passa entre eux, ensuite Carter et Isaac partirent.

Il n'y eut plus que Will et moi.

Je jetai un coup d'œil à mon appartement, réalisant que Carter et Isaac avaient dû tout ranger pour moi, et je me regardai. Je portais toujours mon pantalon de costume et ma chemise, qui étaient maintenant complètement froissés, et je portais toujours mes chaussettes. Je ne me souvenais même pas d'avoir retiré mes chaussures. J'essayai d'arranger mes cheveux.

— Seigneur ! Je ne ressemble à rien !

Nous nous tenions tous les deux dans mon salon, ne sachant pas très bien quoi dire. Donc, j'estimai que c'était à moi de commencer.

— Will, je suis désolé, dis-je.

Il me regarda droit dans les yeux.

— C'était vrai ce que tu as dit plus tôt ?

Avec mon cœur remonté jusque dans ma gorge, je hochai la tête.

— Oui.

— Tout ?

J'acquiesçai encore une fois.

— Même le babillage qui n'avait aucun sens.

Will sourit à ça.

— J'ai toujours réussi à comprendre tes divagations.

— Je le sais. Tu es le seul qui y soit jamais parvenu. J'avais l'habitude de rendre Carter totalement dingue.

Les lèvres de Will ébauchèrent un sourire.

— Il est venu me voir, dit-il à nouveau. Carter. Il a dit qu'il pensait que je devrais savoir que tu ne t'en sortais pas très bien.

Je haussai les épaules.

— Je... Euh... Ouais, c'est probablement vrai.

— Il a dit que tu pensais avoir des problèmes de cœur, cardio-quelque chose.

— Cardiomyopathie, le corrigeai-je.

Je posai une main sur mon cœur.

— Je ne suis toujours pas certain qu'il fonctionne correctement. C'est toujours difficile de respirer et ça me donne l'impression que je vais être malade.

Will souriait maintenant.

— Ce n'était pas drôle, lui dis-je. J'ai cru que je mourrais.

Il fit quelques pas lents vers moi.

— T'es-tu vraiment caché sous tes couvertures ?

— Tu vois, c'est impossible que je puisse répondre sans perdre une certaine crédibilité virile, dis-je.

Il fit un autre pas en avant.

— Il a dit qu'il était inquiet pour toi. Que c'était pour ça qu'Isaac et lui avaient fait tout le chemin depuis Boston. Il a dit qu'il t'avait parlé au téléphone et que tu avais une voix horrible.

— Je pensais que je mourrais, répétai-je, bien que ce soit d'une manière plus douce cette fois. Je croyais que je t'avais perdu et ça... ça a failli me tuer.

Will s'arrêta si près de moi que je pouvais sentir la chaleur émaner de son corps tout contre le mien, et mes mots moururent dans ma gorge. Son regard était intense tandis que mon cœur battait la chamade, et quand sa main toucha le côté de mon visage, je crus qu'il allait éclater dans ma poitrine.

— Alors, tu penses vraiment ce que tu as dit ?

Je hochai rapidement la tête.

— Oui.

Ce fut alors que je remarquais qu'il portait toujours le bracelet que je lui avais acheté. Je levai une main et touchai la bande de cuir.

— Tu ne l'as jamais retiré.

Il secoua lentement la tête.

— Je ne pouvais pas.

Je déglutis difficilement, et quand il reposa sa main sur mon visage, je me penchai contre sa paume et soupirai.

— Will...

— J'ai attendu douze mois pour faire ça correctement, murmura-t-il.

Ensuite, il s'inclina lentement, afin que ses lèvres effleurent les miennes, puis doucement, si doucement, il m'embrassa. Mes yeux papillonnèrent et se fermèrent et j'eus le souffle coupé, mon cœur s'arrêta de battre.

Ses lèvres étaient chaudes et ouvertes, et sa main glissa sur ma mâchoire tandis qu'il m'embrassait, lentement, doucement. Quand il recula, il me fallut un certain temps pour rouvrir les yeux, mais quand je le fis, il souriait.

Je voulais lui dire quelque chose d'extraordinaire, quelque chose de profond. Au lieu de cela, je dis :

— Mes genoux s'agitent bizarrement.

Will se mit à rire, et cette fois-ci, je posai mes mains sur son visage et l'embrassai, profondément, longuement. J'ouvris ses lèvres avec les miennes et taquinai sa langue de la mienne. Il gémit et le son resserra les nœuds dans mon ventre. Quand le baiser cessa, je glissai mes bras autour de sa taille et enfouis mon visage contre son cou.

Il n'y avait rien, *absolument rien* qui pouvait se comparer à cet instant.

— Mon Dieu, Will... dis-je, inhalant son odeur.

Mes mains coururent sur son dos et je le serrai plus fort.

— Je ne peux pas le croire. Je ne peux pas...

Je reculai afin de voir son visage.

— Je ne sais pas ce que je fais. Je n'y connais rien quant à la manière d'être un petit ami, si c'est ce que je suis, ou peut-être que je n'aurais pas dû dire ça... oh, mon Dieu ! Est-ce gênant ? Devrais-je avoir honte ?

Will picora mes lèvres pour me faire taire.

— Non, ce n'est pas embarrassant. Tu divagues quand tu es nerveux. C'est mignon.

Je reculai d'un pas, mais pris ses mains et nous conduisis vers le canapé.

— Will, pouvons-nous parler de ça ? demandai-je. Je dois dire que je suis désolé. Je dois te présenter des excuses pour n'avoir pas su. J'aurais aimé le savoir. J'aurais aimé le savoir il y a douze mois, quand nous nous sommes rencontrés pour la première fois, que tu m'aimais de cette manière.

Will baissa les yeux sur nos mains jointes.

— Tu te serais enfui en courant.

Je secouai rapidement la tête, puis réalisai qu'il avait probablement raison, et je haussai les épaules.

— Je ne vais pas m'enfuir aujourd'hui.

Will me regarda et sourit.

— Non, tu ne le fera pas.

Il se mordit la lèvre.

— Puis-je te demander quelque chose ?

— Bien sûr !

— Est-ce vraiment ce que tu veux ? demanda-t-il, regardant à nouveau nos mains. Je veux dire... ça ne l'était pas, il y a encore trois jours.

— Je ne savais pas ce que c'était il y a trois jours, répondis-je honnêtement. Je veux dire... Te voir avec Clay ou même avec ce gars, Grant ou Jayden me tuait, mais je pensais juste que je me sentais mis à l'écart ou quelque chose comme ça. Ce n'est que lorsque tu t'es enfui du Kings en me disant que, désormais, tu ne voulais plus que nous soyons amis que je me suis vraiment effondré.

Je haussai les épaules.

— Je ne savais pas pourquoi je me sentais si mal ni ce que c'était. J'ai dit à Carter que j'avais mal au cœur et c'est alors qu'Isaac m'a expliqué ce que c'était et pourquoi je me sentais si mal.

— Tu n'en avais vraiment aucune idée ?

Je secouai la tête.

— Je n'ai jamais été amoureux auparavant…

Will se lécha les lèvres, de la manière dont il le faisait quand il était nerveux.

— Et tu es amoureux maintenant ?

Je lui adressai un sourire.

— Eh bien, c'est soit ça, soit j'ai une infection rare qui me donne des palpitations au cœur et fait vaciller mes genoux quand je te vois.

— Est-ce ça ta cardiomyopathie ?

Je hochai la tête.

— C'est presque toujours fatal. Très sérieux.

— Guérison miraculeuse, dit-il.

Je lui souris, mais lui répondis très sérieusement :

— Will, je veux faire les choses bien avec toi. Je veux ça. Je veux qu'il y ait un *nous*. Je ne sais pas vraiment comment faire en sorte que ça marche, parce que je n'ai jamais eu ça auparavant – je n'ai jamais *voulu* ça auparavant – mais je le veux maintenant et je suis certain que je vais tout gâcher par moments, mais tu me le diras parce que tu m'as toujours dit quand je fichais quelque chose en l'air. Et peut-être que c'est la meilleure partie du fait de tomber amoureux de ton meilleur ami, parce que tu me connais parfaitement bien.

— Tu divagues à nouveau.

— Je ne peux pas m'en empêcher. Je m'attends encore à ce que tu me dises non.

Will se rassit sur le canapé, une jambe repliée sous l'autre, et se retourna de manière à me faire face.

— Mark, je ne vais pas dire non. Mais nous devons parler de tout ça.

J'acquiesçai rapidement.

— Je sais. Et je sais également que je pourrais ne pas en aimer une grande partie. Si la manière dont je me suis senti ces derniers jours ressemble ce que tu ressentais pratiquement toute l'année dernière... Seigneur, tout ce que je peux dire, c'est que je suis désolé.

— Tu ne savais pas. Je ne peux pas t'en vouloir pour ça, dit-il. Mais j'ai accepté ces rendez-vous avec d'autres gars pour voir si tu te souciais assez de moi pour m'arrêter.

— Je ne savais pas pourquoi je me sentais aussi jaloux. Je sais que ça paraît stupide. Comment n'ai-je pas pu m'en rendre compte ? demandai-je, de manière rhétorique. Et peut-être que je ressentais quelque chose depuis un bon moment. Je n'ai été avec personne depuis une éternité. Ça ne m'intéressait pas, tout simplement. Et puis, il y a eu l'autre soir, dans l'arrière-salle du club... Seigneur, tu ne peux pas savoir combien je suis désolé pour ça.

Will m'adressa un triste sourire.

— Cela a été la goutte de trop pour moi, dit-il tranquillement. De te voir... comme ça...

Sa voix devint un murmure.

— ... Quand tu as joui...

Il frissonna.

— ... Mais c'était comme un jeu pour toi.

Je secouai la tête.

— Ce n'en était pas un. Mon cœur battait la chamade et cela faisait si longtemps depuis que... eh bien, cela faisait plus de six mois que je n'avais pas eu le moindre rapport avec qui que ce soit et j'avais enfin réussi à te faire revenir dans ma vie, j'avais trop bu et le fait d'avoir eu le plaisir de dire à Clay qu'il ne pourrait plus poser ses mains sur toi... Eh bien, le tout a fait que c'était un peu trop. J'avais besoin d'une sorte de... soulagement. Et j'en suis vraiment désolé.

— Ne t'excuse pas, dit-il calmement. Nous ne pouvons pas changer le passé.

— Je suis quand même désolé. Et comme je l'ai dit auparavant, je sais ce que cela signifie maintenant. Quand les gens disent qu'ils feraient n'importe quoi pour les personnes dont ils se soucient, je sais ce qu'ils veulent dire. Je pensais que Carter et Isaac étaient fous de réussir à passer au-dessus de tout ce qu'ils avaient vécu. Je veux dire... Ils sont passés par des moments vraiment difficiles et maintenant, ils sont heureux de faire cette thérapie de couple pour arranger les choses. Mais j'ai compris maintenant. Will, je ferai n'importe quoi pour faire en sorte que les choses se passent bien avec toi.

Les lèvres de Will se retroussèrent en un demi-sourire.

— Eh bien, je ne pense pas que nous ayons besoin d'une thérapie de couple. Pas encore. Je veux dire, quand nous passons deux jours à débattre à propos de choses comme les capes des super héros, nous pourrions éventuellement le prendre en considération.

Je jouai avec ses doigts et quand je le regardai, je ne pus m'empêcher de sourire.

— Puis-je t'embrasser à nouveau ? Parce que le baiser précédent était vraiment incroyable.

Il m'adressa un sourire et se pencha, laissant ses mains sur ma jambe. Je pris son visage en coupe et pressai doucement mes lèvres sur les siennes. Je taquinai sa bouche de la mienne, l'embrassant à peine et son odeur emplit à nouveau ma tête. Je l'embrassai un peu plus sérieusement ensuite, dégustant lentement sa langue. Will toucha mon bras, mon cou, mon visage et nous nous embrassâmes jusqu'à ce que la tête me tourne.

J'éloignai ma bouche de la sienne afin de reprendre un peu d'air et j'appuyai mon front contre le sien.

— Seigneur, Will...

Il sourit et lécha ses lèvres humides.

— J'ai rêvé de t'embrasser, de tenir tes mains depuis si longtemps, murmura-t-il.

Il ferma les yeux.

— J'ai essayé d'aller de l'avant, mais je n'ai pas pu. Je ne savais pas quoi faire d'autre. J'ai quitté mon emploi, Mark. Et j'ai donné mon préavis pour mon appartement.

— Tu vas vraiment déménager ? demandai-je.

Puis cela me frappa de plein fouet.

Oh, merde !

— Tu pars toujours ?

Will me dévisagea pendant un long moment.

— Oui. J'allais vraiment le faire. Maintenant, je ne sais pas ce que je vais faire.

— Tu vas rester ici, lui dis-je. Je ne parle pas seulement d'Hartford. Je veux dire ici, dans mon appartement. Juste pour une semaine ou plus. Puis je vais avoir quatre semaines de congés à Boston, pour garder la maison de Carter et d'Isaac. Tu pourras venir avec moi là-bas. Nous promènerons Missy, la chienne de Carter et le chat me déteste, mais il pourrait t'aimer et nous pourrons dormir là-bas, nager et jeter un coup d'œil à la ville et ses alentours.

— Tu as demandé ces vacances quand j'étais avec Clay, dit-il tranquillement.

Ce n'était pas une question.

J'acquiesçai.

— Oui. Je ne pouvais pas supporter de te voir si heureux avec lui. Ça me tuait à petit feu, mais je ne savais pas pourquoi. Je pensais que tu pourrais supporter de rester sans moi pendant un moment.

Will soupira profondément.

— C'était quelques semaines plutôt merdiques, hein ? Avec le fait que nous ne nous parlions plus et tout ça.

— C'était horrible, acquiesçai-je, me souvenant de ce que j'avais ressenti, de ne plus être avec lui. Je ne peux pas croire que tu allais réellement partir.

— Même après que tu sois venu me voir ce matin et que j'aie crié après toi, dit-il, j'allais quand même partir. Je pensais que tu ne voulais simplement pas me perdre en tant qu'ami et je ne voulais pas avoir à supporter tout ça à nouveau. Je suis amoureux de toi pratiquement depuis le jour où je t'ai rencontré et je ne supportais plus que nous soyons « amis ».

Il prit ma main dans les deux siennes.

— Même quand tu as dit que tu avais des sentiments pour moi, après que j'aie attendu si longtemps pour t'entendre dire ça, je croyais toujours que ce n'était pas réel. Je croyais que si tu ne m'aimais pas le jour précédent, comment pourrais-tu m'aimer maintenant ? Ça n'a été que lorsque Carter m'a appelé pour me parler que je t'ai cru.

L'entendre le dire me fit un peu mal, mais je supposais que c'était une réaction normale, tout bien considéré. J'avais toujours du mal à croire que Carter était allé le voir.

— Que t'a-t-il dit ?

Will me sourit.

— Je lui ai dit que je ne pouvais pas comprendre ce qui avait pu changer en une journée pour faire que tu m'aimais maintenant, alors que ce n'était pas le cas la veille. Et il m'a répondu que tout avait changé.

» Il a dit que tout, *pour toi*, avait changé. Il a dit que tu avais réalisé que ce que tu pensais être simplement une relation amicale était en réalité quelque chose de plus profond, mais que tu n'avais pas voulu l'admettre. Puis il m'a rappelé que tu n'avais jamais vraiment été amoureux auparavant et que j'étais celui qui te connaissait mieux que quiconque, y compris lui. Il m'a demandé si je pensais honnêtement que tu mentirais là-dessus et je savais que ce ne serait pas le cas. Carter m'a dit qu'il te connaissait depuis des années et qu'il ne pensait pas qu'il verrait le jour où tu serais vraiment amoureux.

Puis Will eut un petit rire.

— Il pensait que tu étais déjà amoureux de moi quand Isaac et lui sont venus te rendre visite la dernière fois, mais il a dit que c'était Isaac qui s'en était rendu compte le premier. Apparemment, ta voix changeait quand tu me parlais. Je ne sais pas trop comment ça marche, mais c'est ce qu'il a dit.

— Ma voix change ?

— Ouais, tu peux ajouter ça à tes cardio problèmes, tes problèmes de genoux...

Je terminai pour lui.

— Mes problèmes de tête qui tourne, de papillons dans le ventre, de nausées, d'être incapable de manger et mainte-nant ma voix changeait aussi ? Bon sang ! Toute cette histoire de romance est mauvaise pour ma santé !

Will se mit à rire et secoua la tête.

— Je ne peux toujours pas croire que tu pensais être en train de mourir. Je pense que je pourrais ajouter hypocon-driaque à cette liste.

— Je me suis vautré dans mon cocon dans mon lit pendant deux jours, mais Isaac m'a fait me laver. Apparem-ment, ça puait.

Puis Will s'adossa au canapé et laissa retomber sa tête en soupirant.

— J'ai encore deux semaines sur le bail de mon apparte-ment, donc je n'ai pas besoin de vivre ailleurs pour le moment.

Je ne pus m'empêcher de me sentir un peu déçu, même si je savais que le fait qu'il vive ici était ridicule étant donné que, techniquement, nous n'étions ensemble que depuis vingt minutes à peine.

Je suppose que Will apprécia ma déception, parce qu'il souriait lorsqu'il dit :

— Mais je pourrais venir à Boston.

— Vraiment ? demandai-je avec un sourire ridicule. Tu vas venir ? Ça va être tellement amusant. Rien que nous deux pendant quatre semaines.

Puis je me souvins de quelque chose.

— Oh, le mariage... Veux-tu y aller avec moi aussi ? S'il te plaît, dis que tu vas venir !

Will me sourit, d'un sourire qui plissait ses yeux sur les côtés.

— Tu es vraiment excité, hein ?

Je m'agitai un peu sur mon siège.

— Je le suis. Je me sens tellement heureux que c'en devient absurde.

Et je me mis à rire de moi-même, je pus sentir une subite rougeur envahir mes joues devant mon embarras.

La main de Will se leva et toucha la chaleur de mon visage, puis il me dévisagea pendant un long moment.

— Tu es vraiment là, n'est-ce pas ? murmura-t-il. Ici. Avec moi.

Je souris contre la paume de sa main.

— Je suis vraiment là.

Juste au moment où je pensais que tout était foutrement parfait, Will dit :

— Mark, je ne crois pas que nous devrions avoir des relations sexuelles.

Lentement, je me redressai et le dévisageai.

— Eh bien, c'est inattendu, mais d'accord, si c'est ce que tu veux.

Il rougit cette fois-ci.

— Je veux dire... Je veux avoir des relations sexuelles avec toi, j'en ai *vraiment* envie, mais je pense que nous devrions attendre, clarifia-t-il.

— Oh !

— Je pense simplement que nous ne devrions rien précipiter, ajouta-t-il rapidement. Je crois juste que si nous commençons à avoir des rapports sexuels, nous n'arrêterons pas, et je veux que nous parlions d'abord. Je crois sincèrement que nous devrions parler de certaines choses en premier, et je sais que cela peut paraître fleur bleue et tout ça, mais je ne veux pas que nous gâchions tout simplement parce que nous allons au lit trop tôt.

Je me penchai en avant et déposai un baiser sur ses lèvres.

— Maintenant, c'est toi qui divagues. Mais c'est d'accord pour moi. Tout ce que tu veux, Will. Je pense que c'est une bonne idée en fait, parce que... ouais... Je suis certain que tu as vu juste pour ce qui concerne le sexe.

Les yeux de Will se mirent à briller quand il sourit.

— Es-tu certain d'être d'accord avec ça ?

— Je le suis, répondis-je honnêtement. Mais juste pour être parfaitement clair, de combien de temps parlons-nous ?

Will éclata de rire, puis il se pencha et murmura dans mon oreille.

— Je pense que nous le saurons.

Alors, gâchant le meilleur moment de ma vie, mon estomac se mit à gronder. Will me sourit.

— Quelqu'un a faim.

— Quelqu'un n'a pratiquement rien mangé depuis plusieurs jours.

Will toucha mon visage et soupira.

— Oh, c'est vrai. Tu étais mourant.

— Je l'étais, dis-je en souriant. Phase terminale.

— Oh, vraiment ? Mais tu vas mieux maintenant. Qu'est-ce qui t'a guéri ?

— Toi, répondis-je rapidement. Mais nous ferions mieux de commander une pizza, juste au cas où.

— En effet. Sinon tu vas à nouveau devoir te cacher sous tes couvertures dans tes vêtements de travail.

Je baissai les yeux vers mon pantalon de costume.

— Je suis allé au travail et ils m'ont dit que tu avais démissionné, dis-je. Alors je suis parti. En fait, je n'ai même pas passé les portes. J'ai appelé pour prévenir que j'étais malade hier parce que je n'arrivais pas à me sortir du lit, et je ne me suis pas montré aujourd'hui. Hubbard va probablement me virer demain.

Will sourit.

— Il était plutôt déçu que ce soit moi qui parte et pas toi.

Je ricanai.

— Alors, juste par curiosité, quand Hubbard m'appellera dans son bureau demain – et nous savons qu'il va le faire – que vais-je lui dire ?

— Dis-lui que tu devais mettre les choses à plat avec ton petit ami.

Petit ami.

— Vraiment ?

Will hocha la tête et sourit.

— Ouais.

Puis il se pencha et embrassa mes lèvres.

Seulement cette fois-ci, nous nous embrassâmes plus fort, plus profondément, et nous nous tînmes un peu plus serrés. Merde, il était comme du crack. Je n'arrivais pas à en avoir assez. Je glissai une main dans ses cheveux afin de tenir son visage contre le mien, et il gémit contre ma bouche.

Will fit courir ses mains sur mon dos, nous rapprochant davantage et le baiser devint plus qu'un simple baiser. C'était comme si nous essayions de ramper sous la peau l'un de l'autre.

Je le désirais. Je n'avais jamais rien voulu de plus fort de toute ma vie.

Ses mains se retrouvèrent sur mon visage et il écarta ses lèvres des miennes. Il garda nos visages l'un contre l'autre, mais nous respirions lourdement et les yeux de Will étaient fermés.

— Bordel de merde, Mark ! murmura-t-il. Nous devrions arrêter.

J'acquiesçai.

— Es-tu d'accord ? demanda-t-il. Que nous nous arrêtions, je veux dire. Ça va aller ?

Je souris et l'embrassai doucement cette fois-ci.

— Nous sommes foutrement bien.

Will se mit à rire, puis il recula et ouvrit enfin ses yeux. Il semblait tout aussi hébété que je l'étais. Il soupira fortement et dit :

— Et si nous commandions cette pizza ?

CHAPITRE QUATORZE

LE VOYAGE d'Hartford jusqu'à Boston était généralement un trajet ennuyeux de deux heures, mais cette fois-ci, j'étais complètement remonté pendant que Will conduisait.

J'étais assis, avec une main posée sur sa cuisse et souriais pendant tout le chemin.

En fait, je ne pense pas avoir arrêté de sourire depuis huit jours.

Il s'avérait que j'étais devenu un de ces types que la plupart des gens seuls et misérables haïssaient. Comme une de ces personnes tellement amoureuses dont j'avais l'habitude de me moquer. Ouais, l'une d'entre elles. J'étais totalement accro à Will, je devais le toucher, l'embrasser, tout le temps. Même le fait de le regarder me faisait sourire.

Mon moi passé aurait totalement détesté mon moi présent.

Mais j'aimais ça.

Je me demandais comment j'avais pu passer vingt-sept ans sans.

Nous avions passé les huit derniers jours à parler de tout, lentement, comme nous avions dit que nous le ferions.

Nous nous bécotions beaucoup, et chaque jour après le travail, dès qu'il passait ma porte d'entrée, je lui sautais littéralement dessus. Et après que nous ayons passé une bonne heure à flirter et nous embrasser – dans la cuisine, sur le canapé, sur le sol – nous dînions et passions des heures à discuter.

C'était parfait.

Même la règle de ne pas avoir de relations sexuelles ne me gênait pas. Je comprenais son raisonnement de ne pas sauter dans le lit trop tôt et j'étais tout à fait d'accord avec ça. Nous avions besoin de solidifier notre relation avant, même si cela rendait certains dîners inconfortables et provoquait de longues douches en solitaire.

Cela nous rendait plus forts. Et j'étais tout à fait pour.

J'avais l'habitude de le voir au travail tous les jours, alors c'était bizarre de retourner au bureau et de ne pas le trouver là. Hubbard l'avait remplacé par quelqu'un qui ne lui ressemblait en rien. J'avais dit à Will que j'avais rencontré son remplaçant et il riait toujours quand il y repensait. Il y a deux jours, Hubbard m'avait surpris en train de menacer le photocopieur et il se tenait sur le pas de la porte avec une femme qui m'avait joyeusement souri. J'avais pu voir qu'il hésitait à nous présenter l'un à l'autre.

— Vous voilà, Gattison ! Je voulais montrer à Rebecca la salle des photocopies.

Alors, moi étant celui que j'étais, j'avais agité la main et avais dit :

— Ce ne sont pas les droïdes que vous cherchez.

Will avait ri.

— Comment a-t-il pris ça ?

— Tu sais, ces caricatures dans les dessins animés quand de la fumée sort des oreilles du petit gars chauve ?

— Ouais.

— Eh bien, il ressemblait à ça.

Will avait éclaté de rire.

— Qu'est-ce qu'a fait la nouvelle ?

— Je ne sais pas, dis-je en haussant les épaules. Elle n'a pas compris la référence sur les droïdes et j'ai dit à Hubbard que je ne pouvais pas travailler avec quelqu'un qui était incapable de comprendre les références à *Star Wars*.

— Je parie qu'il a dû aimer ça.

— Il m'a dit que j'étais la raison pour laquelle il avait besoin de prendre des médicaments contre la tension artérielle.

Ouais, Will riait toujours quand il s'en souvenait. Hubbard m'avait également dit d'utiliser ces quatre semaines de vacances pour décider si je voulais faire partie de cette équipe ou non. Je suppose que je lui avais épargné quelques pilules contre la tension artérielle quand je lui avais répondu que c'était exactement ce que j'avais prévu de faire.

La vérité était que je ne savais pas vraiment ce que je voulais.

Tout ce que je savais, c'était que cela impliquait Will.

Il y a quelques mois, j'avais été inconsciemment heureux dans ma petite bulle. Puis il y avait eu toute cette merde, mais maintenant, elle était mieux qu'elle ne l'avait jamais été.

Je donnai à Will les indications pour aller chez Carter et Isaac et je ne pus m'empêcher de sourire quand nous arrivâmes dans leur rue. Lorsqu'il se gara, Will me regarda.

— Quoi ? demandai-je.

— Tu n'as toujours pas cessé de sourire.

— Je sais. C'est ridicule.

— C'est très mignon, me dit-il avec un sourire.

Je me penchai au-dessus de la console et l'embrassai rapidement.

— Je suis vraiment impatient.

— Du mariage ou du mois à garder la maison ?

— Des deux. Allez, viens, entrons. Isaac a probablement dû complètement stresser ce pauvre Carter à propos des plans du mariage, dis-je en sortant de la voiture.

J'attrapai les deux sacs contenant nos costumes qui étaient suspendus à la poignée à l'arrière. Will prit les deux valises.

Il jeta un coup d'œil à la maison et je pus voir qu'il était un peu surpris par sa beauté.

— Chouette, hein ?

Il hocha la tête.

— Et nous allons rester ici pendant un mois ?

J'appuyai sur la sonnette de la porte d'entrée.

— Ouais.

La porte s'ouvrit et Carter sourit lorsqu'il nous vit.

— Hey !

Il ouvrit rapidement les bras et me serra contre lui.

— Eh bien, tu as l'air d'aller bien mieux que la dernière fois où je t'ai vu, dit-il.

Je reculai et indiquai Will d'un signe de tête.

— Il a peut-être quelque chose à voir avec ça.

Avant que Will n'ait le temps de rougir, Carter l'étreignit également. Il me sembla qu'il murmurait « merci », mais je n'en étais pas certain.

Isaac apparut à la porte. Il était souriant.

— Il semble qu'il y ait beaucoup de bonheur ici.

— Hey, salut, toi, dis-je.

Je touchai son bras en premier, puis le serrai contre moi. Et pour faire bonne mesure, je l'embrassai sur la joue.

— Je te dois, ainsi qu'à Carter, un très grand merci.

— Non, ce n'est pas la peine, dit-il gentiment. Tu étais là pour Carter quand il avait besoin de quelqu'un et c'était parfaitement normal que nous te retournions la faveur. Mais s'il te plaît, dis-moi que tu n'es pas venu seul.

Je me mis à rire. Il savait parfaitement bien que ce n'était pas le cas.

— Will est malmené par Carter.

— Mark exagère toujours, dit Will.

Isaac tourna son visage en direction de la voix de Will.

— Je suis vraiment content que tu sois là, Will, dit-il. S'il vous plaît, entrez.

Nous entrâmes et Carter, qui portait maintenant une des valises, dit :

— Je vais vous installer dans la chambre d'amis.

J'allais lui dire que nous préférions des chambres séparées, mais avant que je puisse répondre, Will dit :

— Pas de problème.

Je n'étais pas contre, putain non, mais cela allait rendre la règle de pas-de-sexe encore plus difficile. Nous déposâmes nos affaires sur le grand lit et nous dirigeâmes rapidement vers la cuisine.

Nous fûmes salués par Brady et Missy et totalement ignorés par le chat. Isaac nous versa des verres de thé glacé et nous leur racontâmes les huit derniers jours, notamment mon dilemme concernant mon emploi et que Will envisageait de retourner à l'université.

— Vraiment ? demanda Carter. L'université ?

Will sourit.

— Ouais, je veux poursuivre mon diplôme d'ingénieur, et peut-être me spécialiser en génie civil plutôt que simplement dans les câbles de tension.

— Tu sais, dit Isaac. Boston a quelques très bonnes universités.

Je me mis à rire.

— Faites attention à ce que vous souhaitez, leur dis-je. Nous ne savons pas encore vraiment où nous voulons aller.

Je frottai mon pouce sur le bras de Will, lui faisant savoir que j'étais sérieux quand je disais « nous ».

— Et pour toi ? me demanda Carter. Si Will retourne à l'université, envisages-tu d'y retourner ?

— Pfff ! Seigneur, non ! dis-je. Je ne sais pas ce que je veux faire. Je ne veux pas rester où je suis. Je ne peux pas supporter de travailler pour quelqu'un, en particulier, quelqu'un comme Hubbard. Je veux quelque chose qui soit à moi, mais quelque chose qui soit nouveau...

Je haussai les épaules.

— Je ne sais pas.

Carter sourit, nous regardant l'un après l'autre.

— Je suis vraiment content que vous ayez tout réglé entre vous.

Je glissai un bras autour de Will et le serrai contre moi.

— Moi aussi, répondis-je à Carter. Et je dois vraiment vous remercier d'être venus à Hartford et m'avoir fait voir ce qui se tenait juste en face de moi.

Will baissa la tête, gêné, mais je me penchai et embrassai sa tempe. Carter nous sourit chaleureusement et quand je relevai les yeux vers Isaac, il avait la tête légèrement inclinée.

— Isaac ?

— Hmm... Puis-je demander quelque chose ?

J'hésitai un peu, ne sachant jamais ce qui allait sortir de sa bouche.

— Bien sûr.

— Nous avons une autre chambre, dit-il simplement. Vous ne devez pas vous sentir obligé de partager la même chambre.

— Hein ?

— Quand Carter a dit qu'il allait mettre vos bagages dans la même chambre, vous avez tous les deux fait une pause avant de répondre, expliqua-t-il. Ce n'est pas un problème. Vous n'avez pas à partager la même chambre.

Carter me regarda, manifestement surpris.

— Merde ! Je suis désolé. Je n'avais pas réalisé, j'ai juste présumé...

Maintenant, c'était à mon tour de rougir.

— La même chambre ira très bien. Je suis certain que nous pourrons gérer ça.

Je me raclai la gorge.

— Merci, Isaac, d'avoir soulevé ce point.

Il ouvrit sa bouche, sur le point de dire quelque chose, mais il sourit à la place.

— Je ne vous jugeais pas. Je voulais juste vous dire que nous avions une autre chambre.

Will se pencha contre moi.

— Euh... C'était mon idée. J'ai pensé que ce serait mieux de... s'abstenir pendant un moment.

Will me regarda, manifestement embarrassé.

Je lui souris et l'embrassai.

— Et c'est une bonne chose, leur dis-je.

Carter souriait, essayant de ne pas rire.

— *Tu* penses que c'est une bonne idée ?

Il secoua la tête.

— Seigneur, tu dois vraiment l'avoir mauvaise !

— Hey ! dis-je. Je te ferais savoir que ça fait longtemps pour moi et que je suis plus qu'heureux de faire ça pour nous.

— Combien de temps c'est « longtemps » pour toi ? demanda Isaac.

J'étais habitué à la personnalité franche et directe

d'Isaac, mais je pense que Will se sentait un peu mal à l'aise. Je fis courir ma main sur son dos et me penchai contre lui, lui faisant savoir que tout allait bien.

— Cela fait plus de six mois pour moi, dis-je, renvoyant son sourire à Will.

Carter faillit recracher sa boisson.

— Six mois ! cria-t-il.

— Ce n'est pas *si* long et oui, c'était l'idée de Will, mais je suis d'accord avec ça. Je veux lui prouver que je suis sérieux.

Carter s'avança vers Isaac et glissa un bras sur ses épaules. Il ricana et essuya son œil, faisant semblant d'être ému.

— Oh, chéri, notre petit garçon a bien grandi !

— La ferme ! lui dis-je, mais je souriais.

Will éclata de rire et passa son bras autour de moi, me protégeant en quelque sorte de Carter et d'Isaac. Même s'il n'y avait pas la moindre menace, c'était comme s'il me protégeait et j'aimais ça. J'aimais beaucoup ça.

Je jetai un coup d'œil par-dessus son épaule et tirai la langue à Carter.

— As-tu fini de parler de ma vie sexuelle ?

Carter ricana.

— Mark, je suis en état de choc, dit-il. Toi, de toutes les personnes que je connais, avec ton attitude de je-baise-tout-ce-qui-bouge, tu as fait un virage à 180°. Je suis impressionné.

Puis il tapa sur l'épaule de Will.

— J'ai toujours pensé qu'il lui faudrait quelqu'un de spécial pour le dompter.

— Ouais, eh bien, dis-je, contournant Will, mais restant à son côté. Tu peux arrêter de te fiche de moi quand tu veux maintenant. J'en ai assez de la part de ma mère.

— Oh, mon Dieu ! dit Carter. Qu'a-t-elle dit quand tu lui as dit que vous étiez… tu sais… ensemble ?

— Hmm… gémis-je. Ne demande même pas !

Will eut un petit rire et expliqua l'histoire.

— Nous sommes allés voir mes parents en premier. Je leur ai dit que j'avais démissionné de mon travail et que j'allais passer les prochaines semaines ici, avec Mark. Puis je leur ai dit que Mark et moi étions ensemble et… enfin, cela n'a pas vraiment été le meilleur jour dans la vie de ma mère.

— Elle me déteste, leur dis-je. Je jure qu'elle pense que j'ai transformé Will en une sorte de démon du sexe pernicieux.

— Ce qui, comme toute personne saine d'esprit le saurait, n'est qu'une immense connerie, dit Will.

— Et qu'en est-il de ton père ? demanda Isaac.

— Il fait tout ce que ma mère lui dit de faire, répondit Will. Il l'a toujours fait. En fait, je ne me rappelle pas d'une seule fois dans ma vie où il ait dit plus de dix mots en une seule fois, donc cela n'a pas été une grande surprise qu'il ne dise rien.

— Je suis désolé d'entendre ça, dit doucement Isaac.

Will haussa les épaules. L'indifférence de ses parents n'avait rien de nouveau pour lui.

— Quoi qu'il en soit, nous avons quitté la maison de mes parents, poursuivit-il et nous avons pensé que nous pourrions terminer la tournée avec la mère de Mark.

Je soupirai de manière dramatique, et Will commença à sourire.

— Eh bien, dit-il, nous sommes entrés et Mark me tenait la main. Il n'a même pas eu un seul mot à dire ! Elle s'est juste mise à crier et s'est précipitée vers moi.

— Ouais, ajoutai-je sèchement. Puis elle s'est mise à

pleurer en disant qu'elle avait enfin le fils qu'elle avait toujours voulu.

Will se mit à rire à nouveau.

— Elle s'est aussitôt reprise en disant qu'elle voulait dire beau-fils.

— Oh, s'il te plaît ! dis-je. Elle pensait exactement ce qu'elle a dit.

Carter explosa de rire.

— Donc, si je comprends bien, elle est heureuse ?

Je levai les yeux au ciel.

— Oh que oui ! Elle a le fils qu'elle a toujours voulu, maintenant ! dis-je d'un ton sarcastique. Elle l'a câliné comme si sa vie en dépendait et m'a giflé à l'arrière de la tête en me disant qu'il m'en avait fallu du temps.

— Eh bien, il t'a tout de même fallu un an, dit Will avec un soupir exaspéré.

— Vrai, dis-je, puis je changeai de sujet.

Je tirai sur sa main et le fit sortir de la cuisine.

— Allez, dis-je en jetant un coup d'œil à Carter et Isaac, assez parlé de moi. Et si nous montrions la maison à Will, lui présentions Missy et ce chat diabolique, puis vous pourrez nous dire ce que nous pouvons faire pour ce mariage qui aura lieu dans deux jours.

J'ÉTAIS nerveux à l'idée de me retrouver au lit avec Will et vu la manière dont il parlait non-stop depuis que nous étions prêts, je présumai qu'il était nerveux également.

Me déshabillant et ne gardant que mon caleçon, je me glissai dans le lit, repoussai les couvertures de son côté et tapotai le matelas. Il se mordit la lèvre, grimpa dedans et je ramenai les couvertures sur lui.

Je me penchai et l'embrassai doucement.

— Bonne nuit.

Puis Will se mit sur un coude, se pencha vers moi et m'embrassa. Ses lèvres taquinèrent les miennes, sa langue chercha la mienne, mais je reculai. Étourdi par l'intensité d'un simple baiser de cet homme, je secouai la tête.

— Si nous commençons...

Will gémit.

— Je sais.

Posant une main sur son visage, je fis glisser mes hanches vers l'arrière, loin de lui.

— Bon sang ! Tu es en train de me tuer !

— Ça ne te dérange vraiment pas ? demanda-t-il. Tu l'as dit, mais manifestement ça te gêne.

— Si tu dis « manifestement ça te gêne » à cause de l'érection permanente que j'ai depuis la semaine dernière, alors oui, c'est évident. Mais non, ça ne me dérange pas.

— Ton érection permanente ? demanda-t-il.

Je pouvais voir son sourire, même dans la pénombre de la chambre.

Je hochai la tête.

— Oui, je me branle souvent. Au point d'envisager d'acheter des actions chez Kleenex.

Will eut un petit rire, et tourna son visage dans l'oreiller pour étouffer le bruit.

— Pour ce que ça vaut, ça me tue aussi.

Je me penchai et picorai rapidement un baiser sur ses lèvres.

— Bien.

Nous parlâmes jusqu'à ce que nous nous endormions, mais la seconde nuit se termina un peu différemment. Nous avions passé la journée à faire les derniers préparatifs pour le mariage. Nous avions dîné avec Hannah, Carlos et la petite fille la plus mignonne de la planète, la petite Ada, et Isaac rentra à la maison avec eux. Il voulait respecter la tradition qui voulait que Carter et lui ne se voient pas jusqu'à la cérémonie.

Isaac avait même plaisanté, disant qu'il n'avait pas besoin de s'inquiéter et qu'il ne verrait personne avant le mariage – ou après pour ce que ça comptait – mais qu'il voulait faire les choses bien. Isaac me fit jurer d'aider Carter dans la matinée si besoin était et de le calmer s'il commençait à paniquer.

Nous avions tout rangé après le dîner et avions rampé dans le lit, mais cette fois-ci, quand je me penchai pour lui souhaiter une bonne nuit, il prit mon visage entre ses mains, et m'embrassa vraiment.

Je veux dire, il m'embrassa vraiment, vraiment.

Il se plaqua contre moi, puis nous fit rouler, et se retrouva au-dessus de moi. Je lui rendis son baiser, avec une égale ferveur, écartant largement mes jambes pour lui, ayant besoin de le sentir aussi près de moi que possible. Je me retrouvai à onduler des hanches, me délectant de son poids sur moi.

Nous étions tous les deux en érection. Je pouvais sentir sa queue pressée entre nous tandis que nous nous sourions l'un à l'autre. Je nous fis rouler sur le côté et glissai une main sur ses fesses, puis sous l'élastique sur l'avant de son caleçon.

J'enveloppai ma main autour de sa queue, et aussitôt, il en fit de même avec moi. Non, ce n'était pas des rapports sexuels, mais c'était intime et merveilleux. D'être avec lui comme ça, de le tenir, de le sentir.

Je jouis le premier, et sa main me serra tandis que sa langue envahissait ma bouche. Aussitôt après, Will pulsa dans ma main, éjaculant son sperme chaud sur la mienne et mon ventre.

— Putain, Will ! murmurai-je contre ses lèvres. C'était si chaud !

Il m'adressa un sourire paresseux.

— Mmmm...

J'embrassai ses lèvres souriantes, ses yeux aux paupières à moitié closes.

— Reste là. Je vais aller chercher de quoi nous nettoyer.

Quand j'eus pris soin de notre pagaille, je remontai dans le lit et glissai un bras autour de lui. Il s'enroula autour de moi, déposant un baiser à moitié endormi sur ma tempe, et marmonna qu'il m'aimait. Cela faisait toujours accélérer mon cœur quand il prononçait ces mots pour moi.

J'embrassai sa poitrine, juste au-dessus de son cœur et souris. Ma dernière pensée, juste avant que je m'endorme, était que je ne pouvais pas rêver mieux.

***

CARTER ÉTAIT ÉTRANGEMENT calme avant le mariage. Quand Will et moi sortîmes du lit, Carter faisait des longueurs dans la piscine. Je préparai du café, Will grilla des bagels et nous prîmes le petit déjeuner, tous les trois, sur le patio en discutant. Je tapotai la tête de Missy et lui glissai des morceaux de mon bagel, et bien que Carter détestait quand je faisais ça, il ne dit rien.

Il était juste... calme. Comme s'il était devenu zen ou quelque chose comme ça.

J'étais bien plus nerveux que lui et quand nous arrivâmes dans le salon, tous les trois, entièrement vêtus, je dus prendre quelques inspirations profondes.

— Tu vas bien ? demanda Carter.

— Comment ne peux-tu pas être nerveux ? demandai-je.

— Je ne le suis pas, c'est tout, répondit-il avec un sourire. Je suis tout à fait sûr de moi.

Je tripotai sa cravate – non pas qu'elle ait besoin d'être redressée, mais je devais faire quelque chose avec mes mains.

— Eh bien, tu es vraiment magnifique. Isaac est un homme vraiment chanceux.

— Il l'est, dit simplement Carter. Mais j'ai également de la chance de l'avoir aussi.

Je le serrai dans mes bras.

— Je suis content pour toi, Carter.

Il regarda Will.

— Regardez-vous, tous les deux, dit-il. Vous êtes superbes.

Je m'avançai vers Will, lissai sa veste et l'embrassai légèrement sur les lèvres.

— Eh bien, Will l'est certainement.

Il sourit, de ce genre de sourire qui lui faisait plisser les yeux, et se pencha à son tour pour m'embrasser doucement.

— Tu es magnifique.

Carter gémit à travers la pièce.

— D'accord, ça suffit ! Vous me faites prendre conscience qu'Isaac me manque.

Il soupira fortement.

— Pouvons-nous y aller maintenant ? J'aimerais arriver là-bas un peu plus tôt.

Je lui souris.

— Je vais juste chercher Missy.

— Pourquoi faire ?

— Parce qu'elle vient avec nous, non ?

— En fait, non, je ne pense pas qu'elle devrait.

Je le dévisageai.

— Mais Brady sera là.

— C'est un peu différent, Mark.

— Non, ça ne l'est pas, répliquai-je. Elle devrait être là-bas, Carter.

Je ne sais pas s'il argumenta davantage, parce que j'étais déjà dans la véranda pour prendre sa laisse. Je revins avec elle, n'étant pas certain de savoir lequel de nous deux souriait le plus largement. Will me sourit, et Carter se contenta de soupirer.

— Tu es impossible !

— Et tu m'aimes, dis-je.

Deux minutes plus tard, nous étions dans la voiture de Will, Carter à l'avant, donnant les directions à suivre, Missy et moi à l'arrière, en chemin vers Wompatuck State Park.

Ce n'était que justice qu'ils se marient dans le parc où ils allaient tout le temps. C'était une magnifique journée de printemps, il y avait des fleurs près de l'étang, les oiseaux chantaient et une petite foule était déjà réunie près de quelques rangées de chaises.

Je ne connaissais pas grand monde. Je reconnus quelques visages de personnes travaillant avec Carter, donc lorsqu'il s'éloigna pour parler au célébrant, nous rejoignîmes Rani, Kate et Luke.

Je fis les présentations, leur disant que Will était mon petit ami. C'était quelque chose que je ne me lassais pas de dire et, alors que nous discutions un peu, la foule grossit et ce ne fut pas long avant qu'Hannah, Carlos et Ada arrivent avec un Isaac très fringant et un Brady récemment toiletté.

Nous prîmes nos places près de l'étang et sous un chaud soleil, nous regardâmes Carter dire « oui » à Isaac.

Ce fut une courte cérémonie, mais pas moins émouvante. Les vœux furent traditionnels, ce qui me surprit, mais à la manière dont la voix d'Isaac se fissura, je sentis une boule obstruer ma gorge. Il se tenait à Carter comme si sa vie en dépendait, et je commençais tout juste à comprendre à quel point ça l'était.

Quand vous aimiez quelqu'un – ou dans mon cas, quand vous admettiez enfin que vous aimiez quelqu'un – et qu'il tenait votre cœur dans ses mains, c'était toute votre vie que vous lui donniez.

Will serra ma main et je réalisai que les gens applaudissaient et qu'Hannah pleurait. Carter et Isaac se tinrent face à nous, leurs mains jointes. Ils étaient enfin mariés.

Je n'aurais jamais pensé que je serais du genre à pleurer à un mariage. Et je ne pleurai pas – pas vraiment. Ce devait être dû à des allergies ou quelque chose comme ça. Qui diable organisait son mariage en extérieur en automne ? Je veux dire... allez...

— Tu vas bien ? demanda doucement Will.

Je hochai la tête et clignai des yeux pour ravaler mes larmes.

— Je vais bien. Foutues allergies !

Il inclina la tête, parfaitement conscient de mon état, et me frotta le dos.

Les gens félicitèrent l'heureux couple, si bien que je tendis la laisse de Missy à Will avant d'étreindre Carter.

— Je suis si fier de toi, murmurai-je à son oreille.

Je posai une main sur son visage et embrassai sa joue.

Puis je serrai Isaac contre moi et l'embrassai également.

— Fais attention à lui.

— Je le ferai, dit-il. Je te le promets.

Ils firent prendre quelques photos avec les deux chiens et quelques-unes d'eux-mêmes, et après que nous ayons ramené Missy à la maison, nous les retrouvâmes à la salle de réception.

C'était un déjeuner formel, et le lieu choisi semblait avoir coûté un million de dollars. Carter et Isaac n'avaient pas encore cessé de sourire. Ils se touchaient tout le temps, se penchant l'un contre l'autre, et se murmuraient sans cesse de petits secrets, rien que pour eux.

C'était adorable.

Carter se leva et, fit un petit discours, remercia tout le monde de s'être joint à eux en ce jour spécial, particulièrement ceux qui avaient fait un long voyage. Il dit qu'il ne voulait pas nous ennuyer avec de longs discours et qu'il voulait que nous profitions de cette journée avec eux.

Puis, Isaac se leva.

— Excuse-moi, mon mari. Il y a quelque chose que j'aimerais dire.

Carter sourit, mais c'était plus qu'évident qu'il était surpris.

— Bien sûr.

Isaac expira bruyamment.

— Aujourd'hui est une journée incroyable. Et si quelques-uns parmi vous en doutent, je vais vous révéler un petit secret.

Isaac se tint immobile pendant un moment et prit une autre profonde inspiration, essayant manifestement de contenir ses émotions.

— Parce qu'aujourd'hui est le jour où j'ai épousé un ange.

Il y eut un chœur de « oooh » venant de la petite foule, et Isaac secoua la tête.

— Je suis sérieux. Cet homme, mon mari, m'a sauvé la vie. De plus d'une façon. Il m'a sauvé. Il m'a montré ce qu'étaient l'amour et la foi et il a cru en moi.

Puis Isaac fit quelque chose que je ne l'avais vu faire

qu'à quelques reprises seulement. Il retira ses lunettes. Il s'essuya les yeux et prit une autre inspiration tremblante.

— Je ne peux pas voir. Mais je peux vous dire ceci. Je peux le voir, lui. Il m'a fallu beaucoup de temps pour le réaliser, mais je peux le voir. Je peux le voir, dans ce qu'il fait pour moi, combien il m'aime, combien je suis chanceux. Je suis peut-être aveugle, mais je peux voir le cadeau que représente Carter. Je suis béni et...

Il essuya ses larmes sur son visage.

— ... et si quelqu'un vous disait un jour qu'il n'existe pas de choses telles que des anges, vous pourrez leur dire qu'ils ont tort. Parce que j'en ai épousé un.

Il n'y avait pas un seul œil sec dans la salle. Excepté Carter. Il souriait à Isaac comme si ce n'était pas du tout une surprise pour lui.

Isaac souriait à travers ses larmes.

— Je vous promets que je vais apprécier ce cadeau pour le reste de ma vie.

Carter s'approcha d'Isaac, puis pris son visage dans ses mains. Il murmura « je t'aime » avant de l'embrasser doucement. Puis il se retourna vers l'audience captivée.

— Cela dérange-t-il quelqu'un si je danse avec mon mari ?

La musique se fit entendre tandis que Carter et Isaac se dirigeaient vers le centre de la piste et commençaient à danser. En dehors de la musique, il n'y avait pas un seul bruit. Tout le monde ne faisait que regarder.

Quand la deuxième chanson commença, Hannah et Carlos les rejoignirent sur la piste, puis Will se leva, me tendant sa main.

Il me guida vers l'endroit où les autres dansaient, et il me serra contre lui.

— Tu vas bien ? demanda-t-il doucement.

— Juste très heureux, répondis-je.

Épave émotionnelle aurait été une meilleure façon de me décrire.

— Je ne sais pas pourquoi il m'a fallu aussi longtemps...

Je haussai les épaules.

— ... Mais j'ai compris maintenant.

Will s'arrêta de bouger et tint mon visage. Il m'embrassa doucement et me regarda droit dans les yeux.

Il n'avait rien à dire. Pas un mot. Mais je savais que c'était le jour où nous allions faire l'amour.

CHAPITRE QUINZE

NOUS DANSÂMES, parlâmes et rîmes pendant toute la durée de la réception du mariage, et j'étais nerveux et excité à l'idée de rentrer à la maison de Carter et Isaac. Les deux hommes allaient passer leur nuit de noces dans un hôtel cinq étoiles, donc je savais que nous serions seuls quand nous serions là-bas.

Alors après que les nouveaux mariés eurent dit au revoir et que la foule heureuse se soit dispersée, nous fîmes un calme trajet de retour jusqu'à la maison.

Will paraissait nerveux aussi, ce qui m'indiqua qu'il avait également conscience de ce qui allait se passer entre nous.

Après avoir passé la porte d'entrée, je retirai ma veste et ma cravate et les lançai sur le canapé.

— Veux-tu un verre ou quelque chose d'autre ? demandai-je, me dirigeant vers la cuisine, essayant de paraître distrait.

Will me suivit.

— Non, merci, dit-il doucement.

Puis il s'arrêta devant moi et fit courir son pouce le long de ma mâchoire.

— Mark ?

Je pouvais à peine respirer, encore moins lui répondre. Je déglutis difficilement et réussis à hocher la tête.

Ses lèvres taquinaient les miennes, les effleurant à peine, mais ses yeux étaient assombris et lourds de désir.

— Je te veux.

Mon cœur martelait ma poitrine.

— Je te veux aussi.

— Emmène-moi au lit, murmura-t-il. S'il te plaît.

Je l'embrassai alors, tenant son visage près du mien, et nous poussai contre le plan de travail de la cuisine, pressant tout son corps contre le mien. Je pouvais sentir à quel point il était dur, combien il était excité.

Je gémis au contact et à la vague de chaleur qui déferla dans mon sang. J'éloignai mes lèvres des siennes, essayant de faire ralentir les choses.

— Will, la chambre... dis-je d'une voix rauque, prenant sa main, je nous guidai vers le couloir, puis dans notre chambre.

Notre chambre.

Will me surprit en se dirigeant vers l'armoire. Il fouilla dans sa valise, jusqu'à ce qu'il trouve ce qu'il cherchait et sourit alors qu'il sortait une boîte de préservatifs et une bouteille de lubrifiant qu'il déposa sur la table de chevet.

Il revint ensuite vers moi et m'embrassa doucement.

Je commençai à déboutonner sa chemise.

— Will, je veux prendre mon temps avec toi, dis-je, à bout de souffle. Je veux que ce soit parfait.

Il prit mon visage en coupe et m'obligea à le regarder.

— Ça le sera.

— Je suis nerveux, dis-je calmement.

— Ne le sois pas.

— Je pensais que tu voudrais peut-être être dessus...

Les yeux de Wills s'écarquillèrent et il sourit.

— Mark, dit-il doucement. Tu n'es pas un passif.

— Je le serai pour toi, dis-je honnêtement. Je *ferai* ça pour toi. Je le veux.

Il sourit et ferma ses yeux, posant son front contre le mien.

— Pas ce soir, murmura-t-il. Je te veux en moi.

Ses paroles provoquèrent un frisson qui traversa tout mon corps et quand je l'embrassai, je sus que je ne pourrais plus m'arrêter.

N'éloignant jamais ma bouche de la sienne, je le déshabillai. Je déboutonnai sa chemise et la laissai tomber de ses épaules. Je défis la ceinture de son pantalon et le poussai doucement afin qu'il s'assoie sur le lit. Je retirai ses chaussures et ses chaussettes, fis glisser son pantalon le long de ses cuisses, ne laissant que son caleçon.

Je me déshabillai lentement, profitant de la vue de son corps presque nu, étendu devant moi. Il n'y avait pas de trac pour la première fois, aucun embarras, pas de moments bizarres. J'étais totalement certain à propos de tout ça.

Quand je fus totalement nu, je m'agenouillai sur le lit et me traçai un chemin sur son corps, déposant des baisers partout sur sa peau. Au niveau de ses cuisses, sur le contour de sa queue dure, j'inhalai son odeur. C'était musqué, épicé et capiteux et il eut un hoquet quand mon nez suivit sa longueur.

J'embrassai son estomac, puis toute sa poitrine, pressant mes lèvres contre sa gorge, sa mâchoire et enfin, ses lèvres.

Je posai mon poids sur lui, m'installant entre ses jambes ouvertes et nos queues étaient pressées l'une contre l'autre.

Cela déclencha un sentiment d'urgence, de passion

dans notre baiser, dans nos contacts. Ses doigts s'enfon-
cèrent dans ma peau alors qu'il relevait ses hanches, les frottant contre les miennes.

— Mark, s'il te plaît... dit-il d'une voix rauque. Je ne
peux pas attendre plus longtemps.

Je m'agenouillai de nouveau et m'étirai vers la table de
chevet à côté du lit. J'attrapai les fournitures, les déposai sur
le lit, puis fis descendre le caleçon de Will le long de ses
hanches, libérant son sexe engorgé.

Je jetai son caleçon quelque part et retournai mon attention vers Will et sur la manière dont sa queue pesait sur son
ventre. Elle faisait facilement plus de vingt centimètres et
était épaisse.

— Putain, Will ! Tu es magnifique.

Puis je le léchai et il gémit.

Quand je pris sa queue dans ma bouche, il agrippa les
draps à côté de lui et gémit. Je voulais le goûter. Je voulais le
sentir, l'entendre, le boire.

Écartant plus largement ses jambes, je déposai un peu
de lubrifiant sur le bout de mes doigts et, tandis que je
reprenais sa queue dans ma bouche, je taquinai son
entrée.

Il leva ses hanches et écarta les cuisses.

— Mark... gémit-il. S'il te plaît...

Alors, je pris sa queue aussi profondément que je le
pouvais et insérai le bout d'un doigt en lui. Puis un peu
plus, et un peu plus encore, jusqu'à ce que j'aie deux doigts
à l'intérieur de lui.

Plus je le suçais durement, et aspirais ses boules, plus il
essayait de repousser ses fesses contre mes doigts. Il agrip-
pait les draps et grognait.

— Mark, si tu ne me baises pas rapidement...

Je souris autour de son membre et reculai, léchant sa

fente. Je me penchai ensuite en avant, me tenant sur une main, et je l'embrassai profondément.

Will tâtonna à l'aveuglette pour trouver un emballage en aluminium et le plaqua contre ma poitrine.

— Je suis vraiment près, dit-il. Et j'ai attendu assez longtemps pour ça. Ne me fais pas attendre plus.

— Je ne voulais pas te taquiner, lui dis-je. Je veux juste que ce soit bon pour toi.

Will glissa une main le long de ma mâchoire, puis dans mes cheveux, m'attirant à lui pour un autre baiser. Il murmura d'une voix rauque :

— Je veux jouir avec toi à l'intérieur de moi.

Merde !

Je me rassis, déchirant le sachet en aluminium, je déroulai le préservatif sur mon sexe. Il était dur et endolori. J'avais été tellement pris par le plaisir de Will que j'avais presque oublié le mien. Je me penchai à nouveau, l'embrassant doucement. Il releva ses jambes plus haut, mettant ses genoux pratiquement au niveau de sa poitrine, s'ouvrant, s'offrant pour moi.

Je me pressai contre son entrée et tout en poussant lentement à l'intérieur de lui, je l'embrassai. Je taquinai sa langue de la mienne, lui donnant ma langue comme je lui donnais mon sexe.

Je glissai une main entre nous et enroulai mes doigts autour de lui, le pompant. Ses yeux s'écarquillèrent et il rejeta sa tête en arrière, dénudant totalement son cou tandis qu'il pulsait dans ma main.

Tout le corps de Will se convulsa et il gémit longuement sa jouissance. Son canal se resserra autour de moi et je ne pus me retenir davantage. Je le pris durement, une fois, deux fois, trois fois, prolongeant d'autant son orgasme qui le traversait, le suivant avec le mien.

Je me cambrai en donnant un dernier coup de reins, sentant ma queue se vider en lui. Mon visage était enfoui dans son cou et ses bras et ses jambes étaient enroulés autour de moi, tandis que je m'agitais en lui, encore et encore, tous mes sens bouleversés, la pièce tournant autour de moi.

Ce que je remarquais ensuite fut les doux baisers le long de mon cou et sur mon épaule, puis les doigts de Will traçant des cercles sur mon dos.

Je ressortis lentement de lui et m'allongeai sur le dos afin que je puisse le regarder. Ses mains se posèrent directement sur mon visage et il m'embrassa doucement, tendrement. Il me dévisagea avec une sorte de demande au fond des yeux.

Me reposant sur mes coudes, je posai mes mains sur son visage, repoussant des mèches de cheveux de son front pour que je puisse le voir clairement.

— Je n'ai jamais... commençai-je, ne sachant pas ce que j'essayai de dire. Je n'ai jamais ressenti quoi que ce soit comme ça. C'était incroyable. Tu es incroyable.

Il sourit et nous fit rouler, s'installant au-dessus de moi.

— Je t'aime aussi.

Puis il jeta un coup d'œil au réveil sur la table de chevet.

— Et il n'est que quatre heures de l'après-midi, dit-il en souriant. Nous avons beaucoup de temps.

Je relevai la tête et l'embrassai.

— Tu veux rester au lit pendant un moment ? demandai-je. Nous pouvons nous embrasser, commander à dîner, puis revenir au lit.

Will sourit.

— Ça me semble parfait.

— Je pensais ce que j'ai dit tout à l'heure, dis-je sérieusement. Peut-être qu'après le dîner, nous pourrions inverser les rôles...

Will me dévisagea pendant un long moment.

— En es-tu sûr ?

Je dus me retenir de lever les yeux au ciel.

— Je sais que tu as une grosse queue, mais je suis pour si tu es d'accord.

Will se mit à rire et ses yeux brillèrent tandis qu'il m'embrassait avec un sourire toujours vissé sur ses lèvres.

— Le dîner en premier, cependant, d'accord ?

— En fait, c'était s'embrasser en premier, si je me souviens bien.

Will ricana et pesa de tout son poids sur moi.

— Tout ça parce que tu embrasses plutôt bien, plaisanta-t-il.

Je tins son visage et demandai :

— Tout cela est-il comme que tu pensais que ce serait ?

Je devais le savoir.

— Cela valait-il la peine d'attendre ?

Son sourire s'évanouit et ses yeux se fixèrent sur les miens, puis il hocha la tête.

— C'était plus, murmura-t-il avant de m'embrasser profondément.

Il avait raison. C'était bien plus. C'était tout.

Et plus tard cette nuit-là, quand il fut au-dessus de moi – quand il me fit l'amour – c'était comme si tout recommençait, encore une fois.

WILL et moi nous levâmes tard et étions dans la cuisine à prendre un petit déjeuner paresseux quand Carter et Isaac entrèrent.

Ils nous surprirent et considérant que nous ne portions que nos sous-vêtements, j'étais plutôt content qu'Isaac soit aveugle.

Un Carter souriant se racla la gorge.

— Vous ne nous avez pas entendus entrer ?

— Euh... Non, dis-je en riant.

— C'est parce que Mark chantait, dit Will, me blâmant. Vraiment mal. Désolé.

— Ne t'excuse pas, dit Carter.

Puis il glissa sa main dans celle d'Isaac et lui dit :

— Ils mangent des pancakes en sous-vêtements.

— Je m'en doutais un peu. Ils ont une odeur de sirop d'érable et de sexe, dit Isaac avec un sourire connaisseur.

Will se mordit la lèvre et rougit tandis que Carter éclatait de rire.

— Donc les six mois de sécheresse ont pris fin ?

— À plusieurs reprises, dis-je, n'essayant même pas de dissimuler mon sourire.

— Je crois que je vais aller m'habiller, dit Will.

Il disparut dans le couloir et je déposai nos assiettes dans l'évier et me retournai pour faire face aux nouveaux mariés, ne portant toujours que mon caleçon.

— Comment était la première nuit de bonheur conjugal ?

— À peu près aussi bonne que ta nuit, apparemment, dit Carter.

Je lui adressai un sourire, mais ne dis rien d'autre sur le sujet.

— À quelle heure est votre vol ?

— Nous décollons à cinq heures, répondit Isaac. Hannah va nous emmener, si c'est d'accord. Je suis certain que vous allez trouver quelque chose à faire...

— J'en suis sûr également, acquiesçai-je en riant. Y a-t-il

des règles concernant la maison que nous devrions connaître avant que vous partiez ?

J'étais certain que Carter avait dû écrire une liste longue comme le bras quelque part, concernant les heures et les routines pour nourrir Missy et Tiddles le Chat Maléfique, et des instructions pour la piscine, l'alarme et tout ça, mais ce fut Isaac qui répondit.

— Ne refaites pas toute la décoration.

CHAPITRE SEIZE

LES DEUX SEMAINES suivantes avec Will furent proches de la perfection. C'était comme si nous jouions au papa et à la maman, mais étions en vacances. Nous n'avions pas à aller travailler, nous n'avions pas d'emploi du temps à respecter. C'était relaxant, revigorant même.

Je ne m'étais jamais senti aussi peu stressé.

Nous passions nos nuits à nous embrasser et à faire l'amour, nos journées à faire de longues promenades avec Missy, à boire du café dans un petit troquet que j'avais trouvé parfaitement à mon goût, et nous nagions dans l'après-midi avant de préparer à dîner.

Comme je l'avais dit, c'était parfait.

Ce fut pendant la deuxième semaine que Will dit qu'il aimerait jeter un coup d'œil aux universités de Boston. Nous étions assis à l'une des tables du café, qui était sur le trottoir, avec Missy à nos pieds. C'est sorti un peu comme un cheveu dans la soupe, mais il haussa juste les épaules.

— J'aime vraiment être ici. J'ai besoin d'un changement après Hartford et j'ai pensé que puisque tu avais de bons amis ici...

C'était comme s'il n'était pas certain que je serais intéressé. Je pris sa main et le regardai droit dans les yeux.

— Will, où que tu veuilles aller, j'irai aussi, lui dis-je sérieusement. Je n'ai rien qui me retient à Hartford, sinon toi.

— Et qu'en est-il de ta mère ? demanda-t-il. Et de ton travail ?

— Mon travail ? demandai-je. Hubbard peut aller se faire voir. J'ai épargné assez d'argent pour que je n'aie pas à travailler pendant un moment. Et ma mère ? Eh bien, elle me botterait le cul si je te laissais emménager ici sans moi.

Il sourit.

— C'est vrai. Elle le ferait.

— Will, je veux emménager ici, avec toi, répétai-je. Nous n'avons pas à vivre ensemble si tu penses que c'est trop tôt, ou nous pouvons partager un appartement, mais avoir des chambres séparées si tu préfères. Je sais que nous ne sommes pas ensemble depuis très longtemps, mais je ne peux pas imaginer ne pas être *au moins* dans la même ville que toi.

Will rejeta sa tête en arrière et éclata de rire.

— Seigneur, Mark, quel est l'intérêt ? demanda-t-il. Si nous emménageons tous les deux ici et dans deux endroits différents, nous ne ferions que gaspiller de l'argent inutilement. Un des appartements serait vide chaque nuit. Nous passerions toutes nos nuits ensemble de toute façon.

— Vrai, acquiesçai-je. Donc : même appartement, chambres séparées ?

— Eh bien, nous pouvons prendre un appartement avec deux chambres, mais je dormirai dans la tienne, dit-il, tout à fait sérieusement.

Je lui adressai un sourire.

— Vraiment ? demandai-je. Nous allons vraiment faire ça ?

Will hocha la tête et se mit à rire.

— Je le pense.

Il termina son café.

— J'ai besoin de jeter un coup d'œil aux alentours pour voir quelles universités m'intéresseraient et parler semestres avec le doyen. Je vais devoir trouver un travail à temps partiel parce que si c'est du long terme, je vais avoir besoin de trouver une source de revenus. Donc il y a toujours quelques petites choses dont nous devons discuter.

— Et un endroit où vivre, ajoutai-je. Et je suppose que je devrais essayer de trouver ce que je veux faire de ma vie. Mon désir de me trouver un riche papa gâteau est tombé à l'eau maintenant, tu sais, vu que je suis avec toi.

Will se mit à rire.

— À moins que tu ne puisses trouver un papa gâteau qui veut deux garçons.

— Putain, non ! dis-je. Personne d'autre n'a le droit de te toucher !

Il me sourit chaleureusement, quoi qu'un peu d'une façon machiavélique.

— Comme pour toi !

Je soupirai, excité à l'idée de commencer à chercher un endroit où vivre.

— Veux-tu un autre café à emporter ? demandai-je. Nous pourrions revenir à la maison et commencer à chercher où habiter. Ils ont quelques-uns de ces muffins que tu aimes ici. Veux-tu que j'aille t'en chercher ?

— D'accord, dit-il en souriant.

J'entrai dans le café, donnai ma commande au gars derrière le comptoir, et entamai une conversation qui allait changer ma vie.

CELA COMMENÇA PAR UN SIMPLE :

— Qu'est-ce qui vous amène à Weymouth ?

C'était un homme plus âgé, peut-être dans la fin de la quarantaine, et il semblait relativement agréable, si bien que je lui répondis.

— De passage dans la région.

— C'est un chouette coin, dit-il avec un sourire, tandis qu'il faisait mousser le lait.

— Comment est le marché du travail dans les parages ? demandai-je, vraiment intéressé.

— Il y a toujours du travail, cela dépend juste de ce que vous êtes prêt à faire.

— C'est sensé, dis-je.

Puis pour plaisanter, j'ajoutai :

— Vous n'embaucheriez pas, par hasard ?

Il sourit.

— Je n'embauche pas. Je vends.

— Vendre quoi ?

Il jeta un coup d'œil au café.

— Cet endroit.

— Vraiment ?

— Je n'en ai pas envie.

Il haussa les épaules.

— Mais je divorce, ajouta-t-il, comme si l'explication était suffisante. Vous savez ce qu'on dit à propos d'une femme trompée ?

— Ouais.

— Eh bien, je pense que cela a dû être dit en premier par un homme qui a divorcé.

Je me mis à rire.

— Eh bien, je suis désolé d'entendre ça. Par simple

curiosité, combien demandez-vous pour votre affaire ? Vous louez les locaux ou bien vous en êtes le propriétaire ? Je pense qu'il y a beaucoup à dire sur les petits cafés. Je le dis à mon petit ami tout le temps, dis-je en indiquant Will du menton, qui était debout maintenant, attendant à l'extérieur avec Missy. Les grandes enseignes et les franchises pressent les petits commerces, et avec ça, enlèvent tout le charme et la personnalisation, l'âme d'un endroit comme celui-ci.

Lentement, l'homme posa le pot de lait qu'il tenait sur le comptoir et me sourit.

— Mon gars, s'il vous plaît, dites-moi que vous êtes assez solide financièrement pour me racheter, dit-il avec un sérieux qui m'excita. J'ai sué sang et eau dans cet endroit pour la même raison. J'ai refusé de me plier aux goûts de chacune de ces grandes franchises. Un café est un endroit où les clients sont appelés par leur nom, pas par un numéro.

— Oui ! criai-je. Comme le Cheers ! Un endroit où chacun connaît votre nom !

L'homme eut un rire chaleureux.

— Oui, comme le Cheers.

Il me tendit la main.

— Mon nom est Len Salinas.

Je serrai sa main et souris.

— Mark Gattison.

— Eh bien, Mark, c'est un plaisir de vous rencontrer.

Il me tendit les cafés. Ne sachant pas trop quoi dire d'autre, il demanda :

— Y a-t-il autre chose que je puisse faire pour vous ?

— Oui. Je vais prendre deux de ces muffins au chocolat et aux framboises. Et tous vos dossiers financiers pour ces deux dernières années, votre proposition de vente et tout ce que mon comptable pourrait trouver utile.

LA SEMAINE suivante fut très active avec les rendez-vous de Will aux universités, les recherches pour nous trouver un endroit où vivre et les appels téléphoniques avec le comptable et l'avocat de ma mère.

Apparemment, le petit café était une affaire viable et oui, Len vendait bien pour cause de règlement de divorce. Il dit que si son ex-femme devait en toucher la moitié, il préférait le vendre à un prix réduit afin qu'elle n'en obtienne pratiquement rien, et qu'il préférait le vendre à quelqu'un qui avait les mêmes opinions que lui quant aux franchises et autres magnats des cafés impersonnels.

Je dis à Will que je lui avais trouvé un emploi à temps partiel avec les heures dont il avait besoin et avec un patron génial. Il pouvait aller à l'université et étudier, puis travailler au café quand il en aurait besoin.

C'était un scénario gagnant/gagnant.

En fait, c'était sacrément parfait.

Et au moment où Carter et Isaac rentrèrent de leur lune de miel, nous avions trouvé un chez-nous. Il y avait un appartement à quelques pas du café, pas très loin de chez Carter et Isaac, et pas très loin non plus d'un arrêt de bus pour Will s'il voulait le prendre pour aller à l'université.

Nous avions fait appel à des déménageurs pour qu'ils emballent tout chez moi et pour passer à l'entrepôt de stockage que Will avait loué pour ses affaires. Nous avions un peu discuté à propos de quelles affaires iraient où et il ne voulait vraiment pas des peintures que nous avions faites à Oak Hill sur les murs. Nous avons discuté, mais les cadres trônaient maintenant à une place de choix dans le salon – au plus grand désespoir de Will – mais grosso modo tout le déménagement s'était déroulé sans trop de peine.

Je ne pouvais toujours pas me rassasier de lui. Ni lui de moi, apparemment.

Nous faisions l'amour à chaque fois que nous le pouvions, ainsi que la plupart des nuits. Le matin, l'après-midi, cela n'avait pas d'importance. Une après-midi, alors que nous étions au lit, tous les deux en sueur et repus, je me mis à rire.

— Tu te souviens, quand tu as dit « une fois que nous commencerons à avoir des relations sexuelles, nous n'allons jamais arrêter ? »

Will sourit.

— Ouais.

— Je ne veux plus jamais arrêter.

Il roula sur le côté.

— Penses-tu que tout ceci arrive trop vite ?

Un frisson de terreur me transperça.

— Quoi ?

Il sourit et posa une main sur mon visage.

— Non, pas nous, idiot ! Je veux dire tout ça. Emménager à Boston, toi achetant le café, moi allant à l'université. Tout cela est arrivé en quelques semaines seulement.

— Je ne pense pas que c'était trop rapide, lui dis-je, honnêtement. Je pense que c'était le destin.

— Je ne pensais pas que tu croyais au destin.

Je l'embrassai.

— J'y crois maintenant.

Will secoua la tête et roula sur son dos.

— Tu es vraiment un idiot.

— Je sais ! criai-je. Et tout ça, c'est de ta faute ! J'étais tout à fait heureux dans ma misère jusqu'à ce que tu viennes et m'aveugle avec toute cette histoire d'amour.

Will se mit à rire, un son profond qui venait de sa gorge.

— Tu es vraiment sûr que c'est de l'amour et non pas une grippe intestinale ou un rhume de cerveau ?

Je poussai son bras.

— Ce n'est pas drôle. J'ai vraiment cru que j'étais en train de mourir.

Will éclata de rire.

— Tu étais si désemparé.

Puis il se remit sur le côté afin de me faire face et soupira.

— À quelle heure retrouves-tu Len au café demain ?

— Huit heures.

Will s'était inscrit pour le semestre de printemps à l'université de Boston, donc nous avions quelques semaines avant qu'il commence. J'allais devenir officiellement propriétaire du café cette semaine et Len avait gentiment offert de me former plutôt que de débouler en tant que propriétaire, sans avoir la moindre idée de ce que je devais faire. J'avais consommé une tonne de café tout au long de ma vie, dans des centaines de cafés différents, mais je n'avais jamais travaillé dans un seul.

Il allait me présenter au personnel, me montrer comment passer les commandes, comment ouvrir la boutique, comment la refermer. Et j'étais très impatient.

J'avais de grandes idées pour ce café.

C'était un parfait timing que Will ait encore quelques semaines avant de commencer l'université, comme ça il allait pouvoir m'aider et apprendre les ficelles du métier lui-même.

— Que fais-tu demain ? demandai-je.

— Je dois finir de déballer les derniers cartons de la chambre d'amis, puis je dois appeler ta mère, dit-il. Elle vient ici pour Noël, tu sais. Je lui ai dit que nous étions occupés avec le café, mais elle est déterminée.

— Elle est toujours déterminée.

Will sourit.

— Ted et elle ont déjà réservé un hébergement, donc il n'y a pas besoin d'argumenter là-dessus.

— Il y a longtemps que j'ai appris à ne plus me battre avec elle.

Il leva un sourcil en signe d'incrédulité.

— Tu la contredis tout le temps !

— C'est mon boulot, dis-je. Je suis son fils.

— Son deuxième fils préféré, me corrigea Will. Elle m'aime plus.

— C'est compréhensible, lui dis-je. Tu es tout à fait charmant.

Il se pencha en avant et m'embrassa en souriant. Puis il fit glisser ses doigts sur mon front et le long de ma joue.

— Il va y avoir toutes sortes de nouveaux départs demain, non ?

— Du genre ?

— Vie réelle, dit-il doucement. Le café, puis l'université. Nous allons être tellement occupés à partir de maintenant. J'ai vraiment adoré passer ces semaines avec toi – sans travail, sans responsabilités.

Je me penchai et l'embrassai.

— Oui, nous serons occupés, et il y aura même des jours où nous ne pourrons pas nous voir. Mais nous allons faire en sorte que ça marche. Will, c'est un nouveau départ pour nous.

— Tu es si confiant, murmura-t-il. Comment peux-tu en être si sûr ?

— Quand cela te concerne, je n'ai aucun doute, lui dis-je, ne me souciant pas de paraître fleur bleue. Tu es mon seul amour.

ÉPILOGUE – TROIS ANS PLUS TARD

— MERCI, Jen, dis-je à la cliente qui était assez aimable pour retenir la porte pour moi.

— Pas de problème, Mark, dit-elle, m'appelant par mon prénom.

Je connaissais tous mes clients réguliers par leurs prénoms. Bon sang, je savais même quelles étaient leurs relations, les détails de leurs emplois, les noms de leurs enfants et de leurs animaux.

J'entrai, glissant les boîtes contenant les pâtisseries sur le comptoir, et saluai rapidement Carter et Isaac – et Brady bien entendu – Hannah, Carlos, la jeune Ada et le nouveau bébé, Max, qui étaient tous assis sur une banquette dans le coin, à siroter un café.

Ce n'était pas inhabituel de les trouver là pendant le week-end, et ce dimanche n'était pas différent.

Will était derrière le comptoir, à faire mousser du lait et il sourit lorsqu'il me vit.

Will. Mon absolue grâce salvatrice.

Il était allé à l'université et travaillait au café comme prévu, mais il s'était aperçu qu'il s'ennuyait avec ses études et appréciait de plus en plus le travail au café avec moi. Il avait obtenu son diplôme, mais au lieu de travailler dans le domaine du génie civil, il se retrouvait à travailler à plein temps dans le café avec moi. Nous gérions l'endroit ensemble.

Et c'était génial.

L'affaire s'était tellement développée et nous avions été tellement occupés l'année dernière que, lorsque le magasin d'à côté du café était devenu vacant, j'avais proposé au propriétaire d'étendre le café pour utiliser les deux espaces.

Un solide dossier financier, une bonne dose du charme de Mark Gattison plus tard et l'affaire avait été conclue. Nous avions augmenté la taille du café et l'entreprise s'était agrandie avec l'extension. Will et moi travaillons côte à côte la plupart du temps, et la majorité de nos clients avaient l'habitude de nous voir ensemble. Je jure que certaines personnes venaient juste pour dire « salut » ou pour plaisanter avec nous pendant que nous travaillions.

Je ne sais pas vraiment comment ni quand c'est arrivé, mais quelque part en cours de route, j'avais mûri. Will et moi étions toujours aussi forts. Nous vivions ensemble, travaillions ensemble, pas tout le temps, mais nous passions du temps ensemble chaque jour. Nous étions toujours aussi actifs physiquement maintenant que nous l'étions au commencement de notre histoire et je doutais que cette partie de nous puisse un jour faiblir. Au contraire même, je le désirais plus que jamais. Bien sûr, nous nous disputions parfois, mais c'était en général seulement quand il ne pouvait pas voir à quel point j'avais raison. Ou combien j'étais génial. Mais en général, c'était parce que j'avais raison.

Parfois, comme aujourd'hui, j'avais la matinée de repos et j'arrivais plus tard dans l'après-midi, mais ce matin, Will travaillait et il m'avait appelé pour aller prendre une commande de pâtisseries. Encore une fois, rien d'inhabituel, et je n'y trouvais rien de particulier.

Le café était bondé. En fait, le café était plein à craquer et Will semblait distrait, donc enfilant un tablier, j'appelai Lori.

— Peux-tu mettre ça dans le réfrigérateur pour moi, s'il te plaît ?

— Non, laisse-les. Je vais m'en occuper, dit Will et quand il se racla la gorge, un calme soudain tomba sur toute la salle.

Je regardai les visages qui étaient maintenant tous tournés vers moi. Je me demandai ce que, diable, il se passait.

Puis Will se racla la gorge.

— Mark, tu as dit une fois que je t'avais aveuglé et j'espère t'aveugler à nouveau.

Et juste là, derrière le comptoir, en face de tous nos clients, Will mit un genou à terre.

Mon estomac se noua et mon cœur cessa de battre.

Will prit une profonde inspiration et sourit.

— Tu es l'amour de ma vie. Je ne veux rien de plus qu'être ton mari. Veux-tu m'épouser ?

Je ne pouvais même plus parler. Je jetai un coup d'œil dans la salle, pleine de visages attentifs, et quand je me retournai vers Will, vers l'amour de ma vie qui était sur son genou en face de moi, j'étais à peine capable de hocher la tête.

Le café explosa sous les applaudissements et les acclamations. Carter et Isaac étaient debout, applaudissant les plus forts. Will se releva et, devant tout le monde, il m'embrassa.

— Oui ? demanda-t-il à nouveau.

— Oui, répondis-je en hochant la tête.

Puis je regardai le café.

— Le savaient-ils tous ? demandai-je.

C'était peut-être plus un couinement que des mots réels.

Will se mit à rire.

— J'ai planifié ça depuis un moment, dit-il. Je les avais tous prévenus et si tu avais dit non, j'avais prévu que tout le monde commence à chanter « Never Gonna Give You Up » de Rick Astley. Ils devaient faire les mouvements de danse et tout.

J'explosai de rire, toujours stupéfait. Puis je me tournai vers notre public souriant.

— Il a vraiment des goûts de chiotte en matière de musique.

Riant, Will m'embrassa de nouveau, puis il ouvrit la première boîte de gâteaux que je venais juste de ramener et la tourna pour la montrer aux clients.

— Cupcakes pour tout le monde ! cria-t-il.

Puis je vis que sur chacun des gâteaux il y avait écrit le mot « OUI ».

Je regardai Will.

— Plutôt confiant, je dirais, non ? Ou y a-t-il une boîte de cupcakes avec des « non » à l'arrière ?

Will se mit à rire et glissa ses bras autour de moi. Il m'embrassa la tempe.

— Je n'ai jamais eu aucun doute, Mark. Tu es mon seul amour.

FIN

À PROPOS DE L'AUTEUR

N.R. Walker est une mère australienne de deux enfants.
Elle a de beaux très beaux garçons qui vivent dans sa tête,
qui ne veulent pas la laisser dormir la
nuit à moins qu'elle ne leur donne vie avec des mots.

Elle aime ça lorsqu'ils font de vilaines, vilaines choses...
mais aime encore plus lorsqu'ils tombent amoureux.

Elle avait l'habitude de penser qu'avoir des gens qui lui
parlaient dans sa tête était étrange, jusqu'à ce qu'un jour
elle apprenne par d'autres auteurs
que c'était parfaitement normal.

Elle écrit depuis...

ALSO BY N.R. WALKER

Blind Faith

Through These Eyes (Blind Faith #2)

Blindside: Mark's Story (Blind Faith #3)

Ten in the Bin

Gay Sex Club Stories 1

Gay Sex Club Stories 2

Point of No Return – Turning Point #1

Breaking Point – Turning Point #2

Starting Point – Turning Point #3

Element of Retrofit – Thomas Elkin Series #1

Clarity of Lines – Thomas Elkin Series #2

Sense of Place – Thomas Elkin Series #3

Taxes and TARDIS

Three's Company

Red Dirt Heart

Red Dirt Heart 2

Red Dirt Heart 3

Red Dirt Heart 4

Red Dirt Christmas

Cronin's Key

Cronin's Key II

Cronin's Key III

Cronin's Key IV - Kennard's Story

Exchange of Hearts

The Spencer Cohen Series, Book One

The Spencer Cohen Series, Book Two

The Spencer Cohen Series, Book Three

The Spencer Cohen Series, Yanni's Story

Blood & Milk

The Weight Of It All

A Very Henry Christmas (The Weight of It All 1.5)

Perfect Catch

Switched

Imago

Imagines

Imagoes

Red Dirt Heart Imago

On Davis Row

Finders Keepers

Evolved

Galaxies and Oceans

Private Charter

Nova Praetorian

A Soldier's Wish

Upside Down

The Hate You Drink

Sir

Tallowwood

Reindeer Games

The Dichotomy of Angels

Throwing Hearts

Pieces of You - Missing Pieces #1

Pieces of Me - Missing Pieces #2

Pieces of Us - Missing Pieces #3

Lacuna

Tic-Tac-Mistletoe

Bossy

Code Red

Dearest Milton James

Dearest Malachi Keogh

Christmas Wish List

Titles in Audio:

Cronin's Key

Cronin's Key II

Cronin's Key III

Red Dirt Heart

Red Dirt Heart 2

Red Dirt Heart 3

Red Dirt Heart 4

The Weight Of It All

Switched

Point of No Return

Breaking Point

Starting Point

Spencer Cohen Book One

Spencer Cohen Book Two

Spencer Cohen Book Three

Yanni's Story

On Davis Row

Evolved

Elements of Retrofit

Clarity of Lines

Sense of Place

Blind Faith

Through These Eyes

Blindside

Finders Keepers

Galaxies and Oceans

Nova Praetorian

Upside Down

Sir

Tallowwood

Imago

Throwing Hearts

Sixty Five Hours

Taxes and TARDIS

The Dichotomy of Angels

The Hate You Drink

Pieces of You

Pieces of Me

Pieces of Us

Tic-Tac-Mistletoe

Lacuna

Bossy

Code Red

Learning to Feel

Dearest Milton James

Free Reads:

Sixty Five Hours

Learning to Feel

His Grandfather's Watch (And The Story of Billy and Hale)

The Twelfth of Never (Blind Faith 3.5)

Twelve Days of Christmas (Sixty Five Hours Christmas)

Best of Both Worlds

Translated Titles:

Italian

Fiducia Cieca (Blind Faith)

Attraverso Questi Occhi (Through These Eyes)

Preso alla Sprovvista (Blindside)

Il giorno del Mai (Blind Faith 3.5)

Cuore di Terra Rossa Serie (Red Dirt Heart Series)

Natale di terra rossa (Red dirt Christmas)

Intervento di Retrofit (Elements of Retrofit)

A Chiare Linee (Clarity of Lines)

Senso D'appartenenza (Sense of Place)

Spencer Cohen Serie (including Yanni's Story)

Punto di non Ritorno (Point of No Return)

Punto di Rottura (Breaking Point)

Punto di Partenza (Starting Point)

Imago (Imago)

Il desiderio di un soldato (A Soldier's Wish)

Scambiato (Switched)

Galassie e Oceani (Galaxies and Oceans)

French

Confiance Aveugle (Blind Faith)

A travers ces yeux: Confiance Aveugle 2 (Through These Eyes)

Aveugle: Confiance Aveugle 3 (Blindside)

À Jamais (Blind Faith 3.5)

Cronin's Key Series

Au Coeur de Sutton Station (Red Dirt Heart)

Partir ou rester (Red Dirt Heart 2)

Faire Face (Red Dirt Heart 3)

Trouver sa Place (Red Dirt Heart 4)

Le Poids de Sentiments (The Weight of It All)

Un Noël à la sauce Henry (A Very Henry Christmas)

Une vie à Refaire (Switched)

Evolution (Evolved)

Galaxies & Océans

Qui trouve, garde (Finders Keepers)

German

Flammende Erde (Red Dirt Heart)

Lodernde Erde (Red Dirt Heart 2)

Sengende Erde (Red Dirt Heart 3)

Ungezähmte Erde (Red Dirt Heart 4)

Vier Pfoten und ein bisschen Zufall (Finders Keepers)

Ein Kleines bisschen Versuchung (The Weight of It All)

Ein Kleines Bisschen Fur Immer (A Very Henry Christmas)

Weil Leibe uns immer Bliebt (Switched)

Drei Herzen eine Leibe (Three's Company)

Über uns die Sterne, zwischen uns die Liebe (Galaxies and Oceans)

Unnahbares Herz (Blind Faith 1)

Sehendes Herz (Blind Faith 2)

Hoffnungsvolles Herz (Blind Faith 3)

Verträumtes Herz (Blind Faith 3.5)

Thai

Sixty Five Hours (Thai translation)

Finders Keepers (Thai translation)

Spanish

Sesenta y Cinco Horas (Sixty Five Hours)

Código Rojo (Code Red)

Queridísimo Milton James

Queridísimo Malachi Keogh

Chinese

Blind Faith

www.ingramcontent.com/pod-product-compliance
Lightning Source LLC
Chambersburg PA
CBHW032111180726
48284CB00002B/536